안락정원

안락정원
조경아
장편소설
나무잎
의자

차례

1장
설혹 (그렇다 하더라도)

사람은 누구나 죽는다. 당연한 말이다. 하지만 늘 죽음의 그림자를 옆구리에 끼고 살았던 누군가에겐 그런 말조차 조롱처럼 들렸다. 사람은 누구나 죽지만, 누구나 죽음의 그림자를 옆구리에 끼고 살지는 않으니까. 오늘도 그 누군가는, 아니 테오는 죽음이라는 늪에 엄지발가락을 잠시 담갔다가 병원 응급실에 실려와 있었다.

"혹시 연락할 가족은 없나요?"

응급실 간호사가 친절하지만, 형식적인 말투로 물었다. 테오는 머쓱해져서 자신도 모르게 웃었다. 왜 가족이 없냐고 물었을까? 가족이 있냐고 물어도 좋았을 텐데. 테오가 멀뚱하게 간호사를 쳐다보고만 있자, 간호사는 당황했는지 묻지도 않은 말에 혼자 답했다.

"아, 보호자 등록 때문은 아니고 가족들에게 연락드려야 할 것 같아서요. 어쨌든 저기 경찰분이 환자분 목숨도 살리시고 보호자로 등록도 해주셨으니, 크게 걱정은 안 하셔도 될 거예요."

이번에도 간호사는 가족이 없다고 확신하고 있었다. 누가 봤더라도 가족 없는 사람으로 보였을까? 테오는 서운할 필요가 없는 일에 서운함을 느끼며 간호사가 가리킨 방향으로 시선을 돌렸다. 경찰로 보이는 한 남자가 우두커니 서 있었다. 멀찌감치 떨어져 있던 남자는 테오와 눈이 마주치자 성큼성큼 다가왔다.

"정신이 좀 드세요?"

"으음……."

"목소리가 잘 안 나와요?"

"흐음……."

"자동차에서 번개탄 피우시는 분들은 대부분 깨어난다고 해도 폐 손상이 있는 경우가 많아서 고생 꽤나 하신다고 합니다. 다행히 환자분은 큰 이상 없다고 하시네요. 그래도 성대는 온전치 않은 것 같으니, 당분간은 말씀하지 마세요."

"으흠, 괜찮아요."

"그렇다면 다행이고요. 그나마 제가 빨리 발견했으니 망정이지 정말 큰일 날 뻔했어요. 하마터면 저도 화상을 입을 뻔했고요."

"죄송합니다."

"그러게, 왜 그랬어요?"

"그러게, 왜 저를 살렸어요?"

"또박또박 대답하시는 거 보니 정말 괜찮으신 것 같네요. 그런데 집은 부평이던데 왜 여기까지 와서 이런 일을 벌인 거죠?"

잠시 말문이 막혔다. 사실 테오는 이렇게까지 말대답을 잘하는 사람은 아니었다. 자신을 한심하게 여기는 사람과 이야기하다 보니 이상한 오기 같은 것이 생긴 모양이다. 사실 테오도 묻고 싶었다. 아침까지만 해도 웃으며 학교 잘 다녀오라고 말했던 엄마가 그날 오후 갑자기 목숨을 끊어버린 이유를. 도대체 왜 그랬어요? 테오는 그때 그런 질문을 할 기회조차 없었다는 사실이 오늘 새삼스럽게 안타까웠다.

"무슨 사연이 있는지는 모르겠지만, 어쨌든 죽지 않고 사셨으니 다시 힘을 한번 내봅시다. 그리고 혹시나 저한테 고마운 마음이 있으시면, 사례는 바라지 않을 테니 퇴원하고 경찰서로 한번 와주시겠어요? 본인 자동차이긴 하지만 방화하신 거라 조서는 작성해야 하거든요."

테오는 왠지 모르게 헛웃음이 났다. 자기 삶이 늘 구차하다고 생각했었는데, 마음먹고 죽는 일까지 이토록 구차할 줄은 몰랐기 때문이다. 테오는 평소에도 유별나게 잘 웃는 사람이었다. 그래서 사람들은 테오를 아주 만만하게 보거나 속없는 사람으로 여기곤 했다. 좋을 것 하나 없는 비루한 인생을 살면서 무슨 배짱으로 웃는 거냐고 직접적으로 묻는 사람은 없었지만, 사람들의 의아한 표정 속엔 늘 그 말이 생략되어 있었다. 그런데도 테오는 사람들 앞에서 늘 바보같이 웃기만 했다. 마치 반사신경처럼 테오는 불안하고 초조할 때마다 그렇게 웃었던 것 같다. 어쩌면 사람들에게 자신이 죽음과는 거리가 먼 사람이라는 것을 보여주고 싶었는지도 모르겠다. 테오가 또 뜬금없이 웃는 것을 바라보던 경찰은 무슨 생각인지 갑자기 자기소개를 하기 시작했다. 경찰은 자신을 김수복 경위라고 소개했다. 하지만 테오는 김수복 경위를 이미 알고 있었다. 오늘 일으켰던 이 구차하고 기괴한 소동 역시 김수복 경위 눈에 띄기 위한 테오의 자작극이었다.

＊

약 2주 전에 테오는 영종도 하늘도시 외곽에 있는 주상복합 빌라 '안락정원'을 찾아냈다. 주소만 보고 무작정 찾아가긴 했지만, 차마 안락정원 안으로는 들어가보지 못하고 1차선 도로 맞은편에서 5층 빌라를 한참 동안 쳐다보기만 했다. 닭 쫓던 개가 지붕 위에 올라간 닭을 쳐다보듯이.

작지만 나름의 규모로 주상복합이라는 이름에 걸맞게 1층과 2층에는 가게와 병원이 있었고, 3층부터는 주거가 가능한 작은 원룸들이 모여 있는 것처럼 보였다. 안락정원 1층 현관을 중심으로 왼쪽에는 '안락한 반찬', 오른쪽에는 '안락한 카페'가 영업 중이었는데 손님이 있을까 싶을 정도로 외진 곳이었지만 나름 끊이지 않고 손님들이 오가는 것도 보였다. 2층에는 뜬금없이 '라파엘 정신건강의학과 의원'이라는 병원이 있었는데, 역시나 이런 외딴곳에 있으면 안 될 것 같은 병원이었다. 얼핏 보면 특별해 보이지 않았지만, 테오의 눈엔 이 모든 것들이 이상하고 기괴하게 여겨졌다. 안락정원 맞은편에는 1층에 편의점까지 있는 2층짜리 건물이 하나 있었는데, 이 편의점 역시 이익을 바라고 만들어진 편의점은 아닌 것 같았다.

안락정원 주변은 황량해 보일 정도로, 대부분 공터로 둘러싸여 있었는데, 그 공터에는 간혹 누군가 도둑 농사를 지어 놓아서 갖가지 농산물들이 무럭무럭 자라고 있었다. 공터 주변에는 주택 사유지에 농사를 짓지 말라는 경고문이 곳곳에 붙어 있었지만, 도둑 농사를 짓는 사람들은 전혀 개의치 않는 것 같았다. 그나마 안락정원 도로 입구 쪽에 신규 건물 하나가 거의 완성되고 있었지만, 이 또한 무엇이 들어설지 의문이 드는 것은 마찬가지였다. 그런 상황임에도 불구하고 안락정원 가게 옆 주차장에는 꽤 많은 자동차가 주차되어 있었다. 대부분은 '안락한 카페' 손님들의 자동차로 보였는데, 평일 낮임에도 불구하고 1층 카페엔 여자 손님들로 가득 차 있었다. '안락한 반찬' 가게 역시 영업하고 있는지 궁금할 정도로 손님이 없어 보였지만, 배달 오토바이들이 끊임없이 오가고 있었다.

테오는 한참 동안 안락정원과 그 주변을 어슬렁거리다가 맞은편에 있는 편의점 안으로 들어갔다. 문에 달린 방울 소리가 거슬릴 정도로 크게 들려서 부담스러웠는데, 들어서자마자 편의점 직원 하나가 반가운 얼굴을 하고 불쑥 나타났다. 아마도 직원은 창고 정리를 하고 있던 모양이었다. 테오는 편의점에 들어오긴 했지만, 막상 직원과 마주치자 다시 밖으로 나가고 싶은 충동이 일었다. 편의점 직원이 아주 오랜만에 주인을 만난 강아지처럼 테오를 반기고 있었기 때문이다. 테오는 어색하게 웃으며 냉장고에서 바나나 우유를 집어 들었다. 계산하는 사이 편의점 직원은 어떻게든 말을 걸고 싶어 안달이 난 것처럼 보였지만, 테오는 강아지처럼 사람을 좋아하는 편의점 직원이 왠지 모르게 부담스러웠다. 그냥 나가려다가 편의점 안쪽 창가에 자리가 있는 것을 보고 테오는 주춤주춤

다가가 어색하게 자리를 잡고 앉았다. 예상했던 대로 편의점 창가 자리에 앉으니, 안락정원은 물론 그곳을 드나드는 사람들이 훤하게 잘 보였다. 덕분에 테오는 바나나 우유를 홀짝거리며 꽤 오랜 시간 동안 편의점 창가 자리에 앉아 있을 수 있었다.

"혹시, 유통기한 같은 거에 민감한 편인가요?"
"네?"
"이제 곧 유통기한 때문에 버려야 하는 삼각김밥이 쏟아질 시간인데 괜찮으시면 몇 개 드려볼까 해서요."
"아……."
친절한 것 같지만, 조금 무례해 보이는 편의점 직원의 제안을 단숨에 거절하고 싶었다. 하지만 그 순간 테오의 배 속에서 의도치 않은 꼬르륵 소리가 크게 울렸다. 마치 테오를 대신해서 배가 고프다고 말하는 것처럼. 민망한 마음에 테오가 어이없다는 웃음을 보이자, 편의점 직원은 테오가 허락했다고 생각했는지 바로 유통기한이 거의 다 된 삼각김밥 몇 개와 핫바를 전자레인지에 넣고 돌렸다. 테오는 괜찮다고 말하고 싶었지만, 차마 말하지 못하고 비실비실 웃을 수밖에 없었다. 편의점 직원 나름의 호의가 싫지는 않았지만, 진심으로 부담스러웠다. 그러나 호의를 거절할 명분도 용기도 없는 상황이었다. 덕분에 테오는 삼각김밥으로 든든하게 배를 채우면서 안락정원을 감시할 수 있었다. 가로등이 켜질 때가 돼서야 주섬주섬 김밥 포장지를 모아 쓰레기통에 넣고 편의점을 나서려는데. 편의점 직원이 해맑은 얼굴로 인사를 했다. 테오는 엉겹결에 인사를 받아주다가 편의점 직원 가슴팍에 있는 이름이 눈에 들어왔다. 이두호. 테오 역시 덕분에 잘 먹었다는 말 대신 꾸벅 인사를 했다. 두호는 테오의 인사가 무색하지 않도록 애써 큰 목소리로 '또 오세요!'라고 답했다.

다음 날도 테오는 안락정원 맞은편에 있는 편의점을 방문했다. 하루 종일 창가에 앉아 있는 갑갑한 손님이었지만, 두호는 그 누구보다 테오를 반갑게 맞아주었다. 테오는 어제의 빚을 갚는다는 심정으로 하루치 식량을 한꺼번에 구매했다. 그리고 생필품 몇 가지를 더 샀다. 생필품을 계산하던 두호는 넌지시 물었다.

"혹시 영종도로 여행 오셨어요?"

"아, 네. 뭐 그럴 수도 있겠네요."

"그럼, 지금 어디에 묵고 계세요?"

"하늘도시 상가 근처에 있는 숙소요."

두호는 어딘지 알았다는 듯이 고개를 끄덕이며 계산을 마쳤다. 그렇게 며칠 동안 테오는 같은 시간에 편의점을 방문해

하염없이 안락정원을 지켜보다가 해가 질 무렵이 돼서야 숙소로 돌아갔다. 그때마다 두호는 테오를 살갑게 맞아주었지만, 필요 이상으로 묻거나 간섭하지는 않았다. 여행을 왔다는 사람이 며칠째 편의점으로 출근해 안락정원을 바라보고 있는 것을 보았다면 누구든 물었을 것이다. 왜 하루 종일 안락정원을 보고 있냐고. 하지만 두호는 테오가 여기서 무얼 하고 있는지에 대해서는 절대 묻지 않았다. 그동안 테오 같은 사람을 수도 없이 봐왔다는 것처럼.

"혹시, 여기 편의점 주인이세요?"

"앗, 제가 그렇게 능력 있는 사람으로 보였나요?"

"그럼, 아르바이트?"

"네, 저는 오전 9시부터 저녁 9시까지 열두 시간 근무해요. 편의점 사장님하고 교대 근무하는 거죠."

"무슨 공부를 하는 것 같던데."

"아, 저 보세사 자격증 공부하고 있어요. 여기 영종도에선 아무래도 공항 관련 일을 하는 게 좋을 것 같아서요."

"그랬군요. 편의점 손님이 별로 없어서 공부하면서 일하기는 좋겠어요."

"네, 완전 꿀알바죠."

"근데 여기 사장님은 이런 곳에 왜 편의점을 내셨을까요?"

"그러게요. 저도 그게 궁금하더라고요. 그래도 요기 앞에 안락정원 덕분에 손님들이 좀 있는 편이긴 해요."

"저 같은 사람들이 꽤 있나 보죠?"

"저기 반찬가게랑 카페 손님들이 가끔 들르시거든요. 그런데 손님은."

"왜 매일 여기로 출근하는지 궁금한 거죠?"

"네."

"근데 왜 안 물어봤어요?"

"손님 기분 나쁘실까 봐."

"혹시 여기 안락정원에 대해서 좀 아시나요?"

"음, 어떤 게 궁금하신가요? 혹시 여기 입주하고 싶으세요?"

"이미 알아봤는데, 일반 부동산을 통해선 방을 못 구한다고 하더라고요."

"네, 맞아요. 그런데 안락정원은 어떻게 아시고 오셨어요?"

"제 여동생 때문에요."

"아, 혹시 그럼 여동생이 여기에?"

테오는 두호의 표정이 잠깐 어색해지는 것을 발견했다. 바로 다시 평소 표정으로 돌아오긴 했지만, 무언가 짐작하고 있는 것 같은 표정이었다. 사실 테오는 낯선 사람들에게 먼저 말을 걸지 못하는 사람이었다. 며칠째 보게 된 두호였지만,

지금 이런 이야기를 나누고 있는 것도 여전히 어색했다. 하지만 테오는 어떻게든 안락정원에 대한 정보를 듣고 싶었다. 이곳에 근무하고 있는 두호라면 안락정원에 대해 무엇이라도 알고 있을 것 같았기 때문이다. 다행히 두호는 테오와 달리 사람에게 경계심이 별로 없어 보였다. 테오가 두호의 질문에 어색하게 고개를 끄덕이자, 두호는 마침 잘되었다는 표정으로 갑자기 목소리를 낮춰 말하기 시작했다.

"실은 제가 저기 안락정원에 대해서 좀 이상한 얘기를 들어서요."

"무슨 얘기인데요?"

"일단 놀라지 마세요. 안락정원은 자살에 실패했던 사람들이 어떻게든 죽고 싶어서 입주하는 곳이라는 소문이 있어요."

이미 짐작은 하고 있었지만, 두호에게 이런 이야기를 직접적으로 듣게 될지는 몰랐다. 당황한 테오의 눈이 동그랗게 커지자, 두호는 매우 만족스러운 표정을 지었다. 반면에 테오는 두호를 잘 구슬리면 더 많은 이야기를 들을 수 있을 거란 생각에 다시 질문을 던졌다.

"안락정원에서 조력자살을 해준단 말인가요?"

"조력자살? 맞는 거 같아요. 그거 안락사 같은 거잖아요."

"우리나라에선 불법일 텐데요."

"그러니까 기괴하다는 거죠."

"혹시 저기 정신과 의사가 그런 일을 해주는 건가요?"

"그건 잘 모르겠어요. 암튼 입주하고 꽤 오래 사는 사람들도 있고, 몇 개월 살다가 사라지는 사람도 있는 것 같아요."

"저기에서 계속 사는 사람들도 있다고요?"

"네, 저기 병원 사람들이랑 1층에서 가게 하는 분들도 그런 것 같던데요?"

"그렇다면 여기 오랫동안 살고 있는 입주민들은 다 한편일 수도 있겠네요."

"뭐, 그럴 수도 있겠죠?"

"근데 두호 씨는 어떻게 알았어요?"

"아, 저희 사장님이 누구랑 통화하는 걸 얼핏 들었어요. 저기 사는 분들이 편의점에 가끔 오시기도 하고."

"그러니까 정리를 해보면, 자살에 실패했던 사람들이 저기에 들어가서 살다가 쥐도 새도 모르게 사라진다는 거죠?"

"네. 그런데 더 놀라운 건 안락정원에 경찰이 살고 있다는 거예요. 한마디로 경찰도 이 일에 깊이 관여가 되어 있다는 거죠. 제 생각에는 그 경찰이 제일 중요한 인물인 것 같기도 해요. 왜 누군가 자살을 시도하면 대개 경찰들이 제일 먼저 현장에 가잖아요? 그 경찰이 자살 시도했다가 실패한 사람들을 잘 구슬려서 여기로 데리고 오는 거죠. 안락정원에 들어오면 당신이 원하는 대로 죽을 수 있다! 뭐 이런 식으로."

"그런데 안락정원에선 왜 그런 일을 해주는 걸까요?"

"저도 그게 궁금했는데, 결국은 돈 때문 아닐까요? 저기 안락정원에 건물주님도 살고 있다고 들었는데, 그 건물주가 예전에 조폭 끼고 사채업 하던 분이라고 들었거든요."

테오 역시 의구심을 가지고 여기까지 찾아오기는 했지만, 조력자살이 불법인 나라에서 이런 일이 버젓이 벌어지고 있다는 사실이 좀처럼 믿기 어려웠다. 테오가 입을 다물고 깊은 생각에 빠져든 것을 본 두호는 자신이 괜한 소리를 했다고 생각했는지 심각한 표정으로 물었다.

"혹시나 동생분이 여기 안락정원에 있는 게 아닐까, 걱정하시는 건가요?"

테오는 깊은 생각에 잠긴 채 멍하니 안락정원을 바라볼 뿐 대답이 없었다. 그러자 두호는 좋은 생각이 났다는 듯이 손뼉을 치며 말했다.

"맞다. 아까 저기 안락정원에 사는 분들도 편의점에 가끔 오신다고 말씀드렸잖아요? 그때 한번 제가 슬쩍 물어볼까요?"

"그래요? 요 며칠 동안은 한 분도 안 온 거 같은데."

"물론 자주 오는 편은 아니에요. 대부분 중심 상가 쪽에서 장을 보시거나 배달을 시키시니까. 근데 여기에 사는 이상한 할머니 한 분이 가끔 오세요. 옷차림도 이상하고 삐쩍 말랐는데 편의점에 와서 외상이라고 소리치고 그냥 가버리는 분이에요. 다행히 그때마다 저기 카페 사장님이 대신 계산을 해주시지만. 어쨌든 그 할머니 오실 때 간식 하나 서비스로 드린다고 하면서 슬쩍 물어보는 것도 나쁘지 않은 거 같아요. 약간 정신이 이상해 보이기는 하는데, 가끔은 또 바른 소리도 할 때도 있거든요. 근데 이상하게 요즘은 통 안 보이시네요. 설마 그 할머니도 사라진 건 아니겠죠?"

두호는 혼자 놀란 표정으로 테오를 쳐다봤지만, 테오는 이미 다른 생각에 빠져들어 어떤 반응도 보여줄 수 없었다.

오늘도 테오는 편의점 창가에 우두커니 앉아 있었다. 테오의 머릿속은 엉킨 실타래처럼 복잡하고 난해했다. 골목 입구에 있는 가로등 불이 켜지고 나서야 테오는 저녁이 되었음을 깨달았다. 숙소로 돌아가야겠다는 생각에 자리에서 일어서는데, 저 멀리 어디선가 희미하게 사이렌이 들렸다. 두호 역시 창밖 어딘가를 두리번거리는 것을 보니 분명 사이렌이었다. 두호가 문을 열고 밖으로 나가자 어느새 구급차 한 대와 경찰차가 골목 안으로 바짝 들어서 있었다. 문득 불길한 예감이 들었다. 이 골목에는 정확히 안락정원과 편의점, 그리고 이제 막 공사를 끝낸 빈 건물 하나가 있을 뿐이었다.

"설마!"

설마가 아니었다. 골목에 들어선 구급차가 안락정원 현관 앞에 멈추더니 구급대원들이 이동용 침대를 끌고 안락정원 안으로 뛰어 들어갔다. 경찰도 구급대원을 따라 들어갔다. 얼굴이 하얗게 질린 테오는 어느새 사이렌이 울리고 있는 구급차 앞에 멍하니 서 있었다. 카페 손님들과 반찬가게 손님들도 문을 열고 나와 무슨 일인지 확인하기 위해 웅성거리며 모여들었다. 얼마나 지났을까? 구급대원들이 이불을 뒤집어쓴 누군가를 이동식 침대에 뉘어 나오는 것이 보였다. 순간 테오는 이동식 침대 앞으로 스프링처럼 튀어나왔다. 하지만 테오는 그 근처에도 가지 못했다. 두호가 테오의 어깨를 꽉 잡고 있었기 때문이다. 테오가 저항하자 두호는 속삭이듯 말했다.

"여동생분은 아니에요. 저길 좀 보세요."

두호는 이동식 침대를 덮은 이불 사이로 삐져나온 짧고 흰 머리카락을 가리키고 있었다. 테오는 그제야 긴장이 풀어졌는지 한숨을 내쉬었다. 두호가 테오 어깨를 잡고 있던 손을 풀더니 토닥토닥 두드렸다. 테오는 마치 무언가에 취한 사람처럼 비틀거리며 두호와 함께 다시 편의점 안으로 들어갔다.

"아무래도 제가 한번 들어가 봐야겠어요."

"어디를요?"

"안락정원이요."

“어떻게 하시려고요?”

“문제는 어떻게 저기 사는 경찰 눈에 띄느냐는 거예요.”

“설마 자살 시도를 해보겠다는 건 아니죠?”

“그래야 저기에 들어갈 수 있다면 그렇게 해봐야죠.”

“너무 위험해요.”

“혹시 다른 방법이 있어요?”

“그냥 저기 2층에 있는 병원에 먼저 가보는 건 어때요?”

“거기 가서 뭐라고 해요?”

“뭐 일단 상담을 받아보면서 정보를 얻는 거죠.”

“아뇨. 저는 지금 당장 들어가 보고 싶어요.”

“여동생분이 저기 없을 수도 있잖아요.”

“혹시 저기 사는 경찰이 언제 출근하는지 알아요?”

“교대 근무하시는 것 같은데, 지난주는 밤 근무하셨으니까, 아마도 이번 주는 아침 7시쯤 출근하실 거예요. 아니, 근데 내가 왜 이런 걸 다 알고 있지?”

“혹시 자차를 가지고 출근하나요?”

“아뇨. 자전거 타고 다니세요.”

“그럼 혹시 저기 자전거 전용도로 쪽으로 가나요?”

“그렇긴 한데, 정말 어쩌시려고요?”

테오는 두호의 만류에도 불구하고 결연한 마음으로 편의점을 나섰다. 편의점 앞에서 안락정원을 한참 노려보다가 아직은 서늘한 밤바람에 한번 몸을 움츠리더니 천천히 걷기 시작했다.

테오는 하루 만에 시동이 걸리는지조차 가늠할 수 없는 아주 낡고 허름한 경차 하나를 인도받았다. 신경질적인 엔진 소리를 내며 달리던 경차는 안락정원 근처 한적한 도로에 멈춰섰다. 주차를 할 만한 공간은 아니었지만, 어차피 안락정원 주변엔 대부분 공터뿐이라 이곳에 주차를 해놓았다고 뭐라고 할 사람도 없었다. 테오는 경차를 도로에 무심히 세워두고 다시 어딘가로 사라졌다. 늦은 밤이 돼서야 테오는 검은 봉지 하나를 들고 낡아빠진 경차가 세워진 공터 앞에 다시 나타났다. 구름 한 점 없이 온통 까맣기만 하던 그 밤, 테오는 그 작은 경차 안에서 거의 뜬눈으로 밤을 새웠다. 잠을 잘 수도 있었지만, 이상하게 잠이 오지 않았다. 그러다 안개처럼 스며든 미명이 어둠을 조금씩 밀어내는 것을 확인하고 나서야 테오는 주섬주섬 검은 봉지에 있던 무언가를 꺼냈다. 자주 그런 일을 해왔던 사람처럼 테오는 능숙하게 번개탄을 설치했다. 미명 저편에서 누군가 다가오는 것을 확인하고, 테오는 과감하게 번개탄에 불을 붙였다. 작은 경차 안은 금세 연기로 가득 찼다. 숨이 막혔다. 그런 와중에도 테오는 생각보다 참을 만하다고 생각했다. 그러고 보니 테오는 어느 순간부터 숨을 쉬고 있지 않았다. 이러다 정말 죽겠다 싶을 때쯤 누군가의 다급한 목소리가 들렸다. 하지만, 테오는 이미 정신이 아득해지고 있었다.

*

테오는 사실 수복이 자신에게 안락정원으로 찾아오라고 말해주기를 기다리고 있었다. 그래서 갑자기 자기소개하고 있는 수복이 답답하게 여겨졌다. 테오의 떨떠름한 반응에 수복 역시 멋쩍었는지 지갑에서 명함 하나를 꺼내 침대 옆 탁자 위에 살포시 두고 병실을 나가버렸다. 테오는 퇴원하면 바로 경찰서로 찾아오라는 말로 알아듣고 무거운 눈꺼풀에 못 이겨 다시 눈을 감았다. 그렇게 잠이 드는가 싶더니 테오는 갑자기 눈을 떴다. 분명 조서를 써야 하니 경찰서로 오라고 명함을 준 것 같은데, 수복의 행동이 왠지 수상해 보였기 때문이다. 테오는 손을 뻗어 탁자 위에 놓인 명함을 힘겹게 집었다.

✚ 라파엘 정신건강의학과의원

명함 앞면에는 아무것도 없이 병원 이름만 떡하니 적혀 있었다. 안락정원 2층에 있던 바로 그 병원 이름이었다. 그제야 테오는 미소를 지었다. 생각보다 쉽게 안락정원에 들어갈 수 있는 초대장을 얻었기 때문이다.

'원장. 이익선 정신건강의학과 전문의'

명함 뒷면에는 병원장 이름과 함께 연락처와 주소가 적혀 있었는데 안락정원 주소와 일치했다. 링거 바늘이 아직 팔뚝에 꽂혀 있었지만, 테오는 한시라도 빨리 안락정원으로 달려가고 싶은 마음에 이불을 뒤척였다. 마음을 가라앉히기 위해 테오는 명함 뒷면을 찬찬히 보다가 의미심장한 문구 하나를 발견했다.

'분산형 호스피스 완화의료 서비스 제공'

호스피스 완화의료? 그제야 테오는 안락정원에서 어떤 방식으로 조력자살을 시행하는지 이해했다. 그들은 법적인 책임을 피하고자 호스피스 병실을 만들어놓고 죽고 싶은 사람들의 소원을 들어주고 있는 것이 분명했다. 그렇다면 병원 원장이 안락정원의 시스템을 만든 사람일까? 어느새 테오는 오른쪽 손톱을 다 물어뜯고 왼쪽 손톱을 노리고 있었다. 그나마 왼쪽 손엔 링거 바늘이 꽂혀 있어서 손톱을 뜯지 못하고 멍하니 링거만 뚫어지게 바라봤다. 시간이 지나도 링거액이 크게 줄어들지 않자, 초조한 마음에 테오는 몸을 일으켜 간호사를 불렀다. 하지만, 목소리가 제대로 나오지 않았다. 체념하듯 다시 침대에 드러누웠다. 생각해보면 서두를 이유가 없었다.

이미 테오는 안락정원으로 들어갈 수 있는 초대장을 손에 쥐
고 있었다.

2장
기필코

퇴원하자마자 테오는 바로 경찰서로 향했다. 경찰서에서 테오는 제일 먼저 수복을 찾았지만, 수복의 모습은 보이지 않았다. 결국 테오는 신입으로 보이는 경찰에게 조사받았다. 젊은 경찰이 묻는 대로 대답을 하고 난 뒤, 테오는 조심스럽게 물었다. 김수복 경위님은 어디 있냐고. 신입 경찰은 그런 걸 왜 묻느냐는 얼굴로 테오를 빤히 쳐다보더니 무심하게 대답했다.

"감사 인사는 대신 전해드리겠습니다."

결국 테오는 수복의 행방을 더 묻지 못하고 경찰서를 나왔다. 경찰서 앞 건널목에서 테오는 핑 도는 어지러움을 느꼈다. 생각해보니 그날 이후로 테오는 무언가를 제대로 먹은 기억이 없었다. 아무래도 이런 상태로는 바로 안락정원을 찾아갈 힘이 없다고 판단한 테오는 숙소 근처에 있는 밥집으로 향했다. 정말 오랜만에 가정식 백반을 맛있게 먹었다. 항상 살기 위해 무언가를 먹어왔던 테오는 사실 따뜻한 식사라는 개념이 없는 사람이었다. 그런데 오늘 먹은 가정식 백반은 왠지 모르게 따뜻했고, 무언가 위로받는 느낌이었다. 죽다 살아나서일까? 아니면 안락정원에 들어갈 수 있다는 희망 때문일까?

“아휴, 이만하길 정말 다행이에요. 하루 종일 마음 졸이다가 출근했는데 사장님이 새벽에 또 구급차가 왔었다고 해서 얼마나 놀랐는지 몰라요. 형님 어떻게 되는 줄 알고.”

“덕분에 이런 걸 받았어요.”

“우와! 이건 저기 병원 명함이잖아요!”

“김수복 경위가 직접 주던데요?”

“앗, 그럼 안락정원에 입성하시는 겁니까?”

“글쎄요. 아직은 모르죠.”

“그래도 너무 하셨어요. 이거 받겠다고 목숨까지 거시다니.”

“아직도 목은 좀 아파요. 근데 이게 뭐라고 그랬나 싶기도 하고. 그쪽 말대로 바로 병원에 찾아가봐도 되었을지도 모르겠는데.”

"에이, 그냥 갔으면 진짜 진료만 보셨겠죠."

"병원 갔다가 그냥 안락정원 내부를 이리저리 살펴봐도 되지 않을까요?"

"아마 안 될 거예요. 1층과 2층이 상가라서 문이 활짝 열려 있는 것 같지만, 입주자들이 있는 3층부터는 비밀번호를 알아야 들어갈 수 있대요."

"엘리베이터도 있는 것 같던데?"

"아, 그거 모르셨구나. 거기 엘리베이터도 3층 이상을 가려면 카드 키가 있어야 해요. 호텔에서 카드 키 있어야 엘리베이터 탈 수 있는 거랑 똑같은 거죠."

"근데, 두호 씨는 그걸 어떻게 아셨어요?"

테오는 담담하게 물었지만, 두호는 당황한 얼굴이었다. 잠시 뜸을 들이다가 두호는 겸연쩍은 얼굴로 다시 말을 이어 갔다.

"실은 저도 처음엔 안락정원에 입주하려고 했었거든요. 편의점 앞에 살면 출근하기 편할 것 같아서."

두호의 대답이 끝나기가 무섭게 편의점 문이 열리며 손님이 들어왔다. 얼마 만에 손님인지 모르겠다는 얼굴로 두호는 손님에게 반갑게 인사했다. 그런 와중에도 테오는 꼼짝하지 않고 창가 자리에 앉아 안락정원을 쳐다봤다. 테오는 지금 그저 한 가지 생각뿐이었다. 언제 저 병원에 가봐야 할까?

*

테오는 점심시간이 한참 지나고 나서야 안락정원으로 향했다. 큰마음을 먹고 안락정원 현관 1층에 들어서자 오묘한 냄새가 났다. 커피 향과 반찬 냄새가 어우러진, 한 번도 맡아보지 못한 냄새였다. 절대 나란히 있으면 안 될 것 같은 조합이었지만, 안락정원이기에 가능한 조합이기도 했다. 어쨌든 테오는 한 발 한 발 계단을 디디며 천천히 2층으로 올라갔다. 두호의 말대로 2층에서 3층으로 올라가는 계단에는 또 하나의 문이 있었고, 비밀번호를 누르거나 카드 키가 있어야만 들어갈 수 있는 고가의 잠금장치가 설치되어 있었다. 입주민들의 사생활을 보호하는 조치겠지만 무언가 다른 비밀을 숨기고 있을지도 모른다는 생각이 들자, 뒷골이 서늘해졌다. 2층 계단을 중심으로 왼편에는 정신과 병원이 있었고 오른편에는 입원실로 보이는 작은 병동이 있었다. 이렇게 작은 정신의학과 병원에 병실이 있다는 것 자체가 흔치 않은 일이었다. 테오는 명함 뒤편에 작은 글씨로 쓰여 있던 '호스피스 완화치료 서비스'라는 문구가 떠올랐다. 이들은 이곳에서 도대체 무슨 짓을 벌이고 있는 것일까?

"오늘 처음 오시는 거죠?"

간호사가 테오의 얼굴을 빤히 쳐다보며 당연하다는 듯 질문을 던졌다. 테오는 수복이 건네준 명함을 언제 보여줘야 할지 몰라 잠시 머뭇거렸다. 그러자 간호사는 답답하다는 표정으로 접수증을 쓱 내밀었다. 테오는 접수증에 자신의 정보를 또박또박 적다가 병원 방문 목적을 쓰는 난에서 다시 멈칫했다. 뭐라고 써야 할까? 본래 목적을 감춰야 한다고 생각했는데, 이 명함을 보여주면 드러나게 될 상황이었다. 결국 '상담'이라고 적고 간호사에게 접수증을 슬며시 내밀었다. 간호사는 접수증을 받으면서도 눈길조차 주지 않고 바로 컴퓨터 자판을 두드렸다. 테오가 계속 자신을 쳐다보고 있는 것이 불편했는지 간호사는 바로 저기 앉아서 기다리라고 눈짓을 보냈다. 테오는 엉거주춤 뒷걸음질로 대기실 의자에 불편하게 앉았다. 손님이 한 명도 없으니 의사가 진료실에 없을지도 모른다는 생각까지 들었다. 진료 대기실에 앉아 사방을 둘러보는데 5초도 걸리지 않을 만큼 아담한 병원이었다. 시선 둘 곳이 딱히 없어서 테오는 결국 간호사를 쳐다볼 수밖에 없었는데, 간호사 이름표에 적힌 '강민정'이란 이름이 눈에 들어왔다. 머리카락 한 올도 용납하지 않고 모두 뒤로 넘겨버린 그녀의 얼굴은 전체적으로는 건강해 보였지만, 어딘가 심드렁한 모습이었다. 전쟁터에서 바로 옆에 폭탄이 떨어져도 눈 하나 깜빡하지 않을 것 같은 제법 강인한 군인 같은 인상이랄까? 그녀의 눈썹은 간혹 미간에 주름을 만들어내곤 했는데, 그것이 더욱 그녀를 냉소적인 사람으로 보이게 만들었다. 테오의 시선을 느꼈는지 민정은 미간을 잔뜩 찌푸린 채 자리에서 벌떡 일어나 진료실로 들어갔다. 바로 문이 닫혀서 진료실 상황은 알 수 없었지만, 무언가 우당탕 소리가 들리는 것 같기도 했다. 민정이 다시 진료실 문을 열고 나오는 것을 보고, 테오는 새삼 놀랐다. 민정이 생각보다 키가 컸기 때문이다. 간호사 유니폼을 입고 있었지만, 잔근육이 발달할 정도로 운동을 많이 한 사람으로 보였다. 멍하니 민정을 쳐다보고 있다가 눈이 마주친 테오는 무언가 압도당하는 느낌이 들어서 자신도 모르게 움찔했다.

"주테오 환자분, 이제 들어가시면 됩니다."

　진료실 문을 열고 들어가니 안경을 낀 꺼벙한 의사가 자리에 어색하게 앉아 있었다. 의사 가운은 입고 있었지만, 가운 안에 입은 와이셔츠 한쪽이 접혀 있어 옷을 급하게 입은 티가 났다. 의사는 테오가 들어가자 놀랐는지 순간 의자에서 엉덩이를 떼었다가 다시 앉았다. 파마를 잘못한 것처럼 이리저리 삐친 머리였는데, 자세히 보니 태생적인 곱슬머리였다. 원장, 이익선. 수복이 준 명함에 있던 바로 그 이름이었다. 설마 이런 사람이 조력자살 시스템을 기획하고 운영한 사람이라고?

테오는 반신반의했다. 어쩌면 허술하게 보이려고 일부러 저런 행색을 하고 있는지도 모를 일이었다.

"어떤 도움이 필요하신지 여쭤봐도 될까요?"

테오는 대답 대신 수복이 건네준 명함을 내밀었다. 익선은 명함을 보더니 조금 놀라는 눈치였다. 테오 역시 놀랐다. 익선의 표정과 행동에는 무언가를 감추려는 의도가 전혀 없어 보였기 때문이다. 테오가 아무런 말도 하지 못하고 가만히 앉아 있자, 익선은 안경을 고쳐 쓰더니 조심스럽게 물었다.

"이걸 언제 받으셨나요?"

"이틀 전이요."

"그런데 오늘 오셨다고요?"

"네. 왜 그러시죠?"

"자살을 결심하셨던 분들은 대개 이런 걸 건네도 이렇게 빨리 찾아오지는 않으시거든요."

테오는 방심하고 있다가 역습을 당한 기분이었다. 어쩌면 테오가 다른 의도를 가지고 접근한 게 아닌지 떠보는 중일지도 몰랐다. 허술하게 보였지만, 익선은 절대 만만한 사람이 아니었다. 정신을 가다듬고 테오는 태연한 척 말했다.

"저를 구해주셨던 경찰관이 왜 이런 병원 홍보를 하고 다니는지 궁금해서요."

"아, 궁금하셨다고요? 그거 역시 긍정적인 반응이네요."

“왜죠?”

“여기 오시는 분들은 대개 마음의 병이 깊어져서 죽고 싶은 분들이 많은데, 그런 분들한테 호기심이 있다는 건 아주 좋은 징조거든요.”

“사실 저는 소문을 듣고 왔어요.”

“무슨 소문이요?”

“여기서 죽고 싶은 사람 소원을 들어준다고 하던데, 맞나요?”

익선은 잠시 입을 벌리고 테오를 쳐다봤다. 테오는 익선의 대답이 궁금하면서도 한편으론 마음이 후련했다. 안락정원 시스템에 들어오기 위해 테오가 할 일은 이제 다 한 셈이었기 때문이다. 익선은 한동안 대답하지 못하고 눈만 껌벅거렸다. 테오는 미소까지 지으며 익선의 대답을 여유만만하게 기다렸다. 익선은 마치 이런 질문을 처음 받아본 사람처럼 당황한 기색이 역력했다. 그러다 별안간 표정을 바꾸더니 제법 냉정하고 차분하게 대답했다.

“저희가 모든 소원을 들어드리는 건 아닙니다. 그러니까 저희도 저희 나름대로 도와드릴 수 있는 분인지 판단하기 위해서 거쳐야 하는 절차들이 있다는 말이죠.”

“일종의 심사 같은 게 있다는 건가요?”

“뭐 비슷합니다. 1차 서류심사가 통과되면 면접도 보셔야 하고 원하는 바를 이룰 때까지 여기 안락정원에 입주해서 공동체 생활도 하셔야 합니다."

말이 끝나기가 무섭게 익선은 서랍장에서 꽤 두툼한 서류봉투를 꺼내더니 불쑥 내밀었다. 테오는 얼떨결에 서류봉투를 받았다.

"여기 서류 첫 장에 반드시 제출해주셔야 하는 서류들이 적혀 있습니다. 순서대로 준비해주시고, 그 뒤에는 각종 심리검사와 여러 가지 설문지들이 있으니 그걸 모두 작성해서 가지고 오시면 됩니다. 만약 이렇게까지 하고 싶지 않으시면 그냥 서류를 돌려보내주십시오. 가끔 서류도 돌려보내지 않는 분들이 있어서요."

질문할 게 많았지만, 테오는 묻지 않았다. 묻는다고 해도 제대로 대답해주지 않을 것 같았다. 테오는 제법 두툼한 서류를 받아 들고 어색하게 진료실을 나왔다. 테오가 나오자, 간호사 민정은 잠시만 앉아서 기다리라고 말했다. 곧 전화벨이 울렸고 그 전화를 받은 민정은 테오를 한번 쳐다보더니 바로 전화를 끊었다.

"주테오 환자분! 다음 주 목요일 오후 2시로 다음 진료 예약해드렸습니다. 가지고 계신 서류들은 모두 작성하셔서 다음 주 화요일까지 병원으로 보내주시면 됩니다."

숙소에 돌아와 테오는 바로 서류봉투를 열어보았다. 봉투 안에는 테오가 준비해야 할 서류들과 작성해야 할 서류들이 잘 구분되어 일목요연하게 정리되어 있었다. 우선 테오가 준비해야 할 서류들은 스무 가지가 넘어 보였다. 마치 사망자의 흔적을 정리할 때 필요한 서류들처럼, 안락정원에서 원하는 것은 테오가 이 세상에 어떻게 존재했고 또 어떻게 경제활동을 하며 얼마만큼의 재산을 축적하며 살아왔는지를 알게 할 서류였다. 안락정원을 찾아오기 전에 테오는 다니던 직장을 그만두고 살던 집까지 정리하고 나선 터라 서류 준비가 복잡하진 않았지만, 그들이 죽고자 하는 사람의 재산을 노리고 있는 게 아닌가 해서 준비하는 내내 마음이 불편했다. 안락정원이 죽고 싶어 안달이 난 사람들이 남긴 재산으로 경제적인 이득을 취하려고 이 일을 시작했다면 경제적으로 여유가 별로 없는 테오의 경우 아예 서류심사에서 걸러질 수도 있다는 생각에 불안하기도 했다.

안락정원에 입주하게 되면 그들이 일방적으로 정한 수십 가지의 규칙을 따라야만 했다. 서류봉투에는 A4용지 한 장 정도로만 규칙이 정리되어 있었지만, 입주 계약을 할 때는 상세한 규칙이 더 추가되는 모양이었다. 사실 지금 간략하게 추려진 규칙들만 봐도 테오는 머리가 어질어질했다. 그중에서 가장 적응하기 힘든 규칙은 매일 일정한 시간에 기상하고 취침해야 한다는 것과 아침 식사와 저녁 식사는 무조건 5층에 있는 식당에서 입주자 모두와 함께해야 한다는 것이었다. 내향적인 성격을 지닌 사람들에겐 무척이나 부담되는 조건이었다. 거기에다 안락정원에 입주하게 되면 일주일에 20시간 이상의 노동을 의무적으로 해야 한다는 조건까지 있었다. 보증금이나 월세 없이 숙식을 제공하기 때문에 받아들일 수밖에 없는 조건이었지만, 어떤 일이 맡겨질지 모른다는 사실이 무엇보다 불편했다. 서류 마지막 장에는 비밀 유지 각서까지 포함되어 있었는데, 이 또한 매우 찜찜한 조건이었다. 그럼에도 테오는 그들이 원하는 모든 서류를 차근차근 준비했다. 또한 그들이 원하는 심리검사 항목들과 논술에 가까운 작문 역시 차분하게 완료했다. 지금 테오의 입장에선 다른 선택사항이 없었기 때문이다.

3장
그도 그럴 것이

"그러니까 서류심사에 통과하신 거네요?"

"어쩌다 보니 그렇게 되었네요."

"역시 형님, 대단하시네요."

"근데 그게 좀 찜찜한 기분이 들어요."

"뭐가요?"

"저 같은 경우는 모아놓은 재산도 얼마 없어서 돈 나올 구석이 거의 없는 사람이거든요."

"우리가 모르는 다른 기준이 있을지도 모르죠."

"그럴까요? 암튼 오늘 오후에 여기 건물주 면접에 통과되면 바로 입주가 가능하다고 들었어요."

"아, 그래서 짐을 가지고 오신 거구나."

"네, 마침 숙소에서 방을 빼야 하는 날이기도 했고."

"근데 정말 괜찮으시겠어요?"

"뭐, 그냥 이사하는 거로 생각하면 되죠."

"근데 저는 아직도 좀 걱정이 되네요. 꼭 들어가셔야겠어요?"

"뭐가 그렇게 걱정이 되는데요?"

"실은 제가 어제 여기 회장님 관련해서 들은 말이 있어서요."

"회장님? 아, 안락정원 건물주 말씀하시는 거죠?"

"네. 여기 회장님이 조폭들 밑에 두고 사채업 하던 사람이었다고 했었잖아요? 그래서 그런지 여기 신도시 상가 쪽에 있는 건물 3분의 1이 다 회장님 거라네요. 한마디로 영종도에선 아무도 못 건드리는 지역 유지라는 거죠. 경찰이 그 밑에서 일하고 있는 게 어쩌면 당연할지도 몰라요."

"그렇게 막강했던 사람이 왜 여기까지 와서 안락정원을 만들었을까요?"

"그러니까요. 저도 그 부분이 이상해요. 항간에는 숨겨둔 아들이 있는데, 그 아들이 그 경찰이라는 말도 있고, 암튼 별해괴한 소문이 많아요. 근데 그중에서 진짜 이상한 얘기는 따로 있어요. 그 건물주가 사람의 마음을 읽어내는 능력이 있대요. 얼굴만 잠깐 봐도 그 사람이 어떤 사람인지 단박에 알아낸다는 거죠.”

“거의 괴담 수준이군요. 암튼 오늘 만나보면 사실인지 여부를 알 수 있겠네요.”

“만약 그게 사실이라면 어쩌시려고요? 형님이 안락정원 들어가는 이유를 단박에 알게 될 텐데.”

테오는 피식 웃음이 나왔다. 두호의 호들갑이 오히려 테오의 긴장감을 풀어주었다.

두호의 걱정을 들었음에도 테오는 단출한 여행 가방 하나를 가지고 기어이 편의점을 나섰다. 안락정원 입구에 서서 테오는 잠시 안락정원을 노려보았다. 갑자기 1층 카페 주인으로 보이는 남자가 안락정원 앞에 있는 테오를 보더니 바로 어딘가로 전화를 걸었다. 잠시 후, 간호사 민정이 현관으로 나왔다.

“저를 따라오세요.”

민정은 테오를 힐끔 쳐다보더니 바로 앞장서서 걸어갔다. 테오는 조심스럽게 민정을 따라 안락정원으로 들어갔다. 문득 테오는 뒤통수가 따가운 느낌을 받았다. 그도 그럴 것이, 1층 카페 사장과 편의점 두호 말고도 꽤 여러 사람이 테오의 안락정원 입성을 지켜보고 있었기 때문이다.

두호가 말했던 대로 엘리베이터는 3층 이상을 올라가려면 카드 키가 따로 있어야 했다. 그제야 테오는 민정이 굳이 마중을 나온 이유를 알 수 있었다. 민정은 카드를 대더니 바로 5층을 눌렀다. '삑' 하는 카드 키 소리와 함께 다른 세상에 온 기분이 들었다. 그러다 엘리베이터가 2층에서 잠시 멈췄는데 범상치 않아 보이는 할머니가 엘리베이터 앞에 서 있었다. 할머니는 머리에 빨강 두건을 칭칭 감고 있었는데, 한쪽 귀에만 초록색 귀걸이를 하고 있었다.

"원장님이 할매는 엘리베이터 타지 말라고 하셨을 텐데요."

"도가니 아픈데 왜 못 타게 하고 지랄이야?"

"혈당수치가 높아서 반드시 계단 이용하시라고 원장님이 신신당부하셨잖아요."

민정은 말을 하면서도 열심히 닫힘 버튼을 눌렀다. 할머니는 테오를 뚫어지게 쳐다보다가 문이 완전히 닫히는 순간 얼굴을 들이밀더니 알아듣지 못할 말을 입 모양으로 웅얼거렸다. 테오는 왠지 모르게 기분이 나빴다. 할머니의 입 모양이 분명 욕하는 것으로 보였기 때문이다.

5층에 도착한 엘리베이터는 아주 천천히 문을 열어주었다. 시야가 트이자 계단을 중심으로 왼쪽엔 식당이 보였고 오른쪽에는 현관문 하나가 보였다. 민정은 망설이지 않고 왼쪽 식당으로 들어갔다. 식당 창가 쪽에는 제법 넓은 테라스가 보였는데 얼핏 카페테리아처럼 보이기도 했다. 식당 안쪽 한 면에는 커다란 주방이 있었는데 식사하는 시간이 아님에도 불구하고 음식 냄새가 진동했다. 방금 1층에서 맡았던 반찬 냄새와 비슷한 냄새가 나는 걸 보니 1층 반찬가게에서 이 주방을 이용하는 모양이었다. 민정은 테오를 창가 쪽 자리로 안내했다. 카페테리아로 나가는 문 옆에는 커피머신이 있었고, 그 옆에는 각종 음료수가 든 냉장고가 보였다. 민정은 취향대로 골라 마시라고 말하고는 총총히 사라졌다. 테오는 음료 냉장고를 한참 쳐다보다가 겨우 음료수 하나를 골랐다. 한창 햇살이 쏟아지는 시간이라 테오는 식당 안보다는 창밖 테라스에서 기다리는 게 좋을 것 같아 유리문을 열어보았다. 다행스럽게도 문이 스르륵 열렸다. 햇빛이 잘 드는 테라스 자리에 앉아 음료수를 마시려고 고개를 돌렸는데, 식당 안쪽 문에 아까 봤던 그 이상한 할매가 바짝 붙어서 테오를 뚫어지게 쳐다보고 있었다.

"아이고, 깜짝이야!"

테오는 자기도 모르게 소리쳤다. 할머니는 어이없어하는 테오의 얼굴을 보고도 얼굴색 하나 변하지 않고 유리에 온몸을 밀착한 채 계속 입 모양으로 무슨 말인가를 하고 있었다. 그제야 테오는 두호가 언급했던, 외상을 외치고 간다던 그 할머니가 떠올랐다. 저 할머니도 죽고 싶어서 들어온 사람일까? 아니면 안락정원 사람들과 같은 편일까? 긴가민가하고 있는데 계단 쪽에서 엘리베이터가 도착하는 소리가 떵하고 울렸다. 엘리베이터 문이 열리면서 익선이 나온 줄 알았는데, 익선은 보이지 않고 오른쪽에 있는 501호 초인종 소리만 희미하게 들렸다. 테오는 익선이 501호 쪽으로 먼저 간 것이 아마도 501호에 두호가 말했던 그 회장님이 사는 모양이라고 짐작했다. 잠시 후, 테오의 예상대로 익선과 함께 그 회장님으로 추정되는 사람이 식당 안으로 들어왔다. 테오는 회장을 보고, 자기도 모르게 자리에서 벌떡 일어났다.

테라스 유리문이 열리자 짙은 향수 냄새가 먼저 테오를 짓눌렀다. 테오는 자신이 왜 여기에 있는지 잠시 잊어버릴 만큼 정신이 아득해졌다. 두호에게 들은 바가 있어 어느 정도 짐작은 하고 있었지만, 회장님은 생각보다 훨씬 더 시선을 압도하는 무언가가 있었다. 무엇보다 조폭을 끼고 사채업을 했던 사람이 여자였다는 사실에 더 놀랐다. 회장님은 키가 크고 이목구비가 부리부리해서 그냥 숨만 쉬어도 옆 사람을 주눅 들게 만드는 포스가 있었는데, 그 차림새도 만만치 않았다. 까맣게 염색한 머리를 최대한 부풀린 올림머리와 과하다 싶을 정도로 진한 화장도 압도적이었지만, 더 강렬했던 것은 좀처럼 소화하기 어려운 보라색 벨벳 원피스였다. 더구나 가슴팍에는 굵은 체인 금목걸이를 하고 있었는데, 목걸이 펜던트가 공교롭게도 보석이 박힌 십자가였다. 솔직히 지금이라도 도망가고 싶은 심정이었다. 안타깝게도 지금 이곳은 안락정원 5층 테라스였고, 숨을 곳도 도망칠 퇴로도 없었다.

"박검입니다."

박검은 마치 무림 고수처럼 자신을 소개하며 손을 불쑥 내밀었다. 테오는 박검의 손에 닿으면 죽을지도 모른다는 비현실적인 상상에 순간 사로잡혔지만 그 현실적인 기세에 압도당해 자신도 모르게 박검의 손을 덥석 잡았다. 테오는 박검의 손을 잡고 또 한 번 놀랐다. 차가운 보라색 피가 흐를 것 같았던 박검의 손이 생각보다 따뜻하고 포근했기 때문이다. 테오가 한마디도 하지 못하고 멍하니 손을 흔들고 있자, 옆에 있던 익선이 테오를 대신 소개했다.

"이분이 바로 주테오 씨입니다."

"반갑습니다. 테오 씨. 자리에 앉아서 얘기를 해보죠."

박검은 먼저 자리에 앉더니 테오를 뚫어지게 쳐다보며 익선에게 손을 내밀었다. 익선은 들고 있던 테오의 서류를 바로 건네주었다. 그저 서류를 넘겨준 것뿐인데 테오는 자신의 목숨이 넘겨진 것 같은 느낌이 들었다. 그제야 테오는 깨달았다. 안락정원의 창조자는 익선이 아니라 박검이라고. 그런데 조폭 출신 사채업자가 왜 이런 곳에서, 이런 건물까지 지어놓고, 이런 말도 안 되는 일들을 벌이고 있는 걸까?

"왜 영종도까지 와서 죽으려고 하셨나요?"

테오의 서류를 보던 박검이 불시에 물었다. 테오는 대답하지 못했다. 사실 테오가 먼저 묻고 싶었다. 왜 여기까지 와서 이런 일을 벌이고 있는 거죠? 테오가 대답이 없자 박검은 테오를 뚫어지게 쳐다봤다. 마치 레이저 광선으로 얼굴이라도 뚫을 사람처럼. 박검의 시선을 피하지 않으려고 애를 썼지만, 테오는 금세 시선 둘 곳을 잃어버렸다. 그러다 식당 안쪽 유리창에 그 할머니가 여전히 붙어 있는 것을 발견했다. 할머니가 계속 뭔가 얘기하려는 것 같아 테오는 유심히 할머니의 입모양을 쳐다봤다. 사. 채. 업. 자. 할머니의 입은 분명 그렇게 말하고 있었다. 사채업자라는 말을 확인하자마자 테오는 자신도 모르게 웃음이 나왔다. 바로 입을 틀어막고 고개를 숙였지만, 테오가 웃음을 참고 있는 것을 알아챈 박검이 힐끗 유리창 쪽을 쳐다봤다. 순간 민첩하게 유리창에서 떨어진 할머니는 냉장고에서 음료수를 고르는 척했다.

"인천공항 물류센터에서 근무한 경력이 있었습니다."

뜸들이는 테오를 보다 못해 익선이 대신 답해주었다. 박검은 헛기침을 한번 하더니 계약서가 들어 있는 파일을 건네며 말했다.

"안락정원에서 원하는 것을 얻으시려면, 반드시 따라야 할 규칙들이 있습니다."

"네, 알고 있습니다."

"그럼, 자세히 읽어보시고 여기 서명을 해주시면 됩니다."

"궁금한 게 있습니다. 이런 일은 왜 하시는 거죠?"

"왜 그런 게 궁금하실까요?"

"계약할 땐 뭐든 꼼꼼하게 확인해야 한다고 들어서요."

"계약서 꼼꼼하게 확인해보시고 동의할 수 없다면 여기서 나가시면 됩니다."

기죽지 않으려고 테오는 힘을 주어 얘기했지만, 어느새 주먹에 땀이 배어났다. 박검은 테오의 기세가 대수롭지 않다는 듯 익선을 쳐다보지도 않고 말했다.

"그럼, 선생님이 마무리를 좀 해주시죠."

박검이 무거워 보이는 몸을 일으키자, 익선은 박검을 부축하며 공손하게 알겠다고 대답했다. 그사이 계약서를 다 읽은 테오는 당황스러웠다. 일반적인 월세 계약서랑 별반 다르지 않은 계약서였기 때문이다. 다른 점이 있다면 계약서 마지막 장에 나오는 특별 규칙과 특별 규칙을 어길 시 갑(집주인)은 을(세입자)을 바로 퇴거시킬 수 있다는 문구였다. 한마디로 안락정원 규칙을 어기면 갑이 을을 언제든 내쫓을 수 있다는 뜻이었다. 테오는 다시 자리로 돌아온 익선에게 물었다.

"이게 다인가요?"

"왜요? 뭔가 더 필요한 사항이 있나요?"

"제가 여기에 들어온 건 다른 이유가 있었기 때문인데 그 대목이 빠져 있어서요."

"아, 무슨 말씀인지는 알겠어요. 근데 그런 말을 꼭 계약서에 적어둘 필요는 없지 않을까요?"

"법적으로 문제가 될 수 있다는 뜻인가요?"

"네, 그렇습니다."

"그럼, 저는 언제쯤 제가 원하는 것을 얻을 수 있나요?"

"그걸 이렇게 직접적으로 묻는 분은 또 처음이라서 조금 당황스럽네요. 뭐 어쨌든 궁금해하시니까 말씀을 드리면, 저희도 정확히 말씀드릴 수가 없습니다. 세입자의 의지나 상황에 따라 달라질 수 있는 일이거든요. 아마도 적당한 시기가 오면 세입자 본인이 가장 먼저 알게 되실 겁니다."

왠지 영혼이 없어 보이는 익선의 표정은 아까 봤던 박검의 표정과 닮아 있었다. 그들은, 싫으면 이런 계약을 하지 않아도 된다고 말하고 있었다. 사람을 죽여준다는 말을 계약서로 남기지 않겠다는 것도 그들로서는 당연했다. 그렇다면 안락정원에 머물렀던 사람들은 이런 불합리하고 어설픈 계약을 왜 했던 걸까? 대개 자살은 자살 충동이라는 말이 있을 정도로 충동적인 경우가 많지만, 충동이 지배하는 짧은 시간이 지나고 나면 대부분 미수에 그쳤다. 그만큼 자살은 쉬운 일이 아니었다. 실패할 확률도 생각보다 높아서 철저히 계획하고 준비하다가도 상황이 바뀌는 경우가 많다. 극단의 상황에 몰리거나 깊은 우울증에 빠진 경우가 아니면, 여러 차례 반복해 시도되곤 하기에 자살로 인해 가족이나 지인을 잃은 사람들은, 자살을 선택한 가족이 보내온 수많은 절망 신호를 알아차리지 못한 자신을 용서하지 못해, 결국 같은 선택을 하기도 했다. 죄책감은 바이러스처럼 주변 사람들에게 잠복해 있다가, 절대로 일어날 것 같지 않았던 그 일을 저지르게 만들기도 했다. 어쩌면 테린이도 그랬을까? 뜬금없이 눈시울이 붉어진 테오를 보고 익선이 조심스럽게 물었다.

"혹시 마음이 바뀌신 건가요?"

"간혹 마음이 바뀐 사람들도 있었나요?"

"종종 있었죠. 서류만 가져가시고 제출을 안 하시는 경우가 많습니다."

계약서 서명란을 물끄러미 바라보던 테오는 무슨 생각인지 바로 계약서에 서명을 해버렸다. 깜짝 놀란 익선이 쳐다보자, 테오는 아무것도 아니란 듯이 미소를 지었다.

"생각보다 빨리 결정하셔서서 놀랐습니다."

"더 생각할 필요가 없어서요."

“그래도 여기 지켜야 할 규칙들은 한 번 더 보시는 게 낫지 않을까요?”

“대충 다 봤습니다.”

“좀 더 꼼꼼하게 읽어보세요. 내일부터 바로 적용되는 거니까.”

“아, 내일부터 입주해야 하는 건가요?”

“네, 원래는 그렇습니다.”

“하루 일찍 들어오면 안 된다는 규정은 못 봤던 것 같은데.”

“이미 짐을 가지고 오신 것 같으니 어쩔 수 없죠. 근데 짐은 이게 다인가요?”

“네. 뭐 짐이 많을 필요 없는 사람이니까요.”

“그렇군요.”

“그럼 저는 이제 어디로 가면 될까요?”

“아, 303호입니다. 어제 미리 입주 청소를 해두어서 다행이네요. 저기, 순이할매! 아직 거기 있어요?”

익선이 큰 소리로 부르자 보이지 않던 순이할매가 불쑥 나타났다. 순이할매는 익선을 보더니 입을 꼭 다문 채 여물을 삼키는 소처럼 입을 계속해서 움직였다.

“우선 인사 나누세요. 여기 사시는 분인데 당뇨가 있으셔서 제가 단 음식을 먹지 마시라고 했더니 저만 보면 저렇게 장난을 치세요. 하하. 순이할매! 오늘 새로 입주하는 303호 주테오 님입니다. 저는 이거저거 챙겨야 할 게 많으니까, 할매가 직접 방으로 안내 좀 해주세요.”

순이할매는 여전히 무언가를 씹는 척하며, 흔쾌히 고개를 끄덕였다. 익선이 서류를 가지고 먼저 일어서자, 순이할매는 오물거리는 것을 멈추더니 테오를 빤히 쳐다봤다. 테오는 할매의 그런 시선에 불편을 느끼며 혼자 주섬주섬 짐을 챙겼다.

“뭐 해? 빨리 따라오지 않고!”

*

303호 문 앞에서 테오와 순이할매는 대치 중이었다. 순이할매가 303호 도어록 비밀번호를 알려주지 않고 있었기 때문이다.

“할머니! 빨리 비밀번호 알려주세요.”

“싫어!”

“아, 왜요?”

“아이스크림 사줘!”

“아니 비밀번호랑 아이스크림이랑 무슨 상관이에요. 그리고 오늘 저랑 처음 본 사이잖아요. 왜 제가 할머니한테 아이스크림을 사줘야 해요?”

“들어가고 싶으면 아이스크림 사줘!”

"저한테 아이스크림 맡겨놨어요?"

"사줘!"

"어휴, 알았어요. 그러니까 아이스크림 사주면 알려주신다
는 거죠?"

순이할매는 대답 대신 바로 1층으로 내려갔다. 테오는 짐
을 303호 문 앞에다 두고 순이할매를 따라 1층으로 투덜투덜
내려갔다. 테오가 1층 현관을 다 나서기도 전에 순이할매는
이미 편의점 냉장고를 뒤지고 있었다.

"형님, 벌써 다 끝나신 거예요?"

"이제 짐 가지고 들어가려고 하는데 저 할머니가 아이스크
림을 사달라고 강짜를 부려서."

"아시겠죠? 저 할머니가 저번에 제가 말한 그 할머니예요"

테오는 한숨을 폭 내쉬었다. 그때 할머니가 아이스크림 두
개를 집더니 두호에게 보여줬다. 두호는 눈짓으로 계산해도
되냐고 물었다. 테오는 고개를 끄덕였다.

"아참 할머니! 당뇨라고 들었는데, 괜찮아요?"

"3318!"

할머니는 욕하듯 방 비밀번호를 외치더니 아이스크림을
품에 안고 달아났다. 놀란 테오가 따라나서려 하자, 두호가
말렸다.

“괜찮을 거예요. 저 할머니가 가져간 아이스크림 무설탕 아이스크림이에요.”

테오는 안심하고 카드를 내밀었다. 두호는 아이스크림 계산을 하자마자 삼각김밥과 컵라면을 내밀었다. 역시나 유통기한이 임박해서 처리해야 하는 것들이었다.

“고마워요. 잘 먹을게요.”

“근데, 정말 괜찮으시겠어요?”

“뭐, 이미 계약까지 다 끝낸걸요.”

“아니, 사람을 죽여준다고 계약했다고요?”

“보니까 그냥 평범한 임대 계약서였어요. 별첨에 추가된 규칙 같은 게 좀 있긴 했는데, 월세가 없다고 해서 얼른 사인을 했죠.”

“하긴 바보가 아닌 이상 직접적인 증거를 남기지는 않겠죠.”

“그럼, 저는 이만 들어가볼게요.”

“네, 혹시 무슨 일 있으면 저한테 구조요청 하시고요. 저 오늘은 밤 근무까지 하거든요.”

테오는 까만 봉지에 담긴 삼각김밥과 컵라면을 받고는 손짓으로 인사를 대신했다. 테오가 안락정원으로 들어가는 것을 지켜보려는 듯 두호도 테오를 따라 편의점 밖으로 나왔다. 테오가 안락정원 현관으로 들어가기 직전 뒤돌아보니 두호가 담배를 피우고 있었다. 손동작이나 담배 연기 내뱉는 모습을 보니 아주 오랫동안 담배를 피웠던 사람 같았다. 평소 두호의 이미지와 너무도 달라 보여 무척 생경하게 여겨졌다. 두호는 한쪽 눈을 유난히 찡그리며 하늘 높이 담배 연기를 뿜어냈다. 뭉글거리던 담배 연기는 안락정원까지 닿지 않았지만, 두호의 시선은 안락정원 끝까지 닿아 있는 것 같았다.

"누구세요?"

"아, 오늘 여기 303호로 이사 온 사람인데 카드 키를 아직 못 받아서."

"새 입주자는 내일 온다고 들었는데."

"아, 그게 제가 오늘 있을 곳이 마땅치가 않아서 일찍 왔어요."

교복을 입은 여학생은 매우 의심스러운 눈빛으로 까만 봉지를 들고 엘리베이터 앞에 서 있는 테오를 위아래로 훑어보았다. 반면에 테오는 여학생의 정체가 궁금했다. 안락정원 전체 주거지가 원룸 형태였기 때문에, 미성년자가 살고 있으리라고는 전혀 생각하지 못했다. 테오를 지켜보던 여학생은 짜증스레 한숨을 길게 내쉬며 어딘가로 메시지를 보냈다. 휴대전화 자판을 두들기는 여학생을 멍하니 쳐다보던 테오는 여학생 손목 안쪽에서 수상한 흉터 하나를 발견했다. 분명 날카로운 무언가로 손목을 그었던 흉터 자국이었다. 그 여학생이 안락정원에 살고 있는 이유를 짐작할 수 있었지만, 왠지 모르게 화가 치밀어올랐다. 이런 미성년자에게도 죽을 기회를 만들어준다니! 테오의 시선이 불편했는지 여학생이 조금 언짢은 표정을 지으며 쏘아붙였다.

"뭘 봐요?"

테오는 깜짝 놀라 얼른 시선을 피했다. 여학생이 눈썹을 찡그리는 순간, 여학생 휴대전화에 메시지가 도착했다. 메시지를 확인한 여학생은 한숨을 짧게 쉬더니 다시 물었다.

"아저씨, 이름이 뭐라고요?"

"주테오."

"나이는?"

"서른하나."

"됐어요. 타세요."

아마도 여학생은 익선에게 테오의 신상을 확인한 모양이었다. 테오는 여학생이 보기보다 야무지다고 생각하며 이름표를 확인했다. 이지아. 이름도 왠지 야무지다고 느끼는 사이, 지아는 엘리베이터 카드 키를 이용해 바로 3층을 눌렀다. 굳이 이런 빌라에 엘리베이터 카드 키까지 만든 이유가 궁금해졌다. 사생활을 보호하기 위해서라고 하겠지만, 무언가를 감추고 싶어서일 가능성이 더 컸다. 더구나 여기 엘리베이터는 간이침대가 들어갈 수 있을 정도로 제법 긴 병원용 엘리베이터였다. 2층에 정신과 병원이 있긴 했지만, 응급상황에서 필요한 침대용 엘리베이터가 있는 입주 공간이 절대 평범해 보이지는 않았다. 복잡한 생각이 범람할 틈도 없이 엘리베이터는 바로 3층에 도착했다. 지아의 목적지도 3층인지 엘리베이터에서 먼저 내렸다. 그리고 지아가 302호 앞에 이르자 갑자기 뒤를 돌아봤다. 테오가 303호에 다다를 때까지, 지아는 계속 테오를 노려보았다. 지아의 시선이 부담스러워 테오는 허둥거리며 303호 비밀번호를 겨우 눌렀다. '띠로록' 소리와 함께 문이 열렸다. 테오는 서둘러 자신의 방으로 들어갔다. 303호 문이 닫히는 것을 확인하고 나서야 지아는 302호 비밀번호를 누르고 자신의 방으로 들어갔다. 문에 기댄 채 지아가 방으로 들어가는 소리를 들으면서 테오는 안도의 한숨을 내뱉었다. 부담스러울 정도로 밝게 켜졌던 현관 센서 등도 어느새 꺼졌다. 그러다 문득 순이할매가 왜 303호의 비밀번호를 알고 있는 건지 궁금해졌다. 그 이상한 할매 역시 안락정원 운영자일 확률이 높다는 생각에 테오는 이상하게 등골이 오싹해졌다.

현관문에서 등을 떼자마자 테오는 스위치부터 찾았다. 암막 커튼 때문인지 방안이 매우 어두웠다. 코끝에 화장실 락스 냄새가 빠르게 스쳤다. 보통의 경우라면 입주 청소를 열심히 했다고 생각하겠지만, 왠지 이 방안에서도 누군가 죽어 나가지 않았을까 하는 생각이 들었다. 다행히 불이 켜지자마자 음습하던 두려움도 가볍게 날아갔다. 모든 것이 단출했지만, 깨끗하고 정갈한 방이었다. 마치 매일 다른 손님들을 맞이하는 3성급 호텔처럼. 어제까지 묵었던 테오의 숙소와도 비슷했다. 호텔처럼 주방 시설은 전혀 없었고, 작은 냉장고 하나가 전부였다. 화장실 하나와 침대, 붙박이장 그리고 작은 탁자가 이 방의 전부였지만, 테오는 이 작은 방이 마음에 들었다. 이곳에서 얼마나 머물러야 할지 생각하다가 갑자기 서글퍼졌다. 짐이라고 해야 여행 가방 달랑 하나였다. 짐을 풀기 위해 붙박이장 문을 열었다. 텅 빈 붙박이장 문 안쪽에는 무언가를 붙였다 떼었다 했던 자국들이 여러 군데 남아 있었다. 이 방에 머물렀던 사람들의 흔적이라는 생각이 들자, 테오는 다시 기분이 이상해졌다. 과연 이 방에 머물렀던 누군가는 원하던 죽음을 맞이했을까? 답답한 마음에 결국 테오는 풀던 짐을 그대로 놔두고 다시 방을 나와버렸다.

밖으로 나와봤지만, 테오는 갈 곳이 없었다. 아직 카드 키가 없어서 다시 건물 밖으로 나갈 수도 없었다. 어쩔 수 없이 테오는 계단을 통해 5층까지 올라가보기로 했다. 먼저 3층에는 총 네 개의 방이 있었다. 302호 지아를 제외하고 나머지 방에는 누가 사는지 궁금했지만, 지금 당장은 확인할 수 없었다. 4층으로 올라가보니 역시나 네 개의 방이 3층과 같은 형태로 자리 잡고 있었다. 그러다 5층 계단을 오르려는데 어디선가 익숙한 음식 냄새가 났다. 순간, 테오는 구역질이 나와 입을 틀어막았다. 식은땀까지 흘린 테오는 결국 5층까지 마저 올라가보지 못하고 3층으로 내려갔다. 자신의 방문을 겨우 부여잡은 채 비밀번호를 누르는데 맞은편 301호에서 문이 벌컥 열렸다. 병원에서 봤던 간호사 민정이었다.

"거기서 뭐 하세요?"

"방에 들어가려고요."

"저녁 식사 하셔야죠."

"속이 좋지 않아서요. 죄송합니다. 욱!"

"소화제 가져다드릴까요?"

테오는 손을 내저으며 303호 방으로 뛰어 들어갔다. 락스 냄새가 진동하는 화장실 변기에서 테오는 바로 토악질했다. 먹은 것이 별로 없어서 위액만 쓰리게 나왔지만, 어쨌든 무언가 토해내고 나서야 테오는 진정이 되었다. 진이 다 빠졌는지 옷을 갈아입지도 못하고 침대 위에 길게 누웠다. 테오가 갑자기 구역질했던 이유는 돈가스 냄새 때문이었다. 지금도 선명하게 기억하는 그날의 기억 때문에, 테오는 돈가스를 다시는 먹지 못했다. 냄새만 맡아도 이렇게 속이 뒤집어지면서 신물이 올라왔다. 아직도 코끝에 돈가스 냄새가 남아 있는 것 같아 테오는 다시 눈을 질끈 감았다.

*

테오가 초등학교 6학년이었던 어느 가을 아침이었다. 잠에서 얼핏 깼는데 코끝에 기름진 튀김 냄새가 진동했다. 덕분에 테오는 눈이 번쩍 떠졌다. 그때까지만 해도 테오가 제일 좋아하는 음식이 돈가스였다. 테오는 벌떡 일어나 주방으로 달려갔다. 예상대로 엄마가 돈가스를 튀기고 계셨다. 테오는 신이 났다. 돈가스를 튀기던 엄마는 먼저 세수하고 오라며 테오를 욕실부터 가게 했다. 테오는 이게 무슨 일인가 싶었다. 아직 어린 테린이가 이모 댁에 가고 없는 날이었는데, 엄마가 나를 위해서만 돈가스를 튀겨주다니! 아빠 역시 부산 건설 현장에 가신 지 오래된 터라 오늘 아침은 정말로 테오와 엄마밖에 없는 오붓한 아침이었다. 세수하면서도 테오는 엄마가 자신만을 위해 돈가스를 튀겨주었다는 사실이 믿기지 않았다. 대충 세수하고 나오니 이미 밥상이 차려져 있었다. 테오가 좋아하는 사과 소스에 양배추도 얇게 썰어서 돈가스와 함께 접시에 담아놓으니, 밖에서 먹는 돈가스와 별반 다르지 않았다.

엄마는 테오가 먹기 좋게 가위로 돈가스를 직접 자르고 돈가스 소스까지 뿌려주셨다. 테오는 아주 잠시 오늘이 자신의 생일일지도 모른다는 착각도 했다. 어쨌든 테오는 누구보다 신이 나서 허겁지겁 돈가스를 먹었다. 그런데 엄마는 돈가스를 먹지도 않고 맛있게 먹는 테오의 얼굴만 빤히 쳐다보고 있었다. 평소처럼 학교에 늦는다고 빨리 먹으라고 보채지도 않았고, 어제 숙제를 다 하고 잤냐고 채근하지도 않았다. 그런 엄마가 좀 이상해 보이긴 했지만, 테오는 마냥 기분이 좋았다. 돈가스를 우적우적 씹으며 테오는 오늘 같은 날은 학교에 가고 싶지 않다고 생각했다. 그러나 아침부터 돈가스를 만들어 준 엄마를 화나게 하고 싶지 않아 서둘러 집을 나섰다. 집을 나서는 테오의 뒤통수에 엄마의 시선이 평소보다 오래 꽂혀 있었다. 아침에 먹었던 돈가스 덕분인지 테오는 하루 종일 기분이 좋았다. 콧노래를 부르며 집으로 돌아올 때까지만 해도 세상은 모두 테오를 중심으로 돌아가는 것 같았다. 테오는 대문과 현관문이 구분되지 않았던 집에 사는 게 늘 불만이었는데, 그날만큼은 그런 집에 산다는 사실도 크게 부끄럽지 않았다. 불만 없이 현관문을 열고 집으로 들어갔는데 엄마가 없었다. 오늘도 전단 알바를 하러 가신 건가? 테오는 배가 고파서 아침에 먹다가 남은 차가운 돈가스를 과자처럼 우적우적 씹어 먹었다. 그렇게 대충 배를 채우고 TV를 보다가 테오는 깜박 잠이 들었다. 왠지 서늘한 기분이 들어 잠에서 깼는데, 사방이 깜깜했다. 무엇보다 놀란 것은 깜깜한 저녁이 되었는데도 테오가 혼자였다는 사실이었다. 순간 테오는 가슴이 쿵쾅거리기 시작했다. 그 이후로는 마치 잘 짜인 스릴러 영화처럼 시간이 흘러갔다. 형광등 불을 켜볼 용기조차 내지 못하고 방구석에 앉아 있는데, 갑자기 초인종이 울렸다. 드디어 엄마가 돌아왔다는 생각에 테오는 벌떡 일어나 현관문을 열었다. 엄마 대신 명절 때가 아니면 만날 일이 없던 고모가 저승사자처럼 빨간 입술을 한 채 서 있었다. 테오를 별로 좋아하지 않았던 고모부도 옆에 서 있었다. 그 뒤에는 늘 엄마 험담을 하고 다니던 옆집 아줌마와 반장 아줌마가 보였는데, 마치 영혼의 단짝처럼 혀를 끌끌 차며 귓속말만 하고 있었다. 고모는 혼자 집에 있던 테오를 보자마자 눈시울을 붉히더니 대뜸 테린이는 어디 있냐고 물었다. 떨리는 목소리로 이모네 집에 갔다고 대답하자, 고모는 갑자기 엄마에게 쌍욕을 해대기 시작했다. 그제야 테오는 아침에 봤던 엄마의 얼굴이 떠올랐다. 그 누구도 직접적으로 말해주지는 않았지만, 그날 밤 테오는 어렴풋이 짐작할 수 있었다. 엄마가 스스로 목숨을 끊었다는 사실을.

4장
불현듯

어설프게 잠이 깼는데 어디선가 클래식 음악이 들렸다. 슬며시 눈이 떠졌다. 아주 낯선 천장이 시야에 들어왔다. 그제야 테오는 자신이 안락정원 303호에 누워 있다는 사실을 깨달았다. 어젯밤 옷도 갈아입지 못하고 바로 잠이 들어버렸다. 시계를 보니 아침 7시였다. 클래식 음악은 천장 한쪽 구석에 있는 작은 스피커에서 흘러나오고 있었다. 어제 봤던 안락정원 규칙 중에 7시에 기상하고, 7시 30분까지 5층 식당에 모여 아침 식사를 함께해야 한다는 항목이 있었지만, 이렇게 클래식 음악 알람까지 나올 줄은 예상치 못했다. 잠시 침대에 걸터앉아 있다가 일어서는데 머리가 핑 돌았다. 어제 저녁 식사도 하지 못하고 바로 쓰러져 잔 탓이었다. 평소에 좀처럼 잠을 이루지 못하던 테오는 지금의 상황이 조금 신기했다. 너무 고단했던 것일까? 아니면 안락정원이 정말 안락했던 것일까? 테오는 정신을 차리기 위해 창문을 열었다. 상쾌한 아침 공기와 함께 어디선가 커피 향이 올라왔다. 커피가게 사장님이 벌써 출근한 모양이었다. 맞은편 편의점 앞에는 편의점 사장님으로 보이는 중년의 남자가 주변을 쓸고 닦는 것이 보였다. 두호 씨는 출근 전인가? 문득 두호가 어제저녁 챙겨주었던 삼각김밥과 라면이 생각났다. 두리번거리다가 현관 바닥에 삼각김밥과 라면이 든 까만 봉지가 덩그러니 놓여 있는 것을 보았다. 공복이었지만 이상하게 배가 고프지 않았다. 다만 구토를 여러 번 해서 그런지 목이 조금 따끔거렸다. 어쩔 수 없이 수돗물을 그냥 마셨다. 비릿한 물비린내가 났지만, 어젯밤처럼 토하지는 않았다. 세수하고 이를 닦았다. 수건으로 얼굴을 닦으며 거울을 보고 있는데 누군가 요란하게 문을 두드렸다.

"일어났냐?"
"네."
"아침밥 먹어야지!"
순이할매가 웬 야구방망이를 들고 건들거리며 서 있었다. 테오는 그런 모습이 생경해서 아무 말 없이 우두커니 서 있었다. 순이할매는 야구방망이를 지팡이 삼아 먼저 4층으로 올라갔다. 테오는 순이할매가 303호 비밀번호를 알고 있다는 생각에 당장 비밀번호를 바꾸기 위해 허둥거렸다. 한참을 씨름하다가 피식 웃음이 났다. 순이할매가 비밀번호를 알고 있음에도 불구하고 방망이로 문을 두드렸기 때문이다. 결국 테오는 비밀번호 바꾸는 것을 잠시 미루고 5층 식당으로 올라갔다.

5층에 도착하자마자 음식 냄새가 진동했다. 순이할매는 벌써 자리를 잡고 앉아 자판기 커피를 마시고 있었다. 주방에는 1층 반찬가게 아주머니로 추정되는 중년의 아주머니가 무언가를 열심히 볶고 있었고, 반대편 주방에선 듬직한 아저씨가 연기가 폴폴 나는 밥을 커다란 주걱으로 뒤집고 있었다. 안락정원 입주자는 운영자가 계획한 시간표에 따라 안락정원에서 일정 시간 동안 노동력을 제공해야 한다는 문구가 떠올랐다. 그때 엘리베이터 문이 경쾌하게 열리면서 예쁘장하게 생긴 카페 사장이 흰색 셔츠에 검은 앞치마를 두르고 성큼성큼 식당 안으로 들어왔다. 그의 양손에는 커피가 가득 들려 있었다.

"좋은 아침입니다! 앗, 순이할매 왜 또 자판기 커피를 드세요?"

"수다쟁이 또 왔네."

"할매, 그거 말고 이거 드세요. 제가 할매 드시기 좋게 우유

커피 만들어 왔어요."

"씨부럴!"

"혹시 새로 입주하신?"

"네. 303호입니다."

"반갑습니다. 저는 1층에서 카페하고 있는 민현빈이라고
합니다."

"카페를 일찍 여시는 것 같던데 혹시 여기 사시는 건가요?"

"아뇨. 여기 살다가 지금은 저기 신도시 아파트 쪽으로 이
사했어요. 근데 성함이?"

"주테오입니다."

"오늘 입주하신다고 들었는데 하루 일찍 오셨네요. 하하."

"네, 사정이 있어서요."

"그러셨구나. 그럼 혹시 스케줄 문자는 받으셨어요?"

"스케줄 문자요?"

"문자 한번 확인해보세요. 아마도 오늘부터 일주일간 무슨
일을 하셔야 하는지에 대해 문자가 와 있을 거예요. 아시죠?
여기 규칙."

"아, 네."

"혹시 커피는 좋아하세요?"

"네, 뭐."

"그럼 이따가 식사하시고 바로 1층으로 내려오세요. 제가

맛있는 커피 직접 내려드릴게요.”

“아, 괜찮습니다.”

“실은 이것저것 설명해드릴 것도 있고 해서. 하하.”

“아, 네. 알겠습니다.”

“순이할매, 우유커피 맛이 어떠세요?”

“더럽게 맛없어.”

“저런. 제가 온도 많이 낮춰서 달콤하게 만들어드린 건데.”

“달지 않고 느끼해.”

“설탕 안 넣었다고 또 저러시네요. 하하. 그럼, 테오 씨 좀 이따가 봐요.”

현빈은 단정한 외모만큼이나 다정하고 친절한 성품을 가진 사람으로 보였다. 하지만, 테오는 그런 현빈이 이상하게 불편했다. 테오가 살아온 세상에서 친절한 사람들은 대개 바라는 것이 따로 있거나 무언가를 숨기기 위해 자신을 포장하는 사람이었다. 현빈은 엘리베이터 앞에서 입주자들이 내리자, 특유의 미소를 지으며 하나하나 다정하게 인사했다. 그때 엘리베이터 오른편 501호 문이 열리면서 벨벳 원피스를 입은 박검이 발이 없는 귀신처럼 소리 없이 나왔다. 순간 엘리베이터 앞에 있던 사람들 사이에서 아주 잠시 묘한 정적이 흘렀다. 테오는 그 찰나의 순간을 놓치지 않고 모두 보고 있었다.

“안녕하세요, 303호 주테오라고 합니다.”

익선의 끈질긴 권유로 인사를 하기는 했지만, 식당에 모인 사람들의 반응은 조용하다 못해 썰렁했다. 마치 모두가 테오의 존재를 이미 알고 있었던 것처럼. 민망해진 테오를 그렇게 뻘쭘하게 세워두고, 안락정원 사람들은 식판이 놓여 있는 테이블 앞으로 가 줄을 섰다. 익선은 민망해진 테오를 토닥이며 함께 줄을 서도록 안내했다. 마지막으로 식판을 받아 든 테오는 깜짝 놀랐다. 식판 오른쪽 위에 양각으로 새겨진 303이라는 숫자가 선명하게 보였기 때문이다. 설마 교도소처럼 식판마다 방 번호를 새겨둔 건가? 확인차 익선의 식판을 보니 201이라고 새겨져 있었다. 아마도 2층 병원 어딘가에 비밀스러운 주거 공간이 있는 모양이었다. 테오는 식판을 들고 배식받는 줄 맨 끝으로 걸어가면서 사람들이 들고 있는 식판을 하나씩 확인했다. 예상대로 박검은 501호, 수복은 304호, 민정은 301호, 지아는 302호, 반찬가게 아주머니 일을 돕던 아저씨는 404호였다. 가만, 순이할매가 403호? 하필이면 왜 바로 위층인 걸까? 테오는 자신도 모르게 한숨이 나왔다.

“선희야! 나 고기 더 줘.”

순이할매는 식판에 이미 산더미처럼 불고기 볶음이 쌓여 있었지만, 배식을 해주는 반찬가게 아주머니에게 고래고래 소리 질렀다. 마스크를 끼고 있던 선희는 미간도 찌푸리지 않고 안 된다는 의지를 보여주기 위해 고개를 가로저었다. 결국 익선이 나서서 순이할매의 당뇨병을 운운하고 나서야 순이할매는 자신의 자리로 돌아갔다. 식판에 음식을 담은 사람들은 모두 일사불란하게 각자의 자리에 앉았다. 망설임이 없는 것을 보니 모두 자신의 고정 자리가 있는 모양이었다. 더 놀라운 것은 마지막 사람이 배식을 다 받을 때까지 그 누구도 수저를 들지 않았다는 것이다. 마치 먼저 먹으면 제일 먼저 죽는 저주에 걸린 사람들처럼. 테오가 마지막으로 배식을 마치고 자리에 앉자마자, 박검이 성호경을 그으며 기도하기 시작했다. 사람들은 각자의 신념에 따라 성호경을 따라 긋거나 조용히 눈을 감으며 기도가 끝나기를 기다렸다. 순간 테오는 자신이 사이비 종교 집단에 잠입한 사람처럼 여겨졌다. 다시 성호경을 그으며 박검이 기도를 마치자, 사람들은 그제야 식사를 시작했다. 각자 개성이 뚜렷해서 통제 불가능한 사람들로 보였는데, 이렇게나 순종적인 모습이라니! 테오는 상상만 했던 안락정원 아침 식사 시간을 직접 경험하고 나서야 그들이 모두 한통속이라는 사실을 확인할 수 있었다. 적어도 한 명쯤은 테오와 처지가 비슷한 사람이길 기대했었는데, 테오는 왠지 모르게 실망스러웠다. 더구나 그들은 생각보다 견고하고 단단한 집단으로 보였다. 왠지 모를 불안감에 식사하는 사람들을 이리저리 둘러보다가 테오는 그만 수복과 눈이 마주쳤다. 아까부터 애써 수복의 시선을 피했던 터라 테오는 당황할 수밖에 없었다. 수복은 테오를 보며 적응하기에 괜찮냐고 묻는 것처럼 고개를 살짝 끄덕이며 인사했다. 자신이 유혹한 먹잇감의 안전을 묻는 짐승이라니! 테오는 어떻게 반응해야 할지 몰라 비겁하게 시선을 회피했다.

사람들의 식사가 시작되고 나서야 선희는 식판에 음식을 담았다. 식당에 남은 자리에 앉을 줄 알았는데, 음식을 채운 식판을 들고 선희는 식당 문을 나섰다. 테오는 그 이유를 물어보고 싶었지만, 안락정원 사람들이 너무나 조용히 식사하고 있어서 물어볼 엄두가 나지 않았다. 엘리베이터 소리가 들리지 않는 것을 보니 선희는 계단을 이용한 것 같았다. 테오는 선희의 행방이 궁금해서 바로 따라가보고 싶었지만, 이런 분위기에서 튀는 행동을 할 만큼의 용기는 아직 없었다. 대신 테오는 속도를 내어 식사를 마쳤다. 남들이 일어나기 전에 먼저 일어나 퇴식구에 식판을 가져다 놓으면서 사람들의 식판 번호를 다시 확인하기 위해서였다. 안락정원의 모든 방 번호와 확인해보니, 현재 식사를 하고 있지 않은 사람은 401호와 402호였다. 지금 401호 식판만 남아 있는 것을 보면 선희가 가지고 간 식판은 분명 402호 식판이었다. 그렇다면 선희는 왜 402호 식판을 가지고 간 것일까? 모든 사람이 식당에 모여 식사해야 하는 규칙이 있는 곳에서 선희 혼자 자신의 식판을 가지고 방에 가서 먹는 걸까? 아니면, 식당으로 나오지 못한 누군가를 위해 식판을 가져다준 것일까?

"뭐 하나?"

순이할매가 예고도 없이 테오의 뒤통수를 후려치며 말했다. 테오는 일시에 공격을 당했지만, 기가 막혀서 바로 말이 나오지 않았다. 뒤를 돌아보니 테오 뒤에 사람들이 줄을 지어서 있었다. 테오가 퇴식구 앞을 가로막고 있었기 때문에, 순이할매가 그에 상응하는 조처를 했던 것뿐이었다. 그제야 상황을 파악하고 테오는 머리를 긁적거리며 재바르게 물러났다.

"혹시 오늘 일정 확인하셨어요? 아마도 오늘은 오전 10시에 저랑 상담이 제일 먼저 있을 거예요."

"아, 네. 알고 있습니다. 근데, 저기 반찬가게 사장님은 몇 호에 사시나요?"

"401호에 사십니다. 왜요?"

"아, 아닙니다."

테오는 덩그러니 혼자 놓여 있는 401호 식판을 쳐다보며 분명 선희가 402호에 머무는 누군가에게 아침 식사를 가져다준 것이라 확신했다. 그렇다면 402호엔 도대체 누가 살고 있기에 식사를 배달까지 해주어야 하는 걸까? 때마침 식판을 들고 사라졌던 선희가 다시 5층 식당으로 돌아왔다. 역시나 선희 손에는 식판이 보이지 않았다. 지아가 식사를 마치고 나서는 것을 보고 선희는 냉장고에서 요구르트를 꺼내더니 엘리베이터 앞에 있는 지아 가방에 요구르트를 넣어주었다. 매사 까칠해 보였던 지아는 자신의 가방에 손을 댄 선희에게 세상 다정한 미소를 지으며 인사했다.

"학교 다녀오겠습니다."

선희는 그제야 허리를 펴고 희미하게 웃었다. 테오는 선희가 어쩌면 말을 못 하는 사람일지도 모르겠다는 생각이 문득 들었다.

사람들이 모두 빠져나가고 선희가 혼자 늦은 식사를 하는 동안 404호로 추정되는 아저씨가 먼저 설거지를 시작했다. 아마도 그날의 식사 당번은 설거지까지 마쳐야 하는 모양이었다. 테오는 401호 선희가 식사를 마칠 때까지 기다리기 위해 5층 식당과 복도 어딘가를 괜히 어슬렁거렸다. 그러다 테오는 박검이 사는 501호가 다른 방들보다 딱 두 배 정도 크다는 사실을 발견했다. 안락정원 건물주가 사는 나름의 펜트하우스니 그럴 만하다고 생각하다가 박검이 사는 방에, 한 번 들어가보고 싶다는 생각이 들었다. 그때 설거지를 다 끝낸 404호 아저씨가 엘리베이터 앞으로 나오더니 꾸벅 인사를 했다. 테오도 꾸벅 인사를 하긴 했지만, 고개를 들었을 때는 이미 엘리베이터 문이 닫힌 후였다. 엘리베이터가 4층에 멈추지 않고 바로 1층으로 내려가는 것을 보니 404호 아저씨는 바로 출근하는 모양이었다. 그제야 테오는 시계를 보았다. 8시 30분. 상담하기까지 한 시간이 남아 있었다. 커피를 마셔야겠다는 생각에 슬렁슬렁 계단으로 걸어 내려가다가 테오는 402호를 보고 잠시 걸음을 멈췄다. 한참을 노려보던 테오는 무슨 생각인지 숨을 죽이고 402호 앞으로 살금살금 다가갔다. 순간, 402호 문 안쪽에서 정체를 알 수 없는 이상한 소리가 들렸다. 무슨 소리지? 테오는 소리의 정체를 어떻게든 확인하고 싶은 마음에 402호 현관문에 자신의 귀를 밀착시켰다.

"뭐 하냐?"

깜짝 놀란 테오는 벼락 맞은 사람처럼 비명 한 번 내어보지 못하고 바닥에 주저앉을 뻔했다. 뒤를 돌아보니 4층 계단에 걸터앉은 순이할매가 테오를 노려보고 있었다. 할매는 원색 천들로 이어 만든 통 넓은 바지를 입고 있었는데 계단 위에 한쪽 다리를 올리고 앉으니 꽤 특별한 예술가처럼 보였다. 테오가 놀란 가슴을 겨우 쓸어내리는 사이 할매는 옆에 있던 방망이를 집더니 건들거리며 다가왔다. 테오가 보기에 순이할매 눈빛은 빨리 꺼지라는 말을 하고 있었다. 테오는 자신의 방을 잘못 찾은 사람처럼 허둥거리더니 이내 3층으로 계단을 뛰어 내려갔다. 그 와중에도 테오는 순이할매가 402호에 들어가는 소리를 들을 수 있었다. 벨을 누르지 않고 비밀번호를 누르고 들어가는 것을 보면, 정말로 누군가를 감금시켜놓은 것일까? 아니면 죽음을 코앞에 둔 사람이라 특별 관리를 하는 걸까? 여러 가지 망상을 하다 보니 테오는 어느새 1층에 도착해 있었다. 카페로 들어가기 위해 건물 밖으로 완전히 나오니 편의점에서 두호가 있는 힘껏 손을 흔들었다. 테오는 입 모양과 손짓으로 점심때 편의점으로 가겠다고 말하며 현빈이 있는 1층 카페 문을 열었다.

"어서 오세요!"
"커피 향이 너무 좋은데요?"
"핸드드립 커피를 준비하고 있었거든요. 한번 드셔보실래요?"
"네, 뭐 전 아무거나 좋습니다."
"에티오피아 예가체프라는 원두인데 오늘 아침에 바로 볶아서 향이 더 좋을 거예요."
테오는 아침에 일어나자마자 맡았던 커피 향이 떠올랐다. 커피를 직접 갈고 있는 현빈이 서 있는 테이블 위에 유리로 만들어진 여러 가지 도구들이 보였다. 테오는 마치 어린 시절 학교 과학실에 온 기분이 들었다. 현빈은 커피 도구들을 뜨거운 물로 한번 씻어내더니, 누런 종이 필터를 깔때기 같은 곳에 끼워놓고 한 번 더 물을 내렸다. 꽤 진지한 얼굴로 현빈은 젖은 필터 위에 방금 갈았던 커피 가루를 쏟아냈다. 주둥이가 긴 주전자를 조금 기울인다 싶더니, 어느새 투명하고 가느다란 물줄기가 뜨거운 김을 내며 커피 가루 위에 둥그런 원을 그렸다. 뜨거운 물에 젖은 커피 가루들이 빵처럼 부풀어 올랐다. 테오는 처음 보는 광경에 놀라워하다가 와이셔츠를 접어 올린 현빈의 오른쪽 팔뚝 바깥쪽에 화상자국을 보았다. 테오는 이렇게 향기로운 일이 화상자국을 만들어낼 수도 있구나 싶었다가, 현빈의 목선 뒤쪽에도 비슷한 화상자국이 있는 것을 발견했다. 현빈은 하얀 와이셔츠를 입고 있었지만, 테오의 눈에는 팔뚝부터 어깨 그리고 목뒤까지 이어진 현빈의 커다란 화상자국이 보이는 것만 같았다. 현빈은 도대체 어떤 시도를 했던 것일까? 현빈은 테오가 커피 내리는 과정에 몰입해 있다고 생각했는지 흐뭇한 미소를 지으며 더 가까이 와서 보라고 말했다. 부풀어 올랐던 커피 빵이 한숨 가라앉는가 싶더니 현빈은 다시 가느다란 물줄기를 만들어 원을 그렸다. 이번에는 꽤 길게 원을 그리나 싶었는데 어느새 깔때기 밑으로 검은 커피 방울들이 쉴 새 없이 떨어졌다. 검게 그을리다 못해 산산조각이 난 원두에서 어떻게 저렇게 향기로운 커피가 눈물처럼 떨어질 수 있을까? 혹시 현빈도 그렇게 그을리고 산산조각이 나고 나서야 지금처럼 향기로운 일상을 찾아냈던 걸까?

"향이 너무 좋죠?"

"아, 네."

"그래서 핸드드립 커피는 커피를 마시는 사람보다 내리는 사람이 더 행복해지는 커피라고 해요."

떨어지는 커피 방울들을 멍하니 보고 있자니 테오도 어느새 현빈의 행복감이 스며든 것 같았다. 검게 그을려 빠개지고 뜨거운 물에 온몸을 데어야 세상 행복한 향을 내는 커피가 될 수 있다는 사실이 테오는 왠지 모르게 서글펐다. 똑똑 떨어지는 눈물방울처럼 고달팠던 커피 방울들이 비커 같은 유리잔에 제법 모이자, 현빈은 예쁘장한 커피잔에 그들을 아낌없이 쏟아부었다.

"먼저 향을 맡아보고 한 모금 넘겨보세요."

테오는 현빈이 시키는 대로 눈을 감고 코로 먼저 향을 맡았다. 커피는 평소 마시던 것보다 훨씬 더 연해 보였는데 그 향은 몇 배 더 짙고 향기로웠다. 조심스럽게 한 모금을 꿀꺽 마셨는데 기존에 마시던 커피와 전혀 다른 맛이 났다. 커피가 아니라 향 좋은 차를 마신 기분도 들었다. 테오는 궁금해졌다. 이렇게 특별한 결과물을 얻기 위해 기꺼이 제 몸뚱이를 그을리고 빠갤 수 있는 용기는 어디서부터 어떻게 오게 되는 걸까?

"어때요?"

"커피에서 이런 맛이 날 수도 있군요? 저 혼자 마시기 미안할 정도로 좋네요."

"맘에 들어서 다행이에요. 여기 식구들은 이런 커피를 별로 안 좋아하시더라고요. 진한 콜롬비아 원두에 너무 길들여져서 그러신가? 암튼, 저랑 취향이 같은 것 같아서 더 반갑네요. 우리 자주 커피 마셔요."

"메뉴에는 이런 커피가 없는 것 같던데, 얼마를 내야 마실 수 있는 거죠?"

"에이, 여기 식구들한테는 커피값 안 받아요."

"그래도 어떻게 그래요."

"그보다 오늘 첫날인데, 뭔가 불편하다거나 궁금한 거 없어요?"

"있어요."

"말씀해보세요. 제가 아는 건 뭐든 말씀드릴게요."

"어쩌다 이런 곳에 커피 가게를 내셨어요?"

"아, 저요? 제가 예전에 여기 살았다고 말씀드렸죠? 실은 제가, 지금 살고 계신 303호에서 살았어요. 독립하게 되면서 어떻게든 다시 가게를 하고 싶었는데 마침 여기에 자리가 생겨서 내게 되었어요."

“안락정원에 입주했던 사람이 그런 선택을 할 수도 있나
요?”

“그럼요. 참, 저랑 동갑이라고 들었는데 맞나요?”

현빈은 자신의 특별한 선택에 관해 이야기하고 싶지 않았
는지 급하게 말을 돌렸다. 테오는 사실 다른 선택을 했다는
현빈의 말보다 행복한 미소를 지으며 친절을 베풀고 있는 현
빈이 죽고 싶어서 안락정원에 들어왔었다는 사실이 더 믿기
지 않았다. 현빈은 누가 봐도 잘생긴 미남이었고, 굳이 노력하
지 않아도 사람들에게 충분히 사랑받을 수 있는 사람이었다.
자신이 좋아하는 일을 하면서 사람들에게 충분한 관심과 사
랑을 받았을 현빈이 무엇 때문에 그렇게 죽고 싶었을까? 아니
무엇 때문에 죽지도 못하고 카페 사장이 된 걸까? 테오가 대
답 없이 멍하니 앉아 있는 것을 보고 현빈은 다시 물었다.

“혹시나 제가 오늘 너무 부담스럽게 했나요? 저는 그냥 너
무 반가워서, 앞으로 잘 지내보자는 뜻이었어요.”

“아, 네. 그런데 가게는 언제부터 하셨어요?”

“글쎄요, 한 3년쯤 되었나? 그런데 왜 그게 궁금해요?”

“아, 그냥 커피가 너무 맛있어서요.”

“처음이라 낯설고 어색했을 텐데, 제가 쓸데없는 이야기를
많이 했나 봐요.”

“아닙니다. 제가 질문이 많았던 거죠.”

"힘든 점 있거나 필요한 일 있으면 언제든 말씀하세요. 제가 도와드릴게요."

테오가 입을 떼기도 전에 가게 문이 벌컥 열렸다. 첫 손님이었다. 현빈은 양해를 구하고 바로 계산대로 향했다. 현빈에게 미소는 마치 애초에 장착된 기본 옵션 같은 것일까? 안 그래도 되는 사람이 왜 저렇게 목숨을 걸고 친절하게 구는 걸까? 마치 사랑받지 못하면 죽어버릴 사람처럼. 테오는 웃는 가면을 쓴 듯 웃고 있는 현빈이 왜 죽고 싶어 했었는지 조금은 알 것도 같았다. 그런 의미에서 안락정원에 모여든 사람들은 모두가 정상은 아니었다. 테오 자신조차도.

*

현빈은 어린 시절을 보육원에서 자랐다. 그저 그렇게 비슷한 또래 아이들과 함께였지만, 언제나 고독하고 외로웠다. 특별한 꿈은 없었지만, 예쁘장한 외모 덕분에 현빈은 고등학교에 진학하자마자 아이돌 연습생이 될 수 있었다. 아이돌 연습생이 되어 현빈이 가장 먼저 배운 것은 사람들 앞에서 웃는 방법이었다. 현빈에겐 기분 좋게 웃는 것이 고된 연습생 생활보다 백배는 더 어려웠다. 현빈은 학교에서도 보육원에서도 늘 조용한 외톨이였기 때문에, 누군가와 이야기를 나누는 것도 어색한 사람이었다. 어린 시절 또래보다 왜소했던 현빈은 중학생이 되면서 키가 훌쩍 커버렸는데, 그때부터 현빈의 외모는 빛을 발하기 시작했다. 평소 거들떠보지도 않았던 여학생들이 어느 날 갑자기 현빈에게 말을 걸기 시작했고, 항상 무시하고 괴롭히던 남학생들 역시 더 이상 현빈을 건드리지 않았다. 중학교 졸업을 얼마 남겨두지 않았던 어느 날, 교문 앞에서 현빈은 명함 한 장을 받았다. 현빈은 아이돌 연습생이 될 수 있다는 말을 곧이곧대로 믿지는 않았지만, 고등학교를 졸업하자마자 보육원을 나가야 하는 현빈 입장에선 꽤 달콤한 제안이었다. 결국 연습생 오디션에 합격한 현빈은 고되다고 소문이 났던 소속사에서 연습생 생활을 시작하게 되었다. 현빈은 연습생 생활 정도는 무리 없이 견뎌낼 수 있었지만, 매달 월말 평가를 받아야 하는 순간만큼은 지옥과도 같았다.

"왜 그렇게 죽상을 하고 있어? 이렇게 사랑스러운 노래를 하면서. 아이돌은 선망의 대상이기도 하지만 사랑받을 만한 무언가를 뿜어내야 하는 사람이야."

현빈은 춤이나 노래가 아니라 표정을 지적받으면서 다음 월말 평가까지 사랑받을 만한 미소를 입꼬리에 장착하라는 숙제를 받았다. 그날 이후 현빈은 사랑받아 마땅한 사람이 되기 위해 죽도록 노력했다. 부모의 사랑도 받아본 적 없는 현빈에게 그 일은 그 무엇보다 막막하고 힘든 일이었다. 결국 현빈은 자신이 본보기로 삼을 수 있는 사람들을 찾아볼 수밖에 없었다. 인기가 많은 연예인 중에서 외모가 빼어나지 않아도 오래도록 사랑받는 사람들의 행동 습관을 면밀하게 관찰하고 분석하기도 했다. 그렇게 데이터를 구축하고 분석한 결과 현빈은 비교적 단순한 결론을 내릴 수 있었다. 외모와 실력을 제외하고 사람들의 호감을 얻는 사람들은 대부분 자연스럽고 사랑스러운 자신만의 미소를 가지고 있다는 것이다. 현빈은 그때부터 마치 연기 수업을 받는 사람처럼 그들의 자연스러운 미소와 다정함을 연습하기 시작했다. 춤과 노래를 연습하듯이 하루하루 미소를 배우고 익힌 현빈은 결국 미소 천사라는 별명까지 얻게 되었다. 현빈은 보육원 퇴소를 얼마 앞두고 신인 아이돌 그룹으로 데뷔할 수 있는 행운을 얻었다. 꿈에도 그리던 데뷔를 하고 나서도 현빈은 미친 듯이 웃었다. 때로는 상황에 맞지 않는 웃음 때문에 비난을 받으면서도 현빈은 미소를 거둘 수가 없었다. 마치 웃어야 살아남을 수 있는 저주에 걸린 주인공처럼. 그럼에도 현빈이 속한 아이돌 그룹은 대중들에게 큰 사랑을 받지 못했다. 전국 행사장을 돌아다니며 최선을 다해 자신들을 홍보하고 웃었지만, 대중의 사랑은 그들의 몫이 아니었다. 결국 현빈이 속한 그룹은 두 번째 싱글앨범을 마지막으로 그룹 활동을 접을 수밖에 없었다. 데뷔 때부터 함께해주었던 팬들도 있었지만, 수가 상대적으로 너무 적었다. 하지만 현빈은 끝까지 희망을 잃지 않았다. 할 일도 없이 소속사로 출근해 청소도 하고 허드렛일까지 하며 누군가 자신을 잊지 않고 찾아주길 바랐다. 하지만, 현실적인 소속사는 현빈이 생활했던 숙소를 비워달라는 통보를 현빈에게 직접 해주었다. 그제야 현빈은 깨달았다. 이제 모든 것이 끝났다고.

숙소를 나온 현빈은 갈 곳이 없었다. 보육원으로 다시 돌아갈 나이도 아니었다. 보육원을 퇴소하며 받았던 생활지원비도 이미 다 쓴 지 오래였다. 3년 동안 전국 행사장을 누비며 벌었던 돈은 역시나 한 푼도 받지 못했다. 오히려 소속사 측에서는 투자비에 비해 적자가 나서 빚을 갚으라고 하지 않은 것만으로도 감사하게 여기라고 말했다. 말 그대로 노숙자 신세가 되어버린 현빈은 같은 그룹 사람들에게 신세를 질 만큼의 숫기도 없는 사람이었다. 어쩔 수 없이 현빈은 숙식이 가능한 일들을 찾아다녔다. 하지만, 바로 일을 구할 수 없어서 얼마 동안은 진짜 노숙자가 될 수밖에 없었다. 현빈이 속했던 그룹은 큰 인기는 없었지만, 몇 번의 방송 출연으로 간혹 얼굴을 알아보는 사람들도 있었다. 그룹 활동을 할 때는 그렇게 얼굴이 알려지기를 원했었지만, 이제 현빈은 아무도 자신을 알아보지 않기를 바라고 있었다. 결국 현빈은 사람들이 알아보지 못하면서도 일당을 많이 주는 일을 찾다가 택배 상하차 일을 하게 되었다. 몸은 힘들었지만, 다른 생각이 들지 않을 정도로 힘든 일이 현빈은 오히려 마음이 편했다. 그렇게 고시원에 머물며 이를 악물고 일하다 보니 조금씩 돈이 모이기 시작했다. 새벽 퇴근을 하고 고시원으로 돌아오는 길, 현빈은 우연히 소속사 1층에 있던 카페 매니저를 만났다. 현빈은 연습생 시절 아르바이트비도 받지 않고 소속사 카페에서 알바를 해야 했는데, 그때 카페에서 바리스타로 일했던 사람이 현빈을 알아본 것이다. 현빈의 딱한 사정을 알게 된 바리스타는 현빈에게 자신의 가게에서 함께 일해보지 않겠냐고 제안했다. 사람들의 눈에 띄지 않기 위해 택배 상하차 일을 맡았던 현빈은 애써 거절했다. 하지만 바리스타는 맛있는 커피를 뽑아낼 수만 있으면 손님들에게 아이돌 못지않은 사랑을 받을 수도 있다는 말로 현빈을 끈질기게 설득했다. 결국 현빈은 바리스타의 제안을 받아들였다. 현빈에게 은인과도 같았던 바리스타가 운영하고 있던 카페는 영종도 바닷가 근처에 있는 대형 카페였는데 커피 맛은 물론이고 꽃미남 직원들을 고용해 인기를 끌고 있는 카페였다. 현빈은 그런 상황이 내심 마음에 들지 않았지만, 이곳에서라도 전문적인 기술을 배우면 자신도 언젠가 자신만의 카페를 차릴 수 있을 거란 꿈을 가지게 되었다. 무엇보다 현빈은 바리스타라는 직업 역시 커피라는 매개체를 통해 사람들의 사랑을 받을 수 있는 일이라는 말을 믿었다. 그렇게 자신의 인생에서 두 번째 기회를 얻었다고 생각한 현빈은 누구보다 열심히 배우고 일했다. 가끔 현빈을 알아보는 것 같은 묘한 시선을 보내는 사람들도 있었지만, 바리스타라는 직업에 자신감을 가지게 된 현빈은 그런 시선을 대수롭지 않게 넘길 수 있는 여유도 생겼다.

그러던 어느 날 카페에 손님으로 찾아온 사람 하나가 현빈에게 명함을 내밀었다. 카페창업 컨설턴트라는 생소한 직업을 가진 사람이었는데, 영종도 신도시 사업과 관련된 일을 한다고 먼저 자신을 소개했다. 사업차 카페에 왔다가 현빈을 눈여겨보게 되었는데 혹시나 카페창업에 관심이 있냐고 단도직입적으로 물었다. 현빈은 기획사 명함을 처음 받았을 때보다 훨씬 더 가슴이 설렜다. 그래서 처음 만난 사람의 제안을 일말의 의심도 없이 받아들였다. 은인이었던 카페 대표의 만류에도 현빈은 결국 카페를 그만두고 그동안 모은 돈을 모두 투자해 영종도 상가에 자신만의 카페를 만들 계획을 세웠다. 드디어 자신의 꿈을 이룰 수 있다는 생각에 현빈은 하루하루가 행복했다. 하지만, 현빈의 부푼 꿈은 그리 오래가지 못했다. 현빈이 철석같이 믿었던 카페창업 컨설턴트라는 사람이 다중 임대계약서를 작성해 계약금만 받아먹고 사라지기를 반복하는 유명한 사기꾼이었기 때문이다. 결국 현빈은 다시 한번 모든 것을 잃고 거리에 나앉게 되었다. 아무것도 아니었던 자신의 인생을 어떻게든 바꿔보려고 두 번이나 죽을힘을 다해 몸부림쳤지만, 현빈은 그때마다 더 깊은 수렁 속에 빠져들었다. 결국 현빈은 죽기로 결심했다. 어디서 어떻게 죽어야 할지 몰랐던 현빈은 자신의 카페가 들어설 거라 믿었던 상가로 무작정 발걸음을 옮겼다. 상가는 완공이 되지 못한 상태였지만, 빌딩 창가에는 벌써 임대 광고가 붙어 있었다. 현빈은 아직 불빛조차 들어오지 않은 상가 건물 앞에서 하염없이 울었다. 망부석처럼 어두운 건물 앞에 서서 울던 현빈은 빌딩 2층에서 작은 불씨가 아른거리는 것을 보았다. 무엇일까 궁금할 새도 없이 폭발하는 소리와 함께 거대한 통유리창이 깨졌다. 현빈은 깜짝 놀랐지만, 그 자리를 쉽사리 떠날 수 없었다. 깨진 유리창 안쪽에서 붉은 불꽃이 점점 커지는 것을 보면서 현빈은 생각했다. 어쩌면 바로 지금이 그럴싸하게 죽을 수 있는 기회가 아닐까? 어느새 불은 2층에서 3층으로 번질 기미가 보였다. 더 이상 망설일 이유가 없었다. 불이 번지고 있는 상가 빌딩 안으로 저벅저벅 혼자 걸어 들어갔다. 멀리서 반갑지 않은 사이렌이 들렸지만, 현빈의 걸음을 막을 수는 없었다.

테오는 조금 남아 있던 커피를 마저 마셨다. 커피가 식었는데도 여전히 달콤하고 향기롭다는 사실이 왠지 모르게 서글펐다. 테오는 현빈도 그런 사람 같았다. 항상 달콤하게 웃고 있지만, 현빈의 달콤함 뒤에는 이상한 서글픔이 남아 있었다. 그런 현빈과 이야기를 나누는 일이 여전히 불편했지만, 커피 때문에라도 테오는 현빈을 자주 보게 될 것 같았다. 테오가 커피 마지막 모금을 넘기는 사이, 카페 손님들은 함박웃음을 지으며 끊임없이 카페로 밀려 들어왔다. 분명 커피를 마시러 온 손님들이었지만, 테오의 눈에는 이상하게 모두 현빈을 보러 오는 사람들 같았다. 향기로운 꽃처럼 화사하게 웃고 있는 현빈의 얼굴을 바라보며 테오는 그가 안락정원에서 죽음이 아닌 삶을 선택한 이유가 무엇일지 궁금했다. 하지만 테오는 차마 묻지 못하고 이제 가보겠다는 뜻으로 꾸벅 고개인사를 했다. 현빈은 아쉬운 미소를 지으며 테오를 보내주었다. 9시 45분. 상담 시간은 10시지만, 이쯤 되면 올라가도 되지 않을까 싶은 생각에 테오는 망설임 없이 카페를 나섰다. 그때 맞은편 편의점 문을 열고 두호가 빼꼼하게 고개를 내밀었다.

"아직까진 별일 없으신 거죠?"

"네. 아직은"

"식사는 어떻게 하고 계세요?"

"아침은 잘 먹었어요. 이따 점심 먹으러 갈게요. 지금은 정해진 일이 있어서."

"네. 그럼 이따 꼭 오세요!"

두호는 두 손을 불끈 쥐며 응원의 손짓을 보냈다. 테오는 이런 상황이 응원을 받을 일인가 싶었지만, 두호의 응원이 꽤 든든하게 여겨졌다.

2층 병원 유리문을 소심하게 들여다보니 역시나 손님이 없었다. 더구나 접수대에 앉아 있던 간호사 민정도 보이지 않았다. 병원에 들어갈지 망설이는 사이, 맞은편 호스피스 병실 쪽 문이 열리면서 민정이 나왔다. 민정은 링거와 주사기가 들어 있는 스테인리스로 된 네모 쟁반을 들고 있었는데, 순간 테오는 병실에 누가 있는지 확인하고 싶은 충동이 들었다.

"일찍 오셨네요?"

시큰둥한 민정의 인사가 끝나기도 전에 테오는 아직 닫히지 않은 병실 문 안쪽으로 뛰어 들어갔다. 들어서자마자 명목상의 환자 대기실이 자그마하게 있었고 안쪽 복도에는 두 개의 병실이 창가 쪽으로 나란히 놓여 있었다. 테오는 이상하게 심장이 빨리 뛰었다. 테오의 돌발행동에 민정은 황급히 따라 들어갔지만, 테오는 멈출 기세가 아니었다. 첫 번째 병실은 두 개의 침대만 놓여 있는 빈 병실이었다. 망설이지 않고 바로 두 번째 병실 문을 열었다. 빈 침대 하나와 맞은편 침대에 한 할아버지가 누워 있었다. 살아 있는 사람이 맞을까 싶을 정도로 피골이 상접한 할아버지는 코에 산소 삽입관을 끼고 가죽만 남은 팔에 링거를 여러 개 달고 있었다. 테오는 할아버지가 움직일 거란 생각도 하지 못했는데, 마치 누군가 실로 잡아당긴 것처럼 링거가 꽂힌 팔을 들어 올렸다. 테오는 너무 놀라 바로 알아차리지 못했지만, 할아버지는 테오의 무례한 방문에도 불구하고 나름의 인사를 하는 것 같았다. 테오는 그제야 부끄러움이 밀려왔다. 그러다 갑자기 화가 나기도 했다. 여러 가지 장치에 의지하고 있는 할아버지는 누가 봐도 연명 치료를 받는 것으로 보였기 때문이다. 죽고 싶다는 사람을 죽여주는 곳에서 왜 이런 연명치료를 하는 걸까? 아니면 사람들의 눈을 피하려고 서서히 죽음으로 가는 길을 열어주고 있는 걸까?

"지금 뭐 하는 겁니까? 어서 나가세요."

민정의 노여운 목소리에 테오는 그제야 정신이 들었다. 자신이 무엇을 확인하고 싶었는지조차 잊은 채 민정의 어마어마한 잔소리를 들으며 병실 밖으로 끌려 나왔다. 민정은 기숙학교에 있는 엄격한 사감 선생처럼 오목조목 따지며 테오의 무례함을 비난했다. 테오가 다섯 번 정도 허리를 숙여 사과할 때까지 그 비난은 멈추지 않았다. 테오가 진료 대기실 의자에 풀썩 주저앉고 나서야 민정은 잔소리를 멈췄다. 잠시 후, 아무런 일이 없었던 것처럼 민정은 자판을 두들기며 말했다.

"주테오 환자분 진료실로 들어가세요!"

마치 오늘 처음 만난 사람처럼 민정은 테오를 생경하게 불렀다. 민정은 여전히 화가 풀리지 않았다는 사실을 다른 방법으로 표현하고 있을 뿐이었다. 테오는 이 모든 상황이 믿어지지 않았지만, 민정의 따가운 눈초리에 떠밀려 진료실로 들어갔다.

진료실에는 아무도 없었다. 테오는 민정에게 여전히 벌을 받고 있다는 생각에 엉거주춤 서 있었다. 다시 나갈까 망설이다가 문밖에 민정이 지키고 있단 생각에 진료실 의자에 아주 불편하게 앉았다. 그때, 진료실 안쪽 벽에서 휴대전화 소리가 들렸다. 진료실 안쪽 벽 한편에 작은 문이 있었지만, 테오는 그곳에 무언가 있을 거란 생각을 하지 못했었다. 잠시 후 우당탕거리는 소리와 함께 그 작은 문이 벌컥 열리더니 익선이 의사 가운을 반쯤 걸친 채 후다닥 나왔다. 익선의 머리카락이 아침에 봤을 때와 다르게 이리저리 삐쳐 있는 것을 보니 아마도 익선은 안쪽 어딘가에서 잠이 들었던 모양이었다. 당황한 익선이 가운을 고쳐 입었는데도 비뚤어진 안경은 그대로인 것을 보고 테오는 피식 웃음이 났다.

"하하, 제가 조금 늦었나요? 아, 아니네. 우리 테오 씨가 십 분 일찍 오신 거네."

"네, 근데 거기서 나오실 줄은 몰랐네요."

"실은 저 안쪽이 제 숙소입니다. 창문은 없지만 나름 아늑한 201호죠."

"아, 네."

"그나저나 첫 상담에 이렇게 일찍 오시다니, 아주 고무적인 일입니다."

"보통은 어떤데요?"

"보통은 상담을 달가워하지 않으시니 아예 나오지 않거나 늦는 편이죠."

"그런데 이런 건 왜 하는 거죠? 그것도 일주일에 세 번씩이나."

"그 정도의 시간은 있어야 하지 않을까요?"

"무슨 시간이요?"

"제대로 죽음을 준비할 시간."

"죽고 싶은데 왜 준비할 시간이 필요한 거죠?"

"죽음은 그냥 어떤 순간일 뿐이라고 생각하시겠지만, 그렇지 않습니다. 보통 사람들이 그런 말을 하잖아요? 태어남은 내 마음대로 할 수 없었지만, 적어도 내 죽음만큼은 내 마음대로 하고 싶다고. 테오 씨도 그런 생각 때문에 여기에 계신 것 같고요. 그런데 그렇게 중요한 선택을 하면서 왜 그렇게 죽음을 하찮게 여기는 거죠? 사실 자기 죽음을 자신이 결정할 수 있는 상황이 아무에게나 오는 기회는 아닙니다. 세상엔 죽고 싶어도 죽지 못하고, 살고 싶어도 살 수 없는 사람이 엄청나게 많아요. 그런 선택을 할 수 있는 사람은 어쩌면 선택을 받은 사람일지도 모르죠. 그러니까 좀 더 그 문제에 대해 고민하고 자기 죽음이 자신의 삶뿐만 아니라 내 주변 사람들에게 어떤 영향을 끼치는지 정도는 살펴봐야 하지 않을까요?"

익선은 전과 다르게 꽤 진지한 표정으로 테오를 쳐다보고 있었다. 테오는 무슨 말을 해야 할지 몰라 멍하니 익선의 얼굴을 살필 뿐이었다. 테오의 이상한 시선이 느껴졌는지 익선은 날카로운 표정을 다시 감추고 좀 전의 어리숙한 표정으로 돌아왔다. 테오는 무슨 말을 하고 싶었지만, 그 말이 가슴 언저리에 맴돌다 어디론가 사라진 기분이었다. 무언가 굉장히 답답하고 억울한 기분도 들었다. 익선의 말에 반박하고 싶었지만 할 수 없는 자신이 한심한 건지도 몰랐다.

"제가 너무 꼰대 같은 말을 했나 보군요?"

"아뇨. 그냥 그런 생각을 가지고 계신 줄은 미처 생각하지 못해서."

"조금 민망한 것 같으니까 이제 다른 얘기를 해볼까요? 사실 지금 저는 테오 씨는 어떤 삶을 살아오셨는지가 제일 궁금합니다."

"곧 죽을 사람의 인생이 왜 궁금하신 거죠?"

"그래야 테오 씨가 어떤 죽음을 원하는지도 알 수 있으니까요."

"글쎄요. 저는 지금 모든 게 당황스러워요. 생각했던 것과 많이 달라서."

"뭐가요?"

"안락정원이요. 죽음을 준비하는 곳이니 뭔가 좀 경건하고 정적인 공간일 줄 알았는데, 굉장히 부산스럽다고 해야 할까요?"

"하하하, 그렇게 느끼실 수도 있겠네요. 더구나 낯선 사람들과 매번 식사까지 해야 하니 내향적인 사람들에겐 기가 빨리는 기분이 들었을 겁니다."

"그리고 여기선 의무적으로 일도 해야 하고요."

"그건 그냥 숙식비용을 대신한다고 생각하시면 됩니다. 또 사람은 어느 정도 몸을 좀 움직여줘야 정신적인 스트레스가 줄어들거든요."

"덕분에 사이비 집단에 들어와 있는 기분도 잠시 들었습니다."

"사이비 집단과 결정적으로 다른 게 하나 있습니다. 저희는 나가고 싶으시면 언제든지 나갈 수 있다는 거죠. 비밀 유지 각서만 써주신다면."

"사실 뭐 그런 건 다 상관없습니다. 단지 저는 이곳에서 언제 죽을 수 있는지가 제일 궁금합니다."

"계약서엔 3개월 이상 이곳에 의무적으로 머물러야 한다고 되어 있을 겁니다. 저희는 적어도 3개월 이상은 자기 죽음에 대해 깊이 고민해봐야 한다고 판단했습니다. 그렇게 3개월이 지난 후에도 여전히 죽고 싶다면 원하는 방식으로 생을 마감할 수 있게 도와드릴 겁니다. 물론 그동안 법적으로 문제가 되지 않는 선도 찾아야 하고요."

"왜 하필 3개월인 거죠?"

"그 어떤 것도 개의치 않고 죽을 수 있을 때라고 말씀드리면 이해하실까요?"

"제가 지금 그렇지 않다고 보시는 건가요?"

"네. 그렇습니다."

테오는 왠지 모르게 뜨끔했다. 혹시나 익선이 테오의 의도를 잘못 알고 있는 것은 아닌지 불안하기도 했다.

"또 한 가지 궁금한 게 있는데요. 안락정원에 살고 있는 사람들은 모두 저와 같은 목적을 가지고 있는 사람들인가요?"

"그게 왜 궁금하시죠?"

"당연히 궁금하죠. 아침저녁으로 함께 식사하는 사람들이 어떤지 궁금한 건 당연한 거 아닌가요?”

“흠, 참 흥미롭네요.”

“또 뭐가요?”

“대개 죽고 싶은 사람들은 타인에 대해서 별로 관심이 없거든요.”

테오는 다시 말문이 막혔다. 테오는 익선이 분명 자신을 떠보고 있다고 생각했다. 그런데도 테오는 익선의 반응에 긍정도 부정도 할 수 없었다, 더구나 익선은 태연하게 자신의 노트에 무언가를 끄적거리고 있었다.

“솔직히 여기 사는 사람들 모두 정상으로 보이진 않아요.”

“그렇긴 하죠. 저도 굉장히 이상해 보이실 겁니다. 그런데 테오 씨가 보시기에 누가 제일 이상해 보이시나요?”

“이상한 두건을 쓴 할머니요.”

테오는 익선 앞에서 자신이 분석 당하고 있다는 사실이 분해서 결국 하지 않아도 될 말을 해버렸다. 익선은 테오의 말에 껄껄 웃으며 대답했다.

“순이할매가 좀 짓궂긴 하시죠. 하하. 그래도 틀린 말은 하지 않는 분입니다. 젊었을 때 고생도 많이 하시고 상처가 많은 분이라 사람들에게 관심을 표현하는 방법을 잘 모르셔서 그럴 거예요.”

“그분은 왜 여기에 있는 거죠? 전혀 죽고 싶지 않은 얼굴인 것 같던데."

"말씀드렸죠? 죽고 싶어도 죽지 못하고, 살고 싶어도 살 수 없는 사람들이 더 많다고."

"그럼, 선생님은 어떠신가요?"

이번엔 익선의 표정이 살짝 굳었다. 테오는 그 순간을 놓치지 않았다. 분명 익선도 박검과 얽힐 수밖에 없는 이유가 있을 거란 생각도 들었다. 익선은 자신의 안경을 한번 밀어 올리더니 잠시 생각에 잠겼다. 테오는 안경 너머에 숨어 있는 익선의 표정을 가늠할 수는 없었지만, 익선이 그런 질문을 수도 없이 들어왔다는 사실은 짐작할 수 있었다.

"이렇게 해보는 건 어떨까요? 저도 질문이 많고, 테오 씨도 질문이 많은 것 같으니 상담하는 동안 서로가 궁금한 것을 하나씩 묻고 대답하기! 쉽게 말해서 서로 정보 교환을 한다고 생각하시면 됩니다."

익선은 꽤 참신한 제안을 했다고 생각했는지 흐뭇한 미소를 지으며 테오의 대답을 기다렸다. 테오는 이 상황이 견디기 힘들었다. 호기롭게 안락정원이라는 곳에 들어오긴 했지만, 모든 게 불편하고 버거웠다. 더구나 자신의 머릿속을 다 들여다보는 것 같은 정신과 의사와 일주일에 세 번씩 상담해야 한다는 사실 역시 부담스러웠다. 테오는 처음부터 익선이 마음에 들지 않았다. 정신과 의사라는 사람이 자신을 죽여달라고

찾아온 환자 앞에서 이런 제안을 할 수 있다는 사실도. 안락
정원이라는 곳 자체가 말이 되지 않는 곳이기는 했다. 테오는
이제야 자신이 무슨 일을 저질렀는지 실감하고 있었다.

"어이쿠, 벌써 이렇게 시간이 지났네요. 오늘은 첫날이니
여기까지 할까요? 그리고 우리는 다음 시간까지 서로 물어보
고 싶은 것 하나씩 준비해서 다시 만나도록 하죠."

결국 테오는 익선의 제안에 긍정도 부정도 하지 못한 채
진료실을 나왔다. 여전히 화가 풀리지 않았는지 민정은 눈길
한 번도 주지 않은 채, 다음 진료 예약 날짜와 시간을 알려주
었다.

안락정원에서 그저 반나절이 지났을 뿐인데 테오는 진이
다 빠진 것 같은 느낌이 들었다. 테오가 휘청거리며 현관 밖
으로 나오자, 맞은편 편의점에서 두호가 어김없이 손을 흔들
었다. 테오는 두호를 보고 조금 안심이 되었는지 바로 편의
점으로 들어갔다. 두호는 고맙게도 테오의 점심을 준비해두
고 있었다. 테오는 두호가 차려준 편의점 만찬을 먹으며 안락
정원에서 경험했던 일들을 쏟아냈다. 마치 그래야 살 것 같은
사람처럼.

"근데, 저는 좀 이해 안 되는 게 있어요. 왜 굳이 안락정원
같은 곳에 와서 죽으려고 하는 거죠? 정말 죽고 싶다면 방법

은 얼마든지 있을 텐데."

반짝이는 눈동자를 굴리며 두호가 물었다. 해맑은 두호의 얼굴을 쳐다보다가 테오는 무어라 대답해야 할지 몰라 잠시 고민했다. 테오가 대답이 없자 두호는 혼잣말처럼 고개를 끄덕이며 자신이 직접 대답했다.

"하긴 뭐, 사는 것만큼 죽는 것도 쉬운 일은 아니겠죠."

"그, 그렇죠."

"근데, 그 402호엔 누가 있는 걸까요?"

"누가 있다는 건 확인했으니까 이제 누구인지 알아봐야죠."

"혹시 여동생분이 있다고 생각하시는 건가요?"

"지금은 누가 있는지보다 왜 숨어 있는지가 더 궁금해요."

"숨어 있는 게 아니라 감금이 되어 있다면요?"

"그럴 수도 있겠죠. 아니면 사람들과 마주치고 싶지 않은 사람일 수도 있고."

"5층에 다 같이 모여서 식사하는 게 안락정원 규칙이라면서요? 분명, 피치 못할 이유가 있을 거예요."

"그렇겠죠. 근데 뭐 이상한 점이 한두 가지가 아니라서."

"참, 제가 어제 편의점 사장님한테 또 재미난 이야기를 들었잖아요."

"안락정원 이야기요?"

“네. 저기 2층 정신과 의사가 원래 유명한 대학병원 교수였
대요.”

“근데 왜 이런 곳까지 와서 저러고 살고 있는 거죠?”

“이건 다른 사람한테 들은 건데, 의사 선생님이 사채업 하
던 건물주한테 크게 빚을 지어서 옴짝달싹 못 하고 잡혀 있는
거라고 하던데요?”

테오는 말없이 고개를 끄덕였지만, 그 소문이 사실일 것 같
지는 않았다. 박검과 함께 있는 익선을 보았지만, 전혀 그런
관계로는 보이지 않았기 때문이다. 박검의 일을 도와주고 있
는 것은 분명했지만, 강압적이라기보다 자신의 신념을 행하
는 것 같은 느낌이었다. 더구나 익선은 박검을 어떤 면으로
존경하고 있는 것처럼 보였다. 두호는 신이 나서 익선과 박검
의 관계를 떠들어댔지만, 테오는 그저 듣고 있을 뿐이었다.

“근데 형님은 앞으로 어떻게 하실 작정이세요?”

“우선은 그들이 숨기고 있는 것부터 하나씩 들춰봐야죠.”

“아, 그럼 402호부터?”

“네. 내일인가 저도 식사 당번을 하게 되어 있더라고요. 그
때 어떻게든 식판을 들고 402호로 들어가보려고요.”

“그거 좋은 생각이네요! 저도 여기서 이래저래 주워듣는
얘기들 놓치지 않고 형님한테 알려드릴게요.”

북북. 테오의 휴대전화가 묵직하게 진동했다. 테오가 오후에 해야 할 반찬가게 아르바이트에 대한 알림 문자였다. 테오는 상담할 때처럼 가슴 한편이 뻐근해지는 부담감이 느껴졌다. 무엇보다 부담스러운 것은 말이 없는 선희와 네 시간 동안이나 함께 일해야 한다는 사실이었다. 테오가 한숨을 내쉬는데 카운터 쪽에서 휴대전화가 울렸다. 두호는 마치 누군가를 쫓아가듯 달려가 전화를 받았다.

"네, 지금 일하고 있었어요. 그럼요. 걱정하지 마세요. 이번엔 정말 잘 해낼 자신이 있습니다. 공부도 생각보다 잘 되고요."

전화를 받는 두호에게 방해가 될까 싶어서 테오는 조심스럽게 자리에서 일어났다. 죄지은 사람처럼 아무도 모르게 편의점을 나서려다가 테오는 그만 두호와 눈이 마주쳤다. 두호는 해맑은 표정으로 손을 흔들었다. 그제야 테오는 허리를 펴고 편의점을 나섰다. 일차선도로를 건너고 난 뒤, 혹시나 하는 마음에 뒤를 돌아보니 두호는 어느새 전화를 끊고 편의점 창문을 닦고 있었다. 테오가 뒤를 돌아보자 기다렸다는 듯이 자동차 와이퍼처럼 손을 뻗어 큰 원을 그리며 창문을 닦았다. 테오는 그런 두호의 해맑음이 아주 잠시 부러웠다.

5장

홀연히

편의점을 나와 안락정원에 들어가기 전에 테오는 잠시 걸음을 멈춰 안락정원 건물을 올려다봤다. 안락정원 4층을 한참 동안 응시하던 테오는 갑자기 발걸음을 돌려 왼쪽 주차장 쪽으로 걸어갔다. 왼쪽 주차장 쪽에서 보니 402호로 추정되는 창문이 보였다. 테오는 고개가 아플 정도로 4층 창문을 한참 쳐다봤지만, 창문 안쪽을 들여다보기는 어려웠다. 테오는 시선을 돌려 주변의 지형지물을 둘러봤다. 402호 창문 맞은편 쪽에 작은 동산이 보였는데, 그 동산 위에 작은 정자 하나가 보였다. 작은 동산 위에 자리 잡은 정자는 반듯한 데크로 만들어진 산책로와 연결되어 있었는데, 테오는 무슨 생각인지 갑자기 작은 동산 쪽으로 뛰기 시작했다. 동산 가까이 가

보니 에둘러 올라가는 산책로 입구가 보였다. 테오는 쉬지 않고 바로 그 산책로를 따라 뛰어 올라갔다. 작은 정자가 바로 보일 거라고 생각했는데 작은 동산을 빙빙 돌아 올라가는 코스라 금세 보이지는 않았다. 꽤 숨이 찼지만, 단숨에 올라가고 싶은 마음에 테오는 한 번도 쉬지 않고 계속 내달렸다. 때마침 내려오는 50대 아저씨와 잠시 부딪힐 뻔했지만, 테오는 민첩하게 피하면서도 속도를 늦추지 않았다. 어느 순간 탁 트이는 하늘이 보이는가 싶더니 작은 정자가 눈앞에 나타났다. 그제야 테오는 걸음을 멈추고 숨을 몰아쉬었다. 다행히 정자에는 아무도 없었다. 한낮이었고, 따가운 햇살이 사람들의 산책을 반기고 있지 않았다. 테오는 가쁜 숨을 겨우 고르며 정자 위에 올랐다. 예상했던 대로 정자 위에 올라보니 안락정원 건물이 아주 잘 보였다. 하지만, 402호 창문 안쪽은 들여다볼 수 없었다. 402호 창문은 401호와 달리 검은 암막 커튼으로 철저히 가려져 있었다. 테오는 아쉬운 한숨을 내쉬며 휴대전화 시계를 보았다. 아르바이트할 시간이 20분 정도밖에 남지 않았다. 테오가 아쉬운 한숨을 크게 몰아쉬며 뒤돌아서는 순간, 안락정원 4층 암막 커튼이 아주 조금 흔들렸다. 하지만 테오는 그 작은 흔들림을 눈치채지 못했다.

산책로에서 돌아온 테오는 현관 앞에서 반찬가게 동정을

살폈다. 손님은 세 명 정도 있었는데 정작 가게 주인인 선희가 보이지 않아 반찬가게로 들어가야 할지 말지 망설여졌다. 사실 처음엔 신도시에서 꽤 떨어져 있는 이곳에 왜 반찬가게가 있는지 의문이었다. 그런데 지금은 이렇게 외진 반찬가게에 찾아오는 손님들이 더 신기하게 여겨졌다. 1층 카페도 맞은편에 있는 편의점도 마찬가지였다. 더 놀라운 것은 편의점에서 한 블록 떨어진 곳에 새로운 건물이 또 하나 생겼다는 것이다.

"뭐 하냐?"

테오가 머뭇거리는 사이, 이번에도 순이할매의 매서운 손이 테오의 등짝을 내리쳤다. 테오는 깜짝 놀라기도 했지만, 등짝이 너무 아파 화를 낼 정신도 없었다. 테오가 아무 소리도 내지 못하고 웅크리고 있는 사이, 바짝 마른 나뭇가지 같은 순이할매의 팔이 테오의 목덜미를 감아챘다. 덕분에 테오의 몸은 팔랑거리는 종이 인형처럼 순이할매와 함께 반찬가게 안으로 끌려 들어갔다. 다행히 반찬가게 손님들은 그런 상황을 제대로 보지 못했지만, 테오 혼자 얼굴이 시뻘겋게 변해 있었다. 더는 안 되겠다 싶어 테오는 순이할매의 손길을 뿌리치며 정색했다. 테오는 순이할매가 왜 이렇게 자신을 못살게 구는지 묻고 싶었다. 그때, 보이지 않았던 선희가 갑자기 나타나 마늘이 가득 담긴 바구니를 테오 팔에 안겨주었다. 테오가 마늘 바구니를 받고 놀라서 이걸 어떻게 해야 하냐는 얼굴로 선희를 쳐다봤지만, 선희는 눈길 한 번 주지 않고 바로 다른 일에 몰두했다. 테오가 어쩔 줄 몰라 멍하니 서 있자, 순이할매는 작은 칼 두 개와 다른 바구니를 하나 더 가지고 오더니 가게 안쪽 바닥에 쭈그리고 앉았다. 어쩔 수 없이 테오는 순이할매를 따라 쪼그리고 앉았다. 순이할매는 테오가 앉자마자 보란 듯이 마늘을 까더니 새 바구니에 매끈한 마늘을 쏙 집어넣었다. 테오는 더 이상의 저항을 포기했는지 한숨을 크게 내쉬고는 군소리 없이 마늘을 깠다. 어느새 순이할매와 테오는 누가 더 빨리 마늘을 까는지 시합하는 사람처럼 손놀림이 빨라졌다. 테오는 학교에 다닐 때부터 아르바이트를 해왔는데, 그중 식당 주방 아르바이트를 꽤 오랫동안 했었다. 순이할매는 마늘을 꽤 능숙하게 까는 테오가 제법이라고 생각했는지 테오를 쳐다보며 피식 웃었다. 테오는 자신이 왜 여기서 마늘을 까고 있는지 모르겠다는 얼굴로 순이할매를 간간이 노려볼 뿐이었다. 그런 와중에도 반찬가게 손님들은 계속해서 오고 갔다. 선희는 쉬지 않고 음식들을 만들어와서 진열장에 채워 넣곤 했는데, 서로 싸울 듯이 마늘을 까고 있는 순이할매와 테오 앞에 어느 순간 고구마 맛탕 그릇 하나가 놓였다. 선희가 포장하고 남은 고구마 맛탕을 먹어보라고 준 것이다. 순이할매는 입맛을 다시더니 이쑤시개가 꽂혀 있는 맛탕

한 개를 날름 가져다가 먹었다. 테오는 고구마 맛탕이 너무 맛있어 보였지만, 순이할매와 마주 앉아 먹고 싶지는 않아서 꾹 참으며 근엄하게 말했다.

"할머니는 단 거 드시면 안 되잖아요."

테오의 말에 순이할매는 순간 멈칫하더니, 맛탕 하나를 집어서 테오 입 앞에 가져다주었다. 테오는 못 이기는 척하면서 결국 맛탕을 받아먹었다. 테오는 순이할매에 진 것 같은 기분이 들었지만, 고구마 맛탕은 생각보다 맛있었다. 그때 갑자기 반찬가게 문이 벌컥 열리면서 뿔이 잔뜩 난 할머니가 들어왔다. 할머니는 씩씩거리며 반찬통처럼 보이는 그릇을 흔들면서 반찬가게 주인을 찾았다.

"이거, 이거 어떻게 할 거야? 내가 이걸 먹고 탈이 나서 지금 병원에 갔다 오는 길이야. 음식 장사하면서 이러면 안 되는 거 아냐? 어떻게 상한 음식을 팔 수 있냐고!"

할머니는 화가 많이 났는지 얼굴까지 벌게져서 고래고래 소리를 질렀다. 하지만, 반찬가게 손님들도 선희도 그런 할머니의 말에 아무도 대답하지 않았다. 오지랖 넓은 순이할매조차. 테오는 이런 상황이 당황스러웠지만, 모두가 반응을 보이지 않는 것을 보고 아주 오래된 이 동네 진상 할머니일지도 모른다고 생각했다. 무엇보다 병원에 다녀왔다고 말하는 할머니의 목소리가 너무도 쩌렁쩌렁했다.

"아니! 사람 말이 말 같지가 않아?"

아무도 아는 척을 해주지 않자, 할머니는 마구 흔들던 반찬통을 바닥으로 내팽개쳤다. 바닥에 내동댕이쳐진 반찬통은 뚜껑이 분리되어 서로 다른 방향으로 날아갔는데, 반찬통 뚜껑이 선희의 이마 쪽으로 날아가면서 선희의 머리를 맞히고 바닥에 떨어졌다. 그제야 사람들은 모두 놀라 진상 할머니를 쳐다봤다. 선희는 자신의 머리에 맞고 바닥으로 떨어진 반찬 뚜껑을 보더니 바로 얼어붙었다. 할머니는 그제야 자신의 진상이 먹혔다고 생각했는지 더 독한 행동도 할 수 있다는 각오로 팔을 걷어붙이며 선희를 노려봤다. 하지만 선희는 안중에도 없다는 듯이 반찬 뚜껑을 다시 집더니 기고만장한 할머니에게 다짜고짜 물었다.

"이거, 언제 드셨어요?"

"이거? 어제저녁에. 근데, 지금 그게 중요해?"

할머니의 대답이 끝나기도 전에 선희는 마치 슈퍼맨이 변신하는 것처럼 순식간에 머릿수건과 앞치마를 벗어 던졌다. 할머니는 갑작스러운 선희의 돌발적인 행동에 놀라 뒷걸음질을 치다가 그만 바닥에 주저앉아버렸다. 하지만 선희는 주저앉은 할머니는 쳐다보지도 않고 바로 가게 밖으로 뛰쳐나가버렸다. 모두가 놀라서 아무런 소리를 내지도 못하고 있는 사이 순이할매만 태평하게 고구마 맛탕을 집어 먹고 있었다.

“아니, 사람을 무시해도 유분수가 있지! 안 되겠네. 당장 경찰에 신고해야지!”

“할망구! 어제 먹은 그 반찬 진짜 여기서 돈 내고 사 먹은 거 맞아?”

“지금 내가 다른 반찬 먹고 여기 와서 생떼 부리는 사람으로 보여?”

“아하, 그런 식으로 나온다, 이거지? 좋아. 그럼, 경찰 불러서 한번 얘기해보자고. 마침, 여기 3층에도 경찰이 살고 있으니까 바로 불러보자고!”

“그래, 불러! 대신 여기 사는 경찰 말고 다른 경찰 불러!”

“사람이 아무리 없이 살아도 남의 음식 훔쳐 먹고 탈 났다고 사기 쳐서 보상금 받으려고 하면 안 되지. 이거 완전 놀부보다 더한 심보잖아!”

“내가 남의 음식 훔쳐 먹었다고? 아니면 어쩔 건데?”

“이 할망구가 끝까지. 좋아! 여기 가게 사장이 원래 저기 전소 지역 독거노인들한테 일주일에 두 번씩 무료 반찬 나눠주는 봉사활동을 한다고. 그래서 매번 이런 반찬통에 그걸 담아주는데. 나름 구분을 해두려고 그랬는지 여기서 파는 반찬통은 검은색! 무료로 나눠주는 반찬통은 자주색으로 사용했지. 근데 돈에 눈이 먼 할망구가 지금 자주색 반찬통을 던지며 생떼를 부리고 있네? 자 그럼 누가 거짓말로 지랄을 떨고 있는 걸까? 알아맞혀보세요!"

순간 테오는 자기도 모르게 웃음이 났다. 순이할매가 거의 안무 수준의 춤을 추며 생떼 부리는 할머니에게 아주 오목조목 사이다를 날리고 있는 모습이 통쾌하면서도 재밌었기 때문이다. 테오가 웃자, 이 상황을 구경하고 있던 손님들도 따라 웃었다. 결국 그렇게 의기양양하던 할머니만 웃지 못하고, 슬금슬금 눈치를 보다가 후다닥 가게 밖으로 도망쳐버렸다.

"할망구 어디가? 경찰 부르자니까, 왜 도망가?"

"그만 하세요. 근데 여기 사장님은 갑자기 어딜 가신 거예요?"

"삼삼이는 보기보다 멍청한가 보구나?"

"저요? 저는 삼삼이가 아닌데요. 멍청하지도 않고요."

"303호니까 삼삼이지. 삼삼이란 이름이 딱 어울리기도 하고. 어쨌든 아까 선희가 이거 언제 먹은 거냐고 물었지? 근데 저 할망구가 어제저녁에 가져다 먹었다고 했고. 선희가 무료 나눔 반찬을 집 앞에 가져다준 건 엊그제 오후니까 하루 종일 반찬이 밖에 있었다는 거잖아. 그러니까 독거노인은 문밖에 있는 반찬도 못 가져갈 만큼 어려운 상황일 수 있다고 생각한 거지."

순이할매의 명석한 설명에 모두가 낮은 탄식을 뱉어냈다. 테오는 선희가 남몰래 독거노인들을 위한 선행을 베풀고 있었다는 사실도 놀라웠지만, 순이할매의 명쾌한 논리와 추리력이 더 놀라웠다. 사실 테오는 순이할매를 처음 봤을 때 치매에 걸려 정신이 오락가락한 할머니라고 생각했다. 그런데 지금처럼 사리가 밝고 똑똑한 할머니가 왜 세상 무례하고 철없는 행동을 하며 사람들을 기만하고 있는 걸까? 테오가 궁금해하고 있는 동안에도 순이할매는 마치 다섯 살 아이처럼 행복하게 맛탕을 혼자서 다 먹어 치우고 있었다.

*

선희는 늦은 오후까지 안락정원으로 돌아오지 않았다. 덕분에 순이할매와 테오는 계속해서 가게를 지켜야 했다. 다행히 여분의 반찬들이 모두 팔려서 평소보다 일찍 가게 문을 닫았다. 저녁 7시가 넘어서야 선희는 수복과 함께 경찰차를 타고 안락정원으로 돌아왔다. 테오는 그 모습을 보고 왠지 모르게 심기가 불편했다. 수복이 이런 일에까지 관여하고 있다는 사실이 꺼림칙하기도 했지만, 그보다 안락정원 사람들의 관계가 생각보다 복잡하고 끈끈하게 연결된 것 같았기 때문이다. 그들은 왜 모든 일에 서로를 옭아매고 있는 걸까? 선희는 안락정원에 도착하자마자 가게를 한번 확인하고 바로 저녁 준비에 들어갔다. 마치 아무 일도 없었던 것처럼. 저녁이 늦어진 덕분에 안락정원 사람들은 30분 전부터 안락정원 5층 식당에 모여 있었는데, 그 누구도 무어라 불만을 터뜨리거나 늦어진 이유를 묻지 않았다. 무례하기 짝이 없는 순이할매도. 수복이 마지막으로 5층 식당에 나타나고 나서야 안락정원 사람들은 수복에게 시선을 돌렸다.

"다들 궁금하실 것 같아서 말씀드립니다. 저희가 반찬 후원하는 할머니 한 분이 화장실에서 넘어져서 이틀을 꼬박 쓰러져 계셨다고 해요. 다행히 선희 사장님이 발견하셔서 병원에 모시고 갔는데, 골절도 골절이지만, 움직이지 못하는 바람에 탈수증상이 더 심각했다고 하네요. 다행히 입원하셨으니, 치료만 잘 받으시면 곧 괜찮아지실 거라고 합니다."

"그럼, 그 반찬 훔쳐 먹은 양반은?"

"덕분에 할머니를 구할 수 있었으니 오히려 감사드려야죠. 그래서 다음부터는 그 할머니에게도 반찬을 제공해드리기로 했어요."

"육씨럴! 그 사기꾼 할매만 계 탔네."

순이할매는 구시렁거리며 계속 욕을 해댔지만, 안락정원 사람들은 어느새 저녁 식사 배식을 받기 위해 줄을 서 있었다. 테오는 조리실에 있는 선희를 힐끗 쳐다보았는데 선희는 평소와 다름없이 영혼 없는 얼굴로 사람들의 배식을 쳐다보고 있었다. 테오는 그런 선희의 얼굴이 자신의 엄마와 매우 닮았다는 사실을 깨닫고 조금 놀랐다. 저렇게 열심히 사는 사람이 왜 내일 죽을 사람처럼 무표정한 얼굴을 하고 있을까? 어쩌면 선희도 현빈처럼 죽음 대신 삶을 선택한 사람일까? 만약 그렇다면 안락정원에서 죽음의 문턱에 머물렀던 사람들은 어떤 이유로 죽지도 못하고 이렇게 고단한 삶을 꾸역꾸역 살고 있는 걸까? 테오는 그 이유가 무척이나 궁금했다.

저녁을 다 먹고도 테오는 바로 식당에서 나오지 않았다. 오늘 저녁에도 선희가 402호 식판을 가지고 나가는 것을 보았기 때문이다. 테오는 5층 테라스에서 숭늉을 마시며 괜히 시간을 끌었는데, 저녁 당번이었던 민정이 할 일 없이 어슬렁거리고 있는 테오를 불렀다. 테오는 자연스럽게 뛰어 들어가 식당 청소를 도왔다. 선희가 402호에서 나오는 시간을 맞춰보려고 했던 테오는 오히려 잘되었다 싶기도 했다. 다행히 테오가 식당 청소를 마치기 전까지 선희는 돌아오지 않았다. 테오는 청소가 끝나자마자 계단으로 내려가 선희가 402호에서 나오는 순간을 지켜보려고 했는데 테오가 4층으로 다 내려가기 전에 선희가 402호에서 식판을 들고나왔다. 선희는 식판을 들고 계단을 올라오다가 급제동이 걸려 있는 테오와 마주치자 짧은 목례만 하고 식당으로 들어갔다. 조금 허탈했지만, 식사 당번을 하는 날을 다시 노려볼 수밖에 없었다. 아쉬운 마음이 컸지만, 테오는 선희가 그렇게 정신없는 하루를 보내고 나서도 402호 식사를 잊지 않았다는 사실에 주목했다. 과연 402호는 감금을 당한 것일까? 아니면 스스로 감금되기를 바랐던 걸까?

자신의 방에 들어서자마자 테오는 뭔가 이상한 것을 느꼈다. 몇 안 되는 물건들은 대체로 제자리에 놓여 있었지만, 테오가 가지고 다니던 여행 가방 바퀴의 방향이 조금 달라져 있었다. 순간 서늘한 기운이 목덜미를 스쳐 지나갔다. 사람이든 귀신이든 누군가 테오의 방에 들어왔던 것이 분명했다. 평소에 그리 예민한 사람은 아니었지만, 거처를 자주 옮겨 다니며 살았기 때문에 자신의 물건이 어디에 어떻게 놓였는지는 대부분 기억해두는 편이었다. 테오는 마치 셜록 홈스가 된 것처럼 자신의 물건들을 하나하나 유심히 살폈다. 의심을 확신으로 바꿀 증거를 찾기 위해서였다. 가진 물건이 별로 없었기 때문에, 테오는 없어진 물건을 바로 찾아낼 수 있었다. 감쪽같이 없어진 물건은 테오가 늘 가지고 다니던 껌 통이었다. 테오는 허탈감과 함께 마음이 복잡해져서 자기도 모르게 한숨을 내쉬었다. 범인은 테오 방의 비밀번호를 알고 있는 순이할매가 분명했다. 그런데 왜 하필 그 껌 통을 가져갔을까? 사실 그 껌 통에는 껌이 들어 있지 않았다. 순이할매는 그걸 알고 가져간 것일까? 모르고 가져간 것일까? 당장 달려가서 따져볼 생각도 했지만, 바로 단념할 수밖에 없었다. 순이할매라면 명백한 증거를 가지고 가도 바로 모르쇠로 일관할 것이 뻔했기 때문이다. 이제라도 비밀번호를 바꿔야 하나 고민하다가 테오는 그냥 침대 위에 벌렁 누워버렸다. 갑자기 모든 것들이 부질없다는 생각이 들었다. 무엇보다 테오는 안락정원에서 보낸 오늘 하루가 마치 한 달처럼 여겨졌다. 사실 테오는 안락정원에 들어오면 조금 더 평화롭고 조용한 하루를 보내게 될 거로 생각했다. 하지만 안락정원에 들어오는 순간부터 안락정원이라는 시스템의 노예가 되어 이리저리 끌려다니기만 했다. 이렇게 쓰러졌다가는 오늘도 어제처럼 씻지도 못하고 잠들 것 같아 벌떡 일어나 따뜻한 물로 샤워했다. 샤워하고 나니 몸도 마음도 가뿐해졌다. 가벼운 잠옷으로 갈아입고 편한 침대에 누웠다. 이렇게 눈을 감는다면 죽어도 좋을 만큼 모든 것이 만족스러웠다. 테오는 잠에 빠져드는 이 순간을 그 무엇보다 사랑했다. 그렇게 완벽한 죽음, 아니 잠에 빠져들려는 순간 갑자기 천장에서 소름 끼치는 소리가 들렸다.

'드르륵득득 드르르륵 득득.'

테오의 행복한 잠을 한순간에 앗아가버린 소음은 아무리 들어도 기괴했다. 테오는 설마 아닐 거라고 생각하며 다시 잠을 청하려 했지만, 그 기괴한 소음은 다시 들렸다. 테오는 숙

소를 자주 옮기며 살았기에 어느 정도의 층간소음은 그냥 무
시하고 지낼 수 있는 내공이 있었다. 하지만 지금 이 소음은
무시할 수 있는 수준이 아니었다. 문득 오늘 아침 테오를 깨
우러 왔던 순이할매가 가지고 있던 야구방망이가 떠올랐다.
그제야 마지막 퍼즐을 맞춘 기분이 들었다. 403호에 거주하
고 있는 순이할매가 지금 그 야구방망이를 들고 이 미친 소
음을 만들어내고 있다고 확신했다. 짜증이 나서 잠시 일어나
앉았던 테오는 한숨을 크게 한번 쉬고 다시 누웠다. 이런 식
으로 개인 영역을 무례하게 침범하는 순이할매의 장난에 더
이상 놀아나고 싶지 않았다. 그동안 겪어봤던 수많은 종류
의 층간소음들 가운데서도 순이할매가 만들어낸 괴이한 소
리는 좀처럼 참기 힘들었다. 시간이 지날수록 그 소음의 종류
와 간격이 불규칙해지면서 테오는 점점 인내심을 잃어갔다.
결국 10분도 참아내지 못하고 다시 벌떡 일어났다. 순이할매
의 움직임은 마치 신들린 무당처럼 용맹하고 변화무쌍했다.
무엇보다 놀라운 것은 순이할매의 체력이었다. 70을 훌쩍 넘
긴 것 같은 할머니가 벌써 10분이 넘게 이리저리 뛰어다니
고 있었다. 테오는 누군가에게 크게 화를 내본 적이 없었지만
이 순간만큼은 가슴속 깊은 곳에서 뿜어 나오는 분노를 주체
할 수 없었다. 하루밖에 지나지 않았지만, 마주쳤던 모든 순
간마다 테오를 괴롭혔던 순이할매였다. 결국 테오는 문을 열

고 밖으로 뛰쳐나가 4층 계단을 두 개씩 성큼성큼 뛰어 올라 갔다. 4층에 도착한 테오는 402호 쪽을 힐끔 쳐다보고는 바로 403호 벨을 거칠게 눌렀다. 역시나 403호는 반응이 없었다. 벨을 누르자 갑자기 조용해진 순이할매의 반응이 테오를 더 화나게 했다. 급기야 403호 문을 마구 두드리기 시작했다. 열리라는 403호 문은 열리지 않더니, 4층 엘리베이터 문이 열렸다. 오늘 아침 당번을 했던 404호 아저씨였다. 테오는 민망함에 두들김을 멈췄다. 404호 아저씨는 테오를 보고 조용히 목례만 하고 자신의 방으로 들어갔다. 그제야 테오는 정신이 번쩍 들었다. 어느새 테오 자신이 고요한 안락정원에서 순이할매 못지않은 빌런이 되어 있었기 때문이다. 엎친 데 덮친 격으로 3층 계단 쪽에서 누군가 올라오고 있었다.

"무슨 일입니까?"

수복이었다. 테오는 아무런 대답도 하지 못하고 그저 인사만 꾸벅했다. 수복은 무슨 상황인지는 모르겠지만, 늦은 밤이니 오늘은 일단 주무시는 편이 좋겠다는 말을 남기고 다시 3층으로 내려갔다. 조금 더 403호 문 앞에 서 있다가는 안락정원 사람들이 다 나와볼 것 같은 생각에 테오는 한마디도 하지 못하고 내려갔다. 테오가 어쩔 수 없이 계단을 내려가려는데 갑자기 싸한 느낌이 들었다. 누군가 문을 열고 나오지는 않았지만, 문 안쪽에서 문밖의 세상을 엿보고 있는 느낌이랄까? 아니면 갑자기 내려앉은 정적 때문일까? 덕분에 테오 목덜미엔 서늘한 소름이 우후죽순처럼 올라왔다. 하지만 테오는 402호를 그냥 지나칠 수 없었다. 발걸음을 잠시 멈추고 발끝의 방향을 402호로 바꾸려는 순간, 이상한 소리가 들렸다. 스샤삭! 순간 테오는 너무 놀라 굴러떨어지듯 3층으로 뛰어 내려갔다. 우당탕퉁탕! 자신의 방으로 들어가자마자 테오는 바로 문을 잠갔다. 침대로 들어가 이불을 뒤집어쓰고 나서야 테오는 자신이 아무것도 아닌 소리 하나에 부들부들 떨고 있다는 사실을 깨달았다. 생각해보면 테오는 자신이 무엇을 두려워했는지조차 모르면서 무조건 도망치기를 반복했던 사람이었다. 언제나 그랬다. 믿을 수 없는 현실을 테오는 항상 직면하지 않고 외면하기만 했다. 어쩌면 첫 단추를 잘못 채운 것일지도 모르겠다. 어느 날 갑자기 찾아온 엄마의 어이없는 죽음을 테오는 도저히 직면할 수가 없었다. 그래서 테오는 처음부터 엄마라는 존재가 없었던 것처럼, 현실 자체를 부정할 수밖에 없었다. 테린이처럼 엄마의 부재를 슬퍼하며 울었다면 조금 나아졌을까? 아빠처럼 술로 그 자리를 채우려고 했으면 달라졌을까? 하지만 테오는 방법이 없다고 생각했다. 그래서 테오는 엄마를 그리워하며 엄마를 닮아가던 테린이 역시 외면하고 싶었는지도 모르겠다. 엄마를 원망하며 알

코올에 모든 것을 맡겨버린 아버지 역시 그랬다. 그렇게 모든 것을 외면해야 살 수 있다고 믿었던 테오는 정체를 알 수 없다는 이유로 작은 소리에도 겁을 먹고 도망치는 겁쟁이가 되어버린 자신을 참을 수 없었다.

'드르륵쿵더러럭드륵드륵쿵.'

심각한 자기혐오에 빠져 있던 테오는 다시 시작된 순이할매의 방망이질 소리에 기가 막혀서 자기도 모르게 웃어버렸다. 순이할매의 방망이질은 아까보다 훨씬 더 강렬하고 요란했지만, 이제 테오는 화나지 않았다. 오히려 자기혐오에 빠져 있던 자신을 현실로 이끌어준 순이할매의 방망이 소리가 고맙기까지 했다. 순이할매의 방망이질 소리가 늘 도망치기 바빴던 사람에게 누군가의 방문을 거침없이 두드릴 수 있는 용기를 만들어주었기 때문이다.

6장
의심할 여지 없이

다음 날 아침 테오는 기상을 알리는 음악이 울리기 전에 일어났다. 순이할매의 방망이질 소리가 밤새 들리지는 않았지만, 테오는 아직도 방망이질 소리가 들리는 것 같았다. 결국 세수도 하지 않고 바로 4층으로 올라갔다. 어젯밤처럼 방문을 두드리기는 싫어서 벨을 점잖게 누르려는데 갑자기 403호 문이 벌컥 열렸다.

"아침 문안 인사 하러 왔냐?"

"도대체 뭐 하시는 거예요?"

"뭐 하긴 잠자고 일어났지."

"어젯밤엔 왜 문을 안 열었어요? 그렇게 두드렸는데."

"밤에? 왜 남의 집 문을 두드렸는데?"

"어제 제 물건도 가져가셨죠?"

"무슨 물건?"

"아시잖아요. 제가 다 확인했어요."

"이젠 도둑누명까지 씌우는 거야?"

"제 방 비밀번호 순이할매만 아시잖아요."

"비밀번호 바꾼 거 아니었어?"

"저한테만 이러시는 이유가 뭐예요?"

"너야말로 나한테만 왜 그래? 아침부터."

"그 방망이는 어디 있어요?"

"무슨 방망이?"

"맨날 가지고 다니는 야구방망이 있잖아요. 그걸로 밤새 방망이질하셨잖아요."

"당최 무슨 소린지 하나도 모르겠네. 혹시 저거 말하는 거야?"

순이할매는 엘리베이터 옆에 있는 공용 창고를 가리켰다. 창고 문 옆쪽에 순이할매가 가지고 다니던 야구방망이가 비스듬히 세워져 있었다. 테오는 기가 막혀 말이 나오지 않았다. 순이할매는 그거 보란 듯이 시치미를 떼고 창고 앞으로 걸어가 야구방망이를 집었다. 테오 보란 듯이 방망이를 바닥에 끌며 어젯밤 층간소음 내는 방법을 몸소 재현해 보였다. 테오는 기세등등한 순이할매의 광기 어린 행동에 전의를 잃고 돌아서려는데 401호에서 선희가 나왔다. 테오는 엉겁결에 선희에게 인사했는데, 선희는 대답 대신 따라오라는 듯 손으로 5층을 가리켰다. 그제야 테오는 자신이 오늘 아침 식사 당번이라는 사실이 기억났다.

마치 학생주임 선생님에게 호출을 받은 학생처럼 테오는 다소곳이 선희를 따라 5층 조리실로 올라갔다. 선희는 테오를 허수아비처럼 세워두고 냉장고를 열어 아침에 필요한 식자재들을 하나씩 꺼내기 시작했다. 식자재를 다 꺼낸 선희는 멀뚱하게 서 있는 테오를 쳐다보더니 한쪽 귀퉁이에 있는 청소도구를 가리켰다. 테오는 청소하라는 말로 알아듣고 신속하게 청소를 시작했다. 청소하면서도 테오는 힐끔힐끔 선희를 쳐다봤다. 선희는 자신의 죄를 씻어내려고 일부러 고행하는 수도자처럼 묵묵히 자기 일을 억척스럽게 해내고 있었다. 테오는 그녀가 말을 못 하는 사람인지 하기 싫은 사람인지 알아보기 위해 한마디라도 말을 걸어보고 싶었지만, 선희는 어떤 틈도 보이지 않았다. 아침 식사 시간이 가까워지자, 하나둘씩 안락정원 사람들이 식당 안으로 모이기 시작했다. 순이할매는 제일 먼저 와서 선희를 보조하는 테오를 놀리듯이 야구방망이를 가지고 기괴한 자세로 스트레칭을 했다. 그러는 사이 어제와 같이 오늘도 현빈은 안락정원 사람들에게 커피를 배달했고, 선희는 배식을 시작했다. 오늘도 402호 식판은 주인을 찾지 못하고 덩그러니 놓여 있었다. 사람들이 자리에 앉아 식사를 시작하자 선희는 어김없이 402호 식판에 음식물을 담기 시작했다. 테오는 그런 선희를 쳐다보다가 그만 박 검과 눈이 마주쳤다. 테오는 얼떨결에 목례하고 밥을 먹기 시작했는데 오늘도 역시나 사람들은 식사에만 집중할 뿐 아무런 대화를 나누지 않았다. 테오는 식사하면서도 당번인 자신이 402호 식사 배달을 가기 위해 타이밍을 보고 있었다. 선희가 식판에 밥과 음식을 다 담은 것을 확인하자마자 테오는 벌떡 일어나 선희에게 다가갔다. 테오는 말없이 손을 내밀며 402호 식사를 자신이 배달하겠다는 의사를 밝혔지만, 선희는 멀뚱히 테오를 쳐다볼 뿐이었다. 선희의 평소 표정은 조금 공허하고 덧없어 보였는데, 지금 선희 얼굴은 어느 때보다 단호한 거절 의지를 보였다. 테오가 당황하는 사이, 순이할매가 벌떡 일어나 402호 식판을 낚아챘다. 테오는 식당을 나서는 순이할매의 얄미운 뒤통수를 그저 멍하니 바라볼 수밖에 없었다.

테오가 식사를 마치기 전에 순이할매는 식당으로 돌아와 나머지 식사를 마쳤다. 테오는 궁금한 게 너무도 많았지만, 또 놀림만 받을 것 같아 바로 식당을 나와버렸다. 어슬렁거리며 계단으로 내려가다가 테오는 402호를 한번 쳐다보고는 곧장 1층 카페로 내려갔다. 오늘 오전 아르바이트는 카페 보조였기 때문이다.

"저기, 물어보고 싶은 게 있어요."

"네, 얼마든지."

"402호엔 누가 살고 있는 건가요? 식사도 따로 챙겨서 가져다주는 것 같던데."

테오는 그저 질문했을 뿐인데 항상 온화한 미소를 장착하고 있는 현빈의 입꼬리가 파르르 떨리더니 미간까지 잠시 찌그러졌다. 현빈은 금세 평소의 표정으로 돌아왔지만, 테오는 그 찰나를 놓치지 않았다.

"하하, 글쎄요. 저도 여기 일을 다 알고 있는 건 아니라서."

"그러니까 안다는 거예요, 모른다는 거예요?"

"보기보다 호기심이 많으시네요. 여기선 저도 알면 안 되는 일이 종종 있답니다."

안락정원에 살지 않는 현빈에게 물어도 소용없을 거란 생각은 했었지만, 막상 모른 척하는 것을 보니 현빈도 어쩔 수 없는 안락정원 사람이란 생각이 들었다. 한편으론 작전에 실패한 스파이가 된 것 같아 기분이 좋지 않았다. 그런 테오의 표정을 읽었는지, 현빈은 조심스럽게 물었다.

"오늘 오전에 카페에서 일하고 나서 뭐 하실 거예요?"

"글쎄요."

"별일 없으면 오후에 자전거 타고 바다 구경 가보실래요?"

"바다 구경이요?"

"제가 가끔 타는 전기 자전거가 하나 있어요. 여기 지하 주차장에 항상 두는 편인데, 그거 타고 한 바퀴 돌아보세요. 여기 영종도는 자전거 도로가 잘 되어 있거든요."

바리스타까지는 아니었지만, 카페 아르바이트 경험이 있었던 테오는 어렵지 않게 카페 보조 일을 해낼 수 있었다. 손님들이 많이 몰려들 때는 조금 벅차기도 했지만, 금세 적응할 수 있었다. 무엇보다 잘생기고 다정한 현빈에게 서슴없이 호감을 표현하는 여자 손님들을 지켜보는 재미가 쏠쏠했다. 그런 손님들 덕분에 테오는 지정된 아르바이트 시간을 초과할 수밖에 없었는데, 현빈은 그게 미안했는지 손님들이 조금 줄어들기 시작하자 맛있는 샌드위치를 만들어주기도 했다. 테오는 샌드위치를 먹으면서 현빈에게 자전거 위치를 다시 확인했다. 현빈에게 인사를 하고 자전거를 찾기 위해 안락정원 지하 주차장으로 내려가보니, 생각보다 넓은 주차장이 있었다. 안락정원 왼편에 있는 지상 주차장은 가게 손님들을 위한 주차장이었고, 지하 주차장은 안락정원에 거주하는 사람들이 이용하는 주차장인 것 같았다. 엘리베이터 앞쪽에는 TV

에서만 보던 고급 세단이 주차되어 있었는데, 테오는 그 자동차가 박검의 자동차일 거라 짐작했다. 현빈의 설명대로 고급 세단 옆에 검은색 전기 자전거가 멋들어지게 서 있었다. 세심한 현빈이 전기 자전거 사용법도 미리 설명을 해줘서 테오는 어렵지 않게 자전거를 작동시킬 수 있었다. 자전거를 가지고 현관에 도착한 테오는 카페 창가 앞에 서서 현빈에게 꾸벅 인사를 하고 자전거 안장에 몸을 실었다. 편의점에서 테오가 자전거를 타는 것을 지켜보던 두호가 깜짝 놀라 튀어나왔지만, 이미 테오는 저만치 골목을 벗어나고 있었다. 뒤늦게 어딜 가냐는 두호의 목소리를 들은 테오는 차마 뒤돌아보지는 못하고 두호에게 한쪽 손을 흔들어주었다.

테오는 잠시 영종도에 산 적이 있었다. 여기 하늘도시가 아닌 공항신도시 근처 원룸에 살면서 공항 근처 물류센터로 출근했었다. 그 당시 테오는 마치 피난 떠나듯 테린 혼자 칩거하던 집에서 멀리 벗어나 영종도까지 도망쳐왔다. 일은 고되고 밤낮이 매일 바뀌는 로테이션 근무라 하루하루가 어떻게 가는지 몰랐던 시절이었고 영종도가 어디서든 바다를 볼 수 있는 섬인지조차 깨닫지 못했었다. 옛날 생각을 하며 5분 정도 자전거를 달려보니 어디선가 짠 내가 나기 시작했다. 도로 표지판 위에 '구읍뱃터'라는 표시가 보였다. 테오는 표지판 방향을 따라 부지런히 발을 굴렀다. 구읍뱃터에 도착하자 놀랍게도 진짜 배가 들어오는 모습이 보였다. 영종도에 다리가 두 개나 있고 하나를 더 만든다던데 아직도 배가 운행된다는 사실이 흥미로웠다. 배가 도착하자 사람보다 자동차가 먼저 육지로 올라왔다. 월미도에서 영종도 구읍뱃터를 오가는 배는 한 시간에 한 대씩 있는데, 배가 꽤 커서 자동차도 태울 수 있었다. 몇 대의 차가 지나가고 사람들이 하나둘 육지로 올라왔다. 평일 낮 시간임에도 불구하고 한가롭게 배를 타고 놀러 온 사람들이 많다는 사실에 테오는 조금 놀랐다. 사람들 표정에서 나오는 그 여유로움에 위화감이 느껴지기도 했다. 지금까지 테오는 한 번도 여유로운 삶을 살아본 적이 없었다. 테오는 화가 난다기보다 서글펐다.

'엄마도 저렇게 여유롭게 살 수 있었다면 괜찮았을까?'

테오는 엄마의 마지막 얼굴이 떠올랐다. 테오가 태어나던 그해 테오의 어머니는 겨우 스무 살이었다. 테오는 그 사실이 지금도 가슴 아팠다. 엄마의 청춘을 망쳐버린 사람이 자신인 것 같아서 테오는 태연한 얼굴로 마지막 인사를 대신하던 엄마를 원망할 수도 없었다. 저만치 들리는 사람들의 웃음소리가 유리 파편처럼 테오의 가슴에 박혔다. 저렇게 유쾌하게 웃어본 적은 있었던가? 테오는 떠올려보려 노력했지만, 그런 기억이 없었다. 더 이상 사람들의 웃음소리를 듣고 싶지 않아 근처 작은 동산을 무작정 올라갔다. 바닷가 바로 앞에 있는 작은 동산이었는데 숨이 차기도 전에 단숨에 올라버렸다. 사람들을 피해 올라왔는데 동산 위에는 사람들이 더 많았다. 작은 동산에는 자그마한 숲길도 있었는데 사람들을 이리저리 피하다 보니 어느 순간 탁 트인 바다가 눈앞에 그림처럼 나타났다. 바다 건너에는 월미도 대관람차도 보였고, 제법 기다란 인천대교도 보였다. 그림 같은 바다를 바라보다 보니 이곳 영종도가 마음에 들기 시작했다. 마치 고향으로 돌아온 탕아처럼 따스한 햇살과 바닷바람이 자신을 위로해주는 기분도 들었다. 눈부시던 바다 윤슬이 잦아드나 싶더니 어느새 서쪽 하늘이 조금씩 붉어지기 시작했다. 그제야 테오는 집으로 돌아가야겠다는 생각이 들었다. 그런데 나한테 집이 있었던가? 무엇보다 돌아가야 할 집이 안락정원이라는 사실이 이상하게 비현실적으로 여겨졌다.

*

다시 자전거를 타고 안락정원으로 돌아가는 길, 테오는 신도시에 있는 대형마트에 들렀다. 안락정원에 들어오기 위해 단출한 짐을 싸다 보니 이것저것 부족한 것들이 있었다. 상가 지역으로 들어서자 꽤 높은 빌딩들이 하늘을 가로막고 있었다. 문득 신도시 상가 한 블록이 모두 박검의 소유 건물이라는 두호의 말이 떠올랐다. 테오는 한 블록에 빌딩이 몇 채나 있는지 세어보기 위해 빌딩 골목을 이리저리 기웃거리기도 했다. 그러다 자기 행동이 부끄럽게 여겨져 고개를 절레절레 저으며 대형마트 쪽으로 자전거를 끌고 갔다. 마트 앞에 자전거를 세우고 필요한 물건들을 사고 나와보니, 어느새 해가 지고 어두컴컴해져 있었다. 저녁 식사 시간에 맞추어 가려면 서둘러야겠다는 생각에 자전거를 끌고 도로변으로 나오는데 저쪽 골목에서 302호 지아가 보였다. 테오는 그냥 지나치려다가 지아가 어두운 골목 안으로 들어가는 것을 보고 수상한 느낌이 들어 지아를 따라 골목 안으로 들어갔다. 지아는 골목 안쪽에 있는 술집 앞에서 중년의 남자에게 무언가를 건네받고 있었다. 순간, 테오는 심장이 덜컥 내려앉았다. 자신이 원조 교제 현장을 목격하게 되었다는 사실도 충격이었지만, 그 중년의 남자가 404호에 사는 과묵한 아저씨라는 사실이 더 충격이었다. 테오는 놀란 가슴을 겨우 쓸어내리며 객관적으로 생각해보려고 애썼다. 하지만 아무리 생각해봐도 이런 술집 앞에서 404호 아저씨와 어린 지아가 만날 이유가 떠오르지 않았다. 더구나 지아는 아직 중학교 3학년이었다. 지금이라도 당장 어떻게 된 거냐고 묻고 싶은 맘이 굴뚝같았지만, 차마 어쩌지도 못하고 주변을 어정거렸다. 그러다 404호 아저씨의 카드를 낚아챈 지아와 눈이 딱 마주쳤다. 심장이 바닥으로 툭 떨어지는 기분이 들었다. 하지만 지아는 당황한 테오 앞으로 당당하게 걸어왔다. 오히려 테오가 못된 짓을 하다 걸린 사람처럼 도망가고 싶은 마음이 들었다.

"아저씨, 여기서 뭐 해요?"

테오가 묻고 싶었던 말을 지아가 물었다. 테오가 대답을 제대로 하지 못하자, 지아는 404호 아저씨에게 받은 카드를 머리 위로 흔들며 상가 저편으로 사라졌다. 그러는 사이 404호 역시 어디론가 사라지고 보이지 않았다. 테오는 이런 상황을 어떻게 받아들여야 할지 몰라 괜히 주변을 서성거렸다.

테오는 공항 근처에 있는 물류센터를 다니면서 40이 넘은 팀장과 갓 들어온 신입 파견 여직원들이 부적절한 관계를 맺고 서로의 이득을 챙기는 광경들을 자주 목격했었다. 그런 사람들을 지켜보는 일이 누구보다 역겨웠지만 그렇다고 그들 앞에서 직접적으로 비난하거나 욕하지는 못했다. 테오와 관계없는 그들의 사생활이었기 때문이다. 하지만, 지아는 아직 중학생이었다. 어른인 척하며 오히려 어른들을 깔보는 아이였지만, 아이는 아이였다. 그런 아이가 중년의 아저씨와 부적절한 관계를 맺고 있다는 사실을 그냥 모른 척할 수는 없었다. 더구나 과묵하고 얼굴에 표정이 없어 영혼마저 없어 보이던 404호 아저씨가 저렇게 음흉한 사람이었다는 사실이 테오는 믿기지 않았다. 복잡한 생각을 떨쳐버리기 위해 테오는 한 번도 쉬지 않고 열심히 페달을 밟았다. 덕분에 생각보다 빨리 안락정원에 도착할 수 있었다. 안락정원 현관에 들어서자마자 방금 한 밥 냄새가 코끝을 유혹했다. 복잡했던 마음과 달리 밥 냄새를 맡고 나니 테오는 왠지 모르게 마음이 풀렸다. 더구나 오후에 받은 카드 키 덕분에 누구의 도움도 받지 않고 단숨에 5층 식당으로 올라갈 수 있었다. 역시나 5층 식당에는 지아와 404호의 모습은 보이지 않았다. 입주 계약서에 사회적으로 부도덕한 행동을 하면 안 된다는 항목이 떠올랐지만, 테오는 다시 가슴이 답답해졌다. 돈을 받고 사람들을 죽여주는 일을 하고 있는 이들에게 부도덕함을 논한다는 것이 의미 없어 보였기 때문이다. 생각하면 할수록 모든 상황이 기괴했다. 안락정원에 살게 되면 무언가 더 선명해질 줄 알았는데, 시간이 지나면 지날수록 점점 더 알 수 없는 것들이 많아지는 기분이었다. 더 이상한 것은 이런 상황임에도 불구하고 오늘 저녁 밥맛이 너무 좋았다는 것이다. 이런 아이러니를 어떻게 받아들여야 할지 몰랐던 테오는 어느새 다 비워버린 식판을 바라보며 망연자실했다.

저녁 식사 시간에도 역시나 순이할매가 식판을 들고 402호로 내려가는 모습이 보였다. 테오는 왠지 모르게 자존심이 상했다. 자신이 순이할매보다 못한 사람이 된 것 같았기 때문이다. 테오는 순이할매가 식판을 들고 들어간 402호를 한참 노려보면서 다음 상담 때 익선에게 402호 정체에 대해 반드시 물어보리라 다짐했다. 테오는 자신의 방으로 들어가 불도 켜지 않고 조용히 침대 위에 앉았다. 마치 무언가를 기다리는 사람처럼 꼬박 한 시간을 그렇게 앉아 있었다. 얼마 뒤 조용한 안락정원 주차장으로 차 한 대가 들어오는 소리가 들렸다. 침대에 앉아 있던 테오는 예민한 스파이처럼 그 누구보다 민첩하게 창가 쪽으로 움직였다. 다리가 조금 저리기는 했지만, 창가 벽에 기댄 채 커튼 사이로 아래를 내려다보니 회색 중형차 한 대가 안락정원으로 들어오고 있었다. 현관 앞에 잠시 멈춘 중형차에서 지아가 내리는 것을 보고, 테오는 혼자 입을 틀어막았다. 지아를 내려준 중형차가 다시 빠져나가지 않고, 바로 지하 주차장 쪽으로 내려갔기 때문이다. 어쩔 수 없이 테오는 의문의 중형차가 404호 아저씨의 차라고 확신할 수밖에 없었다. 안락정원이라는 공간에 미성년자가 홀로 살고 있는 것도 이상했지만, 지아가 이런 짓을 벌이고 있음에도 불구하고 아무도 관심조차 없다는 사실이 테오는 무엇보다 견딜 수 없었다. 테오는 404호 아저씨에게 이 부당함을 따지러 나가려다가 그만두었다. 문득 자신이 그럴 자격이 있는 사람인지 고민이 되었기 때문이다. 테오가 망설이는 사이, 지아가 302호로 들어가는 소리가 들렸다. 결국 테오는 자신의 방문을 열지 못하고 다시 침대로 돌아갔다. 침대에 걸터앉은 채, 테오는 간절히 기도했다. 지아와 404호 아저씨가 함께 귀가한 것이 아니기를. 하지만 어김없이 엘리베이터 문이 열리는 소리가 들리더니 곧바로 404호 도어록 열리는 소리까지 들렸다. 괴로움에 머리를 움켜쥐며 괴로워하던 테오는 어느 순간 그대로 침대 위에 쓰러져버렸다. 오늘도 어김없이 순이할매의 방망이질이 시작되었기 때문이다.

*

다음 날 아침, 테오는 기상 알람이 울리고 한참이 지나서야 몸을 겨우 일으켰다. 잠을 제대로 자지 못해서인지 컨디션이 좋지 않았다. 겨우 몸과 마음을 가다듬고 5층 식당으로 올라갔다. 오늘은 민정이 아침 당번이었는데 테오가 조금 늦게 올라오자 빨리 배식을 받으라는 눈치를 주었다. 테오는 이미 자리에 앉아 식사하고 있는 지아와 404호를 무심코 쳐다보았다. 지아와 404호는 아무 일도 없었던 것처럼 조용히 식사하고 있었다. 두 사람의 덤덤한 표정을 보자 테오는 왠지 모르게 화가 치밀어 올랐다. 때마침 박검 역시 조금 늦게 식당 안으로 들어왔다. 테오는 이때다 싶어서 박검이 자리에 앉기 전에 큰 소리로 물었다.

"여기 안락정원에 살면서 불법적인 일을 저지르면 어떻게 됩니까?"

"어떤 불법을 저지르셨는데요?"

"제가 아니라 다른 사람의 불법적인 일을 목격했습니다."

박검은 테오의 말에 어떤 반응도 보이지 않았다. 테오는 그제야 후회했다. 그들 모두가 같은 편이라는 사실을 알고 있음에도 어리석은 질문을 던졌기 때문이다. 바보 같은 오지랖을 부렸다는 생각에 테오는 혼자 주먹을 불끈 쥔 채 머리를 떨구고 서 있었다. 그때 누군가 테오의 민망한 뒤통수를 내리쳤다.

"뭘 어떻게 돼? 경찰서에 가야지. 철컹철컹!"

순이할매는 수갑 차는 시늉을 하며 테오를 놀려댔다. 덕분에 조용히 밥을 먹던 안락정원 식구들 모두 웃음을 터뜨렸다. 테오는 얼굴이 붉어질 정도로 수치심이 느껴져 차마 식사도 하지 못하고 식당을 나와버렸다. 마땅히 갈 곳이 없어 계단을 내려가다가 4층 마지막 계단에 주저앉았다. 계단 위에 앉아 무심코 402호를 쳐다보던 테오는 자신이 자초한 수치감을 극복하기 위해서라도 오늘은 어떻게든 402호에 누가 사는지 알아내야겠다고 마음먹었다. 결국 테오는 누군가 402호 아침 식사를 배달할 때를 노려보기로 했다. 문이 열리는 순간 따라

붙으면 충분히 누가 있는지 확인할 수 있을 것 같았다. 계단에 앉아 식사가 배달되기를 기다리는데 드디어 5층에서 인기척 소리가 들렸다. 테오는 얼른 일어나 402호 옆에 있는 창고 쪽으로 몸을 숨겼다. 어제처럼 순이할매였으면 좋겠다고 생각하며 만반의 준비를 하고 있는데, 식판을 들고 내려온 사람은 지아였다. 순간 테오는 몸도 마음도 굳어버렸다. 창고 옆에 어정쩡하게 서 있던 테오는 결국 지아에게 들켜버리고 말았다. 테오는 지아가 자신을 무시하고 얼른 402호로 들어가 버리기를 바랐다. 하지만, 지아는 바로 402호로 들어가지 않고 뻘쭘하게 서 있는 테오 앞으로 다가왔다. 더구나 지아는 테오를 쳐다보며 웃고 있었다.

"아저씨! 또 여기서 뭐 해요?"

"어, 그냥."

"근데 아저씨 원래 이런 캐릭터였어요? 진짜 웃겨. 얼른 올라가서 밥이나 드세요!"

지아는 얼어붙어 있는 테오를 보고 진심으로 웃겨 죽겠다는 표정을 짓고 있었다. 테오는 어쩔 줄 몰라 하다가 지아의 말대로 그냥 5층 계단을 뛰어 올라갔다. 그 와중에도 테오는 402호 문이 열리고 닫히는 소리를 들었지만, 자신의 수치심을 처리하는 게 더 시급한 문제였다. 5층에 올라오자마자 테오는 다시 후회했다. 식사를 마치고 나오는 사람마다 모두 테오를 보고 웃고 있었기 때문이다. 평소라면 그저 목례 정도였겠지만, 지아처럼 톡 건드리면 웃음이 튀어나올 것처럼 모두 그렇게 웃음을 참고 있는 것 같았다. 언제나 심각한 표정을 짓던 수복마저도 테오의 어깨를 두드리며 말했다.

"경찰서 문은 언제든지 열려 있습니다. 아시죠?"

수복은 눈썹까지 찡긋거렸다. 테오는 어디든 도망치고 싶었지만, 이번에도 순이할매 팔에 목덜미를 잡혔다. 순이할매는 부도덕한 일을 신고하기 전에 피곤한 선희가 빨리 주방 일을 끝낼 수 있도록 해야 한다며 테오를 식당 안으로 끌고 들어갔다. 결국 테오는 도망가지도 못하고 그 자리에 앉아 아침 식사를 할 수밖에 없었다. 어쩔 수 없이 하게 된 아침 식사였지만, 테오는 오늘도 밥맛이 좋아 식판을 싹싹 다 비웠다. 어쩌다가 내가 이렇게 되었을까? 누구 때문인지는 모르겠지만, 테오는 이곳에 와서 점점 자신이 우스워지고 있다는 생각이 들었다. 그런데 또 그런 느낌이 아주 싫지만은 않았다. 테오는 늘 무기력했고 우울하기 짝이 없는 사람이었기 때문에 가까이 다가왔던 사람들도 금세 질려 저만치 달아나곤 했었다. 테오는 어쩌면 부모님도 테린이도 그런 자신을 견디기 힘들었을지도 모른다고 생각했다. 그런데 안락정원 사람들은 이상하게 테오를 그런 사람으로 보지 않았다. 지금도 테오는 그런 수모를 당하고도 순이할매가 직접 퍼준 식판을 깨끗하게

비워놓고 있었다. 이런 자신이 테오는 싫기도 했지만, 나쁘지
도 않았다.

7장
그럼에도 (불구하고)

테오는 순이할매의 야구방망이 소리에 매일 밤 시달렸지만, 며칠이 지나고 나니 어느 정도 적응이 되었다. 오늘도 잠을 충분하게 자고 일어나 평소와 다름없이 아침 식사를 맛있게 했다. 안락정원에 들어와 하루도 편히 쉬는 날이 없어서인지 저녁을 먹고 나면 다른 생각 할 틈도 없이 잠들었고, 해가 뜨면 자동으로 눈이 떠졌다. 오늘도 역시 오전 시간에 2층에 있는 호스피스 병실에서 일정이 있었다. 민정의 말에 따르면 간병인 역할을 하는 것인데, 테오는 이런 일을 해본 적이 없어서 왠지 모르게 긴장되었다. 초조한 마음을 감출 수는 없었지만, 테오는 아침 식사를 끝내자마자 바로 2층으로 내려갔다. 민정은 여전히 못마땅한 얼굴로 테오가 할 일들을 오목조목 설명해주었다. 테오는 민정이 병실을 나가자마자 시키지 않은 일인데도 병실 곳곳을 청소하기 시작했다. 각종 링거와 함께 산소 삽입관을 꽂고 있는 환자가 있는 병실에선 사실 주변이 지저분해질 일도 별로 없었지만, 병실에 멍하니 앉아 환자를 지켜보는 것보다 청소라도 하는 편이 낫다고 생각했다. 테오가 청소하는 중에도 할아버지 환자는 테오가 움직일 때마다 일정한 간격으로 가래 끓는 소리를 냈는데, 테오는 그 소리가 이상하게 싫지 않았다. 어쩌면 그 소리가 환자의 자기표현 방식일지도 모른다는 생각도 들었다. 병실 청소를 끝내고 나서야 테오는 환자 보호자 의자에 앉아 환자를 물끄러미 쳐다봤다. 문득 테오는 첫날 자신의 무례했던 행동이 생각나 환자에게 죄송하다는 말을 혼잣말처럼 건넸다. 대답은 없었지만, 할아버지는 두 눈을 끔벅이며 가래 끓는 소리를 연속 두 번 내주었다. 테오는 이번에도 환자가 자신의 의견을 표현한 거라고 믿어 의심치 않았다.

"그런데, 여기는 어떻게 오시게 된 거예요?"

신기하게도 이번엔 가래 끓는 소리가 들리지 않았다. 처음에 테오는 할아버지 환자 역시 죽고 싶어서 안락정원에 들어왔고, 이곳에서 자신의 마지막을 준비하고 있는 거라고 생각했다. 테오가 안락정원에 들어오기로 결심한 그날 죽어 나갔던 사람도 결국 그런 방식으로 목숨을 부지하다가 죽었을 거라고 생각했다. 하지만, 이 병실을 청소하면서 테오는 어렴풋이 깨달았다. 이곳은 사람을 죽이기 위한 병실이 아니라 사람을 보살피기 위한 병실이라는 것을.

"뭐 하고 있어요? 아까 말씀드린 거 먼저 해주셔야죠."

민정이 병실로 불쑥 들어와 테오의 상념을 깨뜨렸다. 테오는 벌떡 일어나 환자 가까이 다가갔다가 환자와 눈이 마주쳤다. 환자는 무의식 상태라고 생각했는데 눈이 마주친 순간, 테오는 환자가 하고 싶은 말이 있다고 느꼈다. 누가 봐도 구차하게 목숨을 유지하고 있는 이 환자는 정말 죽고 싶었던 걸까? 아니면 살고 싶었던 걸까? 테오는 온 힘을 다해 환자의 몸을 왼쪽으로 돌려 뉘었다. 24시간 누워 있는 환자들은 이런 식으로라도 몸을 움직여줘야 욕창이 생기지 않는다고 했다. 테오는 환자의 몸을 돌리고 환자의 등을 손바닥으로 마사지하듯 문질렀다. 손바닥에서 느껴지는 환자의 등은 처참할 정도로 여위어 있었다. 혹시나 환자가 아프지 않을까 조심스럽게 마사지하던 테오의 눈가엔 어느새 눈물 같은 땀방울이 몽글몽글 맺혔다.

마사지를 얼추 끝내고 테오는 할아버지를 다시 똑바로 눕혔다. 그런데 이번에도 할아버지는 무슨 할 말이 있는 눈빛으로 테오를 계속 쳐다봤다. 테오가 할아버지 가까이 다가가자, 할아버지는 있는 힘껏 가래 끓는 소리를 내었다. 아무래도 이상하다 싶어서 테오는 민정을 불렀다.

"간호사님! 잠깐만 여기 와보셔야 할 것 같은데요?"

민정은 테오의 목소리에 심상치 않음을 느꼈는지 바로 달려왔다. 할아버지가 무엇인가를 얘기하려는 듯 계속해서 머리를 들어 올렸다. 민정은 할아버지의 동공을 한번 확인하더니 바로 체온을 쟀다. 고개를 갸우뚱거리던 민정은 옆에 있던 기계에 달린 여러 가지 선들을 할아버지 몸과 연결하더니 기계 전원을 켰다. 전원이 켜지자마자 요란한 경고음과 함께 이상한 숫자들이 반짝거렸다. 가만히 보니 혈압과 맥박을 측정하는 기계 같았다. 그런데 그 수치들이 생각보다 너무 낮았다. 민정은 사색이 되더니 바로 달려가 채혈 도구들을 가져왔다. 민정은 피가 한 방울도 나올 것 같지 않던 할아버지 팔뚝에서 검은색에 가까운 피를 기어코 뽑아냈다.

"무슨 일 있으면 바로 불러요!"

민정은 신신당부를 하고 병실을 나섰다. 피검사를 하기 위해 간 것 같았는데, 테오는 왠지 모르게 마음이 불안해졌다. 분명 할아버지에게 심상치 않은 일이 일어나고 있는 것 같았다. 민정만큼 당황한 테오가 어찌할 바를 모르고 앉아 있는데, 할아버지가 갑자기 꿈틀거렸다. 테오는 깜짝 놀라 벌떡 일어났다. 그때 할아버지가 손을 들어 올리더니 갑자기 이불 아래쪽으로 손을 넣었다. 테오가 놀라서 쳐다보자, 할아버지는 간절한 눈빛을 보내며 꿈틀거렸다. 놀란 테오는 상황을 파악하고 민정을 불렀다. 하지만 민정이 대답이 없자 좀 더 구체적으로 상황을 설명했다.

"간호사님! 환자분이 소변 줄을 빼고 싶어 하세요."

민정이 어디 있는지 몰랐기 때문에 테오는 있는 힘껏 소리질렀다. 잠시 정적이 흐르더니 민정의 목소리가 들렸다.

"빼면 안 돼요!"

어딘가에서 신경질적인 민정의 목소리가 들렸다. 테오는 어찌할지 망설이다가 할아버지 손을 잡았다. 할아버지의 손은 말라비틀어진 고목 같아서 조금만 힘을 주면 바스러질 것 같았다. 테오는 잡은 손에 힘을 빼고 할아버지 손을 쓰다듬으며 조심스럽게 말했다.

"불편하셔도 참으셔야 한대요."

할아버지 환자는 소변 줄을 빼고 소변을 보고 싶었는지 테오를 쳐다보며 눈을 애처롭게 깜박거렸다. 테오는 민정에게 다시 큰 소리로 물었다.

"근데 이거 왜 못 빼게 하는 거예요?"

"소변량을 점검해야 해서 그래요. 그리고 지금은 어차피 소변이 나오지도 않을 거예요."

민정은 병실을 오가며 할 수 있는 조치를 하느라 무척 바빠 보였다. 불편한 듯 자꾸만 몸을 뒤척이는 할아버지가 안타까워서 테오는 할아버지에게 다가가 귓속말로 민정에게 들은 이야기를 반복해서 해주었다. 하지만 할아버지는 계속해서 몸을 비틀며 손으로 호스를 빼려고만 했다. 테오는 어쩔 수 없이 이야기하는 것을 멈추고 다시 할아버지의 두 손을 잡았다. 할아버지 손은 마치 죽은 사람 손처럼 차가웠다. 테오는 깜짝 놀라 할아버지의 차가운 손을 계속 주물렀다. 그러자 할아버지는 마치 정신이 든 것처럼, 무어라 계속 중얼거렸다. 무슨 말을 하는지는 전혀 알아들을 수 없었지만, 꼭 하고 싶은 말이 있는 것 같았다. 얼마나 지났을까? 기다리던 민정이 익선을 데리고 병실로 돌아왔다. 익선은 차트 같은 것을 들고 있었는데 어지러운 글씨로 알아보기 힘든 영어 단어들이 마구 적혀 있었다.

"김복남 할아버지, 제 말 들리세요?"

익선은 할아버지가 알아들을 수 있도록 천천히 물었다. 할아버지는 알아들었는지 익선을 쳐다보며 고개를 끄덕였다.

"지금 피검사를 해봤는데 패혈증인 것 같습니다. 생명을 연장하시려면 지금이라도 바로 종합병원으로 가셔서 혈액투석을 받으셔야 해요. 혈액투석 받으시겠어요?"

할아버지는 꿈틀거리다가 잠시 멈췄다. 그렇게 무언가를

생각하고 있는 것처럼 가만히 있다가 한마디를 토해내듯 뱉어냈다.

"싫어."

할아버지는 온 힘을 다해서 싫다는 말을 겨우 내뱉었다. 테오는 그 말이 할아버지의 마지막 말이 될지도 모른다는 생각에 가슴이 철렁 내려앉았다.

"알겠습니다. 환자분 뜻대로 하겠습니다."

익선은 할아버지의 뜻을 받들겠다는 의미에서 깊게 목례했다. 할아버지는 다시 말하기 힘들었는지 왼쪽 손가락을 동그랗게 만들어 고맙다는 뜻을 밝혔다. 익선은 할아버지의 손가락을 보고 눈시울을 붉혔다. 옆에 있던 민정이 소변 줄을 빼려고 나서자, 익선은 자기가 하고 싶다고 말하며 조심스럽게 할아버지의 소변 줄을 빼어드렸다. 민정은 할아버지에게 목례하고 할아버지 팔에 달려 있던 링거 주사 스위치를 하나씩 닫았다. 원래도 낮았던 할아버지의 모든 수치가 끝을 모르게 떨어지기 시작했다. 상기된 얼굴로 익선과 민정의 행동을 주시하던 테오는 자신도 모르게 소리쳤다.

"지금 뭐 하는 거예요?"

"아직 돌아가신 건 아니에요."

"그러니까요. 뭐라도 해봐야죠."

"할아버님께서 거부하셨어요."

“벌써 사망선고를 하신 거네요.”

“사망선고는 심장 박동이 완전히 멈춰야 할 수 있어요.”

테오는 그제야 지금의 상황을 인지했다. 할아버지는 연명 치료를 거부했고, 익선과 민정은 그의 뜻에 따라 그의 죽음을 겸허하게 기다리고 있었다. 테오는 주변이 온통 죽음이었지만 실제로 한 번도 임종을 지켜본 적은 없었다. 그래서 지금 이 상황이 전혀 믿기지 않았다. 작은 파동을 만들며 불규칙하게 뛰고 있던 할아버지의 심장 박동이 어느 순간 ‘삐’ 소리를 내며 길게 직선을 그리기 시작하자마자, 익선과 민정은 묵념을 하더니 바로 사망선고를 했다. 테오는 믿을 수 없는 죽음의 실체를 그저 멍하니 지켜볼 수밖에 없었다.

“사람이 죽으면 가장 나중에 사라지는 감각이 청각이라고 해요. 할아버님한테 마지막 가시는 길 좋은 말씀 좀 해주세요. 가족도 없으신데 가는 길 외롭지 않게 해드려야죠. 저랑 민정 간호사님은 바로 처리해야 할 일들이 있어서 곁에 있어드릴 수가 없으니 테오 씨가 그동안 수고하셨다고 이제 편히 쉬시라고 대신 말씀해주시면 좋을 것 같네요.”

그렇게 익선과 민정은 테오를 홀로 남겨두고 병실을 나섰다. 아마도 사망 관련 서류 처리와 함께 무연고자 장례 관련해서 해야 할 일들이 있는 모양이었다. 테오는 고요해진 할아버지 옆에 가만히 앉았다. 그제야 테오는 자신이 바라던 죽음의 실체를 만져본 느낌이 들었다. 그 누구의 임종도 제대로 지키지 못했던 테오는 죽음이 이렇게 허무하고 아무것도 아니란 사실을 좀처럼 받아들이기 힘들었다. 그저 잠이 든 것 같은 할아버지의 얼굴을 가만히 지켜보다가 테오는 침대 머리맡에 있는 할아버지 이름을 발견했다. 79세 김복남. 이 세상에 80년 가까이 존재했던 김복남 할아버지의 얼굴과 몸에는 고된 인생의 상처들이 고스란히 남아 있었다. 방금 사망선고를 받은 김복남 할아버지에게 죽음은 어떤 거냐고 물어보고 싶었지만, 이제 할아버지는 대답할 수 없는 사람이었다. 아무것도 모르겠다는 얼굴로 고요히 누워 있는 김복남 할아버지를 물끄러미 보다가 테오는 할아버지 귀에 대고 속삭였다.

"김복남 할아버지! 그동안 수고 많이 하셨습니다. 부디 가시는 길 평안하시길 바랍니다."

처음으로 죽음을 직면했지만, 테오는 할아버지의 죽음이 여전히 생경했다. 어쩌면 죽음이란 것은 공감조차 할 수 없어서 더 고독한 것인지도 모르겠다.

*

김복남 할아버지의 무연고 장례식은 인천항 바다 장례식장에서 치러졌다. 생전에 가족이 없었던 김복남 할아버지는 작년 11월 안락정원 호스피스 병동에 들어왔었다. 세 번의 항암치료와 재발을 반복하다가 더 이상 병원비와 생활비를 감당할 수 없는 상태가 되자 할아버지는 스스로 목숨을 끊기 위해 홀로 영종도를 찾았다. 죽을 수밖에 없는 상황에 몰린 사람들 대부분은 편히 죽고 싶어도 죽을 수 없는 사람들이었다. 결국 할아버지는 추운 바닷가 갯벌을 걷다가 주민의 신고로 목숨을 건졌다. 김복남 할아버지를 처음 알게 된 수복은 할아버지를 바로 안락정원 호스피스 병동에 입원시켰다.

"김복남 환자분, 이제 여기서 편히 지내시면 됩니다."

"저는 이런 데 입원할 돈이 없는데요."

"여기는 그냥 쉼터 같은 곳이에요. 돌아가시기 전까지 편하게 모시겠습니다."

"정말 여기서 죽어도 되나요?"

"네. 원하시면 치료도 해드릴 수 있습니다."

"아뇨. 그냥 이렇게 살다가 민폐 끼치지 않고 조용히 죽을 수 있으면 됩니다."

김복남 할아버지는 이 모든 것이 고마워서 울고, 미안해서 울고, 처량해서 또 울었다. 김복남 할아버지가 머물게 된 병실에는 코에 산소 삽입관을 낀 다른 환자가 이미 침대 하나를 차지하고 있었는데, 새로 들어온 김복남 할아버지가 계속 우는 것을 보고 걱정이 되었는지 조심스럽게 말을 걸었다.

“그만 울어요. 그러다 탈수증 와요.”

말하기도 힘든 사람이 건네는 따뜻한 말 한마디에도 김복남 할아버지는 고마워 눈물이 났다. 평생 어디에서도 듣지 못한 위로의 말을 안락정원에 들어와 한꺼번에 듣다 보니 체한 것처럼 가슴이 뿌듯해져서 울지 않을 수가 없었다. 그렇게 반나절을 꼬박 울고 난 후에야 김복남 할아버지는 울음을 멈췄다. 김복남 할아버지는 감사와 안도의 한숨을 쉬며 오랜만에 곤한 잠을 잘 수 있었다. 죽는 것도 마음대로 할 수 없었던 김복남 할아버지는 이제 자기 죽음을 준비하며 삶의 마지막을 정리할 수 있다는 사실이 무엇보다 감사했다. 그렇게 몇 달 동안 김복남 할아버지는 생애 가장 행복한 시간을 보냈다. 그러다 같은 병실에 머물렀던 환자가 끝내 숨을 거두는 모습을 지켜보게 된 김복남 할아버지는 두렵고 슬픈 마음이 들면서도 떠난 이의 마지막 모습이 생각보다 망측하지 않았다는 사실에 안도했다. 자신의 마지막을 함께해주었던 사람의 죽음이 코앞을 스쳐 지나가고 난 뒤 김복남 할아버지는 떠난 이의 명복을 빌며 창가 앞에 자리하고 있던 텅 빈 침대를 하염없이 쳐다보았다. 침대 위에는 떠난 사람 대신 눈이 부신 햇살이 무심하게 누워 있었다. 그제야 할아버지는 떠난 이가 좋은 곳으로 갔을 거라는 믿음이 들었다.

병실에 혼자 남겨지고 며칠이 지났는지 몇 개월이 지났는 지조차 알 수 없었다. 그러던 어느 날 김복남 할아버지는 못 보던 한 청년이 자신의 병실을 청소하고 있는 모습을 보았다. 청년이 세상 모든 근심을 다 짊어지고 있는 것 같아 안쓰러웠 던 할아버지는 청년이 청소를 마치고 어색하게 환자 보호자 의자에 앉아 있는 것을 보고 힘내라는 말을 하고 싶었다. 하 지만 안타깝게도 자기 입에선 가래 끓는 소리만 났다. 김복남 할아버지는 자신의 몸을 마사지까지 해준 청년에게 고맙다 는 말도 제대로 하지 못하는 자신이 한심하게 여겨졌다. 그리 고 얼마 되지 않아 김복남 할아버지는 고마운 청년의 마지막 배웅까지 받으며 그 누구보다 평화롭고 자연스러운 죽음을 맞이할 수 있었다.

*

김복남 할아버지를 마지막으로 배웅하고 테오는 진이 다 빠져서 2층 계단에 주저앉아 있었다. 누군가의 죽음을 눈앞 에서 지켜본 적이 없었던 테오는 한 번도 느껴보지 못한 감정 에 휩싸였다. 누군가는 죽음을 두려워하고 누군가는 죽음을 갈망하지만, 그 누구도 죽음의 본질에 대해서는 제대로 알지 못하는 것 같았다. 테오 자신도 그랬다. 어쩌면 태어나는 것처럼 죽음도 초월적인 존재가 관장하는 미지의 영역일지도 모르겠다. 그렇다면 우리는 목적 없이 태어나 죽음이라는 목적을 이루기 위해 왜 그토록 열심히 살아가는 것일까? 문득 익선이 해주었던 말이 떠올랐다. 잘 사는 것도 어렵지만, 잘 죽는 것도 쉬운 일은 아닐 거라고. 아직도 테오의 귓속에는 김복남 할아버지의 시신을 실은 구급차의 사이렌이 이명처럼 들리는 것 같았다. 안락정원 식구들은 김복남 할아버지가 떠나고 난 뒤 얼마 지나지 않아 검은 옷으로 갈아입고 하나둘씩 화장장으로 떠났다. 화장을 마친 김복남 할아버지는 간단한 의식을 치르고 바로 인천항 바다 장례식장으로 향했다고 들었다. 사람이 죽어 나가는 일이 잦은 안락정원에선 무연고자들의 죽음을 처리하는 시스템이 잘 갖춰져 있는 듯했다. 익선은 함께 가겠냐고 물었지만, 테오는 거절했다. 아직 그들을 믿을 수 없다는 사실을 어떻게든 알려주고 싶었을까? 테오는 자신의 소심하고 하찮은 마음을 자책하며 지하 주차장 쪽으로 내려갔다. 기운은 없었지만, 복잡한 마음을 달래기 위해서라도 자전거를 타고 싶었다. 휘적휘적 자전거를 끌고 나서는 길, 두호가 기다렸다는 듯이 손을 흔들며 달려왔다.

"형님, 아까 또 구급차가 왔다 가는 거 보고 얼마나 놀랐는지 몰라요. 혹시나 형님한테 무슨 일이 있는 건가 해서."

"2층 호스피스 병동에서 할아버지 한 분이 돌아가셨어요."

“아, 그때 말씀해주셨던 그 할아버지 환자분이요?”

“네.”

“그런 방식으로 사람을 죽여주는 거였군요. 근데, 형님 괜찮으세요?”

“왜요?”

“얼굴이 창백해 보여서요. 많이 놀라신 건가요?”

“그런 건 아니고.”

“힘드시면 좀 쉬시지, 또 어디 가세요?”

“가볼 곳이 있어서요.”

“그럼, 뭐라도 드시고 가세요. 점심도 못 드셨던 것 같은데.”

“아니요, 괜찮아요.”

“실은요, 편의점에 수상한 사람이 나타나서 그래요.”

두호는 가까이 다가와 귓속말 수준으로 속삭였다. 테오가 힐끗 편의점 안을 들여다보니 검은 등산복을 입은 남자가 테오가 앉아 있던 그 자리에 앉아 안락정원을 쳐다보고 있었다.

“얘기는 해봤어요?”

“아뇨. 아직. 몇 번 말은 걸어봤는데 전혀 반응이 없더라고요.”

“저 사람도 안락정원에 볼일이 있나 보네요.”

“그럴까요? 근데 약간 고약한 얼굴로 인상을 쓰고 있어서 다른 목적이 있는 것 같기도 해요.”

“좀 더 지켜보세요. 분명 원하는 바가 있을 거예요.”

말이 끝나기가 무섭게 테오는 자전거에 몸을 싣더니 궁금해서 미치겠다는 얼굴로 서 있는 두호를 혼자 남겨두고 쏜살같이 골목을 벗어났다. 테오는 다리가 후들거릴 때까지 무작정 달렸다. 다시는 안락정원으로 돌아오지 않을 사람처럼.

*

그날 이후 테오는 거의 매일 자전거를 타고 영종도 이곳저곳을 달렸다. 자전거를 타면 이상하게 아무런 생각이 없어지는 기분이 들었기 때문이다. 오늘도 테오는 다시 돌아오지 않을 사람처럼 자전거를 타고 달렸지만, 해가 뉘엿뉘엿 지는 저녁이 되자 귀소본능에 충실한 동물처럼 안락정원으로 돌아오고 있었다. 안락정원 주변은 아직 개발되지 않은 공터들이 대부분이어서 마치 황무지 한가운데 떠 있는 섬처럼 보이기도 했다. 섬 같은 안락정원으로 가기 위해 대로에서 벗어나 황무지 도로로 들어서려는데 공터 저편에 뜬금없이 학생들이 모여 있는 것이 보였다. 대수롭지 않게 여기며 그냥 지나치려는데, 갑자기 누군가의 비명이 들렸다. 깜짝 놀라 뒤돌아보니 한 여학생이 나머지 무리에게 일방적으로 맞고 있었다.

놀란 테오는 다급한 마음에 자전거를 잠시 세워두고 무리에게 달려갔다.

"어이, 학생들! 거기서 뭐 하는 거야?"

테오가 소리치자, 일시에 여학생 무리가 테오를 쳐다봤다. 위엄 있게 다가가려던 테오는 자신도 모르게 걸음을 멈췄다. 여학생 무리의 광기 어린 시선을 받아낼 자신이 없어졌기 때문이다. 어른이건 아이건 무리에 속해 있는 사람들은 사실 무서울 게 없는 사람들이었다. 모두 여학생이었지만 무리의 무모함은 조직 폭력배들보다 못할 이유가 없다는 생각까지 들었다. 조금 더 있다가는 자신이 밀릴 수도 있겠다 싶어서 경찰에 신고하기 위해 휴대전화를 꺼내려다가 테오는 다시 얼어붙었다. 여학생 무리 속에 302호 지아가 있었기 때문이다. 테오는 무언가에 뒤통수를 맞은 것 같은 기분이 들었다. 실제로 아주 기분 나쁜 이명이 들리는 것 같기도 했다. 테오가 그렇게 머뭇거리는 사이, 여학생들이 갑자기 사방으로 흩어지기 시작했다. 테오는 그제야 자신이 들었던 이명이 실제 경찰차 사이렌이었다는 사실을 깨달았다. 다행이라는 생각에 한숨을 내쉬는데, 지아가 갑자기 도망치는 여학생 등 뒤에 올라탔다. 지아에게 잡힌 여학생은 갖은 욕설을 내뱉으며 발버둥 쳤지만, 지아의 악착같은 손아귀에서 벗어날 수 없었다. 테오가 무슨 상황인지 헤아리기도 전에 경찰차가 도착했다. 경찰이 도착하자마자 지아는 달아나려던 여학생의 손목을 번쩍 들어 올리며 소리쳤다.

"제가 신고했어요!"

역시나 도착한 경찰 중에는 수복도 포함되어 있었다. 테오는 그제야 안도의 한숨을 내쉬었다. 수복이 도착했기 때문이 아니라 가해자인 줄 알았던 지아가 피해자와 같은 편이었기 때문이다. 지아에게 잡혀 성질이 잔뜩 난 여학생을 경찰에 넘기고 나서야 지아는 넘어져 있던 피해자 여학생을 조심스럽게 일으켰다. 수복은 그런 지아에게 다친 곳이 없냐고 물었고, 지아는 괜찮다고 대답했다. 수복은 고생했다고 말하면서도 지아 역시 경찰서에 함께 가야 한다고 말했다. 테오는 혹시나 지아가 오해를 받을까 싶어서 자신도 목격자라며 경찰서로 가겠다고 말했지만, 지아는 그런 테오를 점잖게 말렸다.

"삼삼이 아저씨는 집에 가서 우리 아빠한테 저 늦는다고 전해주세요. 다짜고짜 수복이 아저씨가 말씀드리면 놀라실 거예요."

지아는 그렇게 말하고는 바로 피해자 여학생과 함께 경찰차에 올라탔다. 결국 테오만 공터에 홀로 남겨두고 썰물처럼 빠르게 사라졌다. 테오는 멍하니 멀어지는 경찰차를 바라보다가 생각했다. 아빠라고? 테오는 상가에서 보았던 지아와 404호의 모습이 떠올랐다. 순간 테오는 둘 사이를 원조교제라고 의심했던 자신이 부끄러워 발을 동동 구를 수밖에 없었다. 무엇보다 식당에서 정의로운 시민이 된 것처럼 객기를 부렸던 자신을 생각하면 머리를 움켜쥘 수밖에 없었다. 그런데 왜 부녀가 한집에 살지 않고 남남처럼 각기 다른 방에서 살고 있는 걸까? 아니, 애초에 왜 부녀가 안락정원에 살고 있었던 걸까? 강력한 의구심이 들었지만, 테오는 자신의 속된 망상이 부끄러워 다른 생각을 깊게 할 수가 없었다. 누구보다 사람들의 편견 어린 시선에 상처를 받아왔던 테오였다. 그런 자신이 정작 누군가를 섣불리 판단하고 단죄하려 했다는 사실이 너무도 부끄러워 견딜 수가 없었다. 홀로 안락정원으로 돌아오는 길, 테오는 자괴감에 빠져 차마 자전거도 타지 못했다. 저만치 안락정원이 보였지만 그 어느 때보다 안락정원이 멀게만 느껴졌다. 그리고 생각했다. 어쩌면 내가 생각했던 안락정원에 대한 의구심도 모두 내가 만들어낸 망측한 망상이 아니었을까?

집으로 돌아온 테오는 404호가 퇴근하기만을 기다렸다. 테오는 창가에서 서성이다가 404호의 차가 들어오는 것을 보자마자 바로 지하 주차장으로 내려갔다. 404호는 주차한 차에서 내리다가 불쑥 나타난 테오를 보고 놀란 표정을 지었다. 테오는 더듬더듬 아까 오후에 있었던 상황을 설명하기 시작했다. 테오의 말을 조용히 듣고 있던 404호는 지아가 지금 경찰서에 있다는 말을 다 끝내기도 전에 자동차 시동을 걸었다. 표정엔 큰 변화가 없었지만, 404호의 행동은 누구보다 다급해 보였다. 밤 9시가 넘어서도 지아와 404호는 돌아오지 않았다. 초조하고 불안한 마음에 테오는 창가를 떠나지 못하고 계속 어슬렁거렸다. 때마침 어두운 공터 저편에서 자동차 헤드라이트가 반짝하고 비추었다. 테오는 자신의 머리를 손바닥으로 여러 번 두들기더니 바로 밖으로 나가 계단을 뛰어 내려갔다. 테오가 현관 앞으로 나오자마자 404호의 자동차가 안락정원 앞에 멈췄다. 지아는 차에서 내리면서 테오가 마중 나온 것을 보고 샐쭉 웃었다.

"삼삼이 아저씨! 왜 나와 있어요?"

테오가 겸연쩍어하자, 운전석에 앉아 있던 404호도 차에서 내려 꾸벅 인사하더니 처음으로 말을 건넸다.

"오늘 정말 감사했습니다."

404호의 굵고 깊은 목소리는 진심으로 고마움을 담고 있었다. 테오는 고맙다는 말을 들을 만한 일을 하지 않았다고 생각했지만, 그런 말조차 내뱉기 어려워서 404호보다 더 깊이 허리를 숙여 인사했다. 지아는 먼저 안으로 들어갔고, 404호는 주차하기 위해 지하 주차장으로 내려갔다. 현관 앞에 홀로 남은 테오는 왠지 마음이 헛헛해져서 카페 옆에 놓여 있는 작은 벤치에 앉아 까만 하늘을 바라보았다. 사실 테오는 404호에게 진심 어린 사과를 하고 싶었다. 지아가 딸인지 몰랐다고. 그래서 그렇게 망측한 오해를 했었다고 진심으로 말하고 싶었다. 왜 부녀가 서로 다른 집에서 남인 척하며 살고 있냐고도 묻고 싶었다. 하지만 고맙다고 말하는 404호에게 자신을 용서해달라고 말할 용기가 나지 않았다. 더구나 지아는 오늘 두 번이나 테오를 삼삼이라고 부르고 있었다. 순이할매가 억지로 만든 테오의 별명을 지아까지 사용하기 시작했다는 것은 이미 안락정원에서 테오의 공식 호칭은 삼삼이로 확정이 된 것이라고 봐야 했다. 어쨌든 오늘 밤은 평소 담배를 피우지 않았던 테오도 담배를 피우고 싶은 밤이었다. 그때 아무도 없는 줄 알았던 카페 출입문이 열리면서 현빈이 나타났다.

“깜짝이야! 여기서 뭐 하세요?”

“퇴근하신 줄 알았는데요.”

“정리할 게 좀 있었어요. 그리고 저도 지아 들어오는 거 보고 가려고요.”

“아, 네.”

“지아도 왔는데 왜 안 들어가세요?”

“그냥요. 잠이 안 와서.”

“왜요? 무슨 고민이라도 있으세요?”

“여기에 들어와서 하는 고민이 정말 필요한 고민일까 하는 고민?"

"고민도 필요할 때가 있는 법이죠. 충분히 고민하시고, 부디 좋은 선택을 하셨으면 좋겠네요."

"근데, 그쪽도 여기 살 때 별명이 삼삼이였나요?"

"아뇨. 근데 왜 삼삼이래요?"

"303호 산다고 삼삼이라고 순이할매가 막무가내로 부르더라고요."

"하하하. 순이할매가 테오 씨를 많이 아끼시나 보네요."

"그럴 리가요."

"우리 이참에 어디 가서 술이나 한잔할래요?"

"시간이 너무 늦지 않았나요?"

"실은 우리 집에 좋은 술 하나가 들어왔는데 같이 마실 사람이 없어요."

"저야 좋지만, 제가 집에 가도 괜찮겠어요?"

"그럼요. 같이 가시죠."

*

여전히 내키지 않았지만, 테오는 익선과 두 번째 상담을 시작했다. 익선은 테오의 상태를 살피며 조심스럽게 물었다.

"혹시 안락정원에서 누가 불법적인 일을 저질렀는지 말해

줄 수 있나요?”

“아, 그게 그러니까. 제가 혼자 착각했던 겁니다.”

“구체적으로 말씀해주시면 좋겠네요.”

“실은 제가 지아와 404호 아저씨 사이를 오해했었어요.”

“404호면 상덕 씨 말씀하시는 거군요? 무슨 오해를 하셨는데요?”

“며칠 전에 술집 앞에서 두 사람이 카드를 주고받는 걸 봤었거든요.”

“설마 두 사람이 그렇고 그런 관계라고?”

“네.”

“하하하. 혹시 죽기 전에 하고 싶은 일이 정의 구현이었던가요?”

익선은 자신의 농담이 너무도 웃겼다고 생각했는지 매우 흡족하게 웃었다. 테오는 익선에게라도 솔직하게 말해야 용서받을 수 있을 거란 생각에 털어놓았지만, 익선의 반응을 보며 바로 후회했다.

“그래도 다행입니다. 일이 커지기 전에 오해가 풀려서요. 자, 이제 그럼 우리는 정보 교환을 좀 해볼까요?”

“정보 교환이요?”

“지난 시간에 서로 궁금한 것들을 말해보자고 했었는데요.”

“아, 네.”

“그럼, 제가 먼저 질문을 해도 될까요?”

“이미 한 번 하신 것 같지만, 해보시죠.”

“혹시 테오 씨는 어떤 방식으로 죽고 싶나요?”

테오는 익선의 질문에 바로 대답하지 못하고 익선을 물끄러미 쳐다봤다. 무슨 그런 질문을 하냐는 반발심도 있었지만, 익선의 질문이 왠지 모르게 서운하게 여겨졌기 때문이다. 혹시 익선이 테오의 죽음을 기대하고 있는 건 아닐까 하는 생각이 들어서 더 기분이 좋지 않았다.

“제가 말을 하면 그대로 해주실 수는 있나요?”

“가능하다면 도와드리려고 합니다.”

“정신과 의사가 그런 걸 도와준다고 말해도 되는 건가요?”

“하지만, 그걸 바라고 이곳에 들어오신 거 아닌가요?”

“그렇긴 하죠.”

“혹시 제가 너무 직접적으로 말씀드려서 서운하신 건가요?”

“아닙니다.”

“아니라면 대답을 해주시죠.”

“누구에게도 피해를 주지 않고 조용히 바람처럼 사라질 수 있다면 어떤 방법이라도 좋을 것 같습니다.”

“생각보다 낭만적이군요.”

“그런 걸 낭만적이라고 생각하시다니. 그런데 가능은 한 건가요?”

“너무 추상적인 것 같아요. 좀 더 구체적인 방법을 말씀해주시면 좋겠는데.”

“요즘 3분이면 가능한 안락사 캡슐까지 나왔다고 하던데요.”

“아쉽게도 우리나라에선 아직 불법입니다.”

“이상하네요.”

“뭐가요?”

“이런 대화 자체가 굉장히 불쾌하게 여겨져요.”

“왜 그럴까요?”

“뭔가 존중받지 못하는 것 같은 느낌이 들어요.”

“제가 죽음을 너무 가볍게 얘기하는 것 같나요?”

“네.”

“그럼, 좀 더 엄숙하고 진지하게 이야기를 해보면 나을까요?”

“아뇨. 꼭 그럴 것 같지는 않네요.”

“그래도 테오 씨가 안락정원에서 바라는 뭔가가 있지 않았을까요?”

“네, 그랬었죠.”

“그걸 말씀해주시면 됩니다.”

"늘 죽고 싶은 생각뿐이었지만, 사실 죽는 게 생각보다 쉽지 않았어요."

"아무래도 그렇죠."

"사람들은 주변 사람이 어느 날 갑자기 스스로 목숨을 끊었다고 하면 그럴 줄 전혀 몰랐다면서 슬퍼하기도 하지만, 오히려 화를 내는 사람들도 있어요. 도대체 뭐가 문제였냐고. 죽을 만큼 힘들지 않은 사람이 어디 있냐고. 그렇게 혼자 유난을 떨고 죽으면 뭐가 더 나아지냐고. 저도 그랬어요. 첨엔 화가 나더라고요. 나 때문에 그 사람이 죽은 것도 같고. 아무도 뭐라고 하지는 않지만, 기어코 죽어버린 사람한테 아무것도 해주지 못한 그 죄책감은 시간이 흘러도 좀처럼 사그라지지 않거든요. 어쩌면 그래서 자살도 살인만큼 누군가에게 죄를 짓는 일이구나 싶기도 해요. 자기 목숨을 자신이 거두는 것뿐이라고 하지만, 그 죽음 때문에 남아 있는 사람들은 평생을 지옥에서 살 수도 있으니까요."

"그런 마음을 다 알고 계시면서 왜 죽으려고 하세요?"

"아무리 생각해도 그 지옥에서 벗어날 방법이 없으니까요. 결국 내가 죽어야 이 모든 게 끝날 것 같은 생각이 들어요. 근데, 생각보다 죽는 것도 쉽지가 않네요. 죽고 싶은 사람도 겁은 나거든요. 그러다 문득 먼저 떠난 누군가는 어떻게 그렇게 모질게 죽었을까 원망스럽기도 하고."

“누가 그렇게 모질게 돌아가셨나요?”

“저희 어머니요. 어머니가 어느 날 열세 살이던 나한테 제일 좋아하는 돈가스를 만들어줬어요. 그렇게 좋아하는 돈가스도 만들어주고, 태연하게 학교 잘 다녀오라고 해놓고는 그날 바로 돌아가셨어요. 물론 엄마한테도 방법이 없었겠죠. 절대로 벗어날 수 없는 지옥을 견디기 어려웠겠죠. 그래도 어린 나한테, 나보다 더 어린 동생한테, 너무한 거 아니에요?”

“드릴 말씀이 없네요. 하지만 어머님도 누구보다 힘드셨을 겁니다.”

“어쩌면 저 때문일지도 몰라요. 제 주변에선 이런 일들이 자주 일어났거든요.”

“그게 무슨 말이죠?”

“어머니도, 처음으로 제 친구가 되어주었던 친구도 모두 그렇게 죽었어요. 그래서 어느 순간부터 저는 늘 혼자였어요. 무서웠거든요. 어쩌다 누군가와 가까워진다 해도 늘 걱정이 돼서 혼자 움츠러들었죠. 그러다 보니 결국 다들 먼저 제 곁에서 떠나버렸어요.”

“그건 좀 과잉 일반화 같은데요? 아니면 절대적인 운명론자이신 건가요? 어쨌든 그렇게 안 봤는데 테오 씨는 여러 가지로 반전이 있는 사람이네요. 하하.”

테오는 말문이 막혔다. 사실 이런 식의 반응은 처음이었다.

아니 이런 말을 들어본 적이 없어서 어떻게 대응할지 몰랐다. 대개 사람들은 테오가 이런 내색을 하면 사색이 되거나 웃으며 대응하다가도 슬금슬금 도망치기에 바빴다. 아니면 어설픈 위로를 한답시고 이런저런 설교를 하거나 훈계를 하기도 했다. 결국 사람들은 고약한 전염병 환자 취급하면서 세상에서 고립된 테오를 더욱 고립시켰다. 누군가는 재수 없는 새끼라고 욕을 하기도 했는데, 오히려 테오는 그런 반응이 더 편안하게 여겨졌다. 테오를 어떻게든 지켜주겠다며 호들갑을 떨던 사람들도 결국 테오가 조금이라도 의지할 기미가 보이면 어김없이 도망쳐버렸기 때문이다. 내가 사랑했던 자리마다 모두 폐허였다는 어느 시인의 말처럼, 테오는 자신이 사랑했던 자리마다 모두 죽음이었다. 테오는 자신이 죽음을 몰고 다니는 사신일지도 모른다는 망상에 빠지기도 했다. 그런데 소위 정신과 의사라고 하는 사람이 테오의 말을 듣고 저렇게 시시껄렁한 농담을 하고 있다니. 테오는 이제 서운하다 못해 심통이 났다. 익선은 절박한 테오의 마음을 받아줄 마음이 전혀 없어 보였기 때문이다.

"혹시 제 말이 좀 언짢으신가요?"

"아뇨. 뭐 그렇게 받아들일 수도 있겠죠."

"사실 저는 테오 씨가 굉장히 논리적인 사람이라고 생각했거든요. 그래서 안락정원에 들어올 수도 있었겠다 싶었어요."

“글쎄요. 그게 안락정원을 선택한 것과 무슨 관계가 있는지 모르겠네요.”

“테오 씨는 정말 죽고 싶어서 안락정원에 들어오셨나요?”

익선은 무례할 정도로 테오를 뚫어지게 쳐다봤다. 테오는 익선이 어느 정도 짐작은 하고 있을 거라고 생각했지만, 왜 지금, 이 순간에 그런 질문을 했는지 감을 잡을 수가 없었다. 테오가 대답하지 못하자, 익선은 바로 화제를 돌렸다.

“아, 그러고 보니 이제 테오 씨가 질문하셔야 할 순서네요. 죄송합니다. 제가 너무 말이 많았네요.”

“정말 뭐든 대답을 해주시는 겁니까?”

“최선을 다해보겠습니다. 혹시 지아와 404호 상덕 씨에 관해서 궁금하신가요?”

“아뇨. 그 이야기는 어제 충분히 들었습니다.”

“그래요? 그것도 의외네요. 좋습니다. 질문을 해보시죠.”

“제 생각에 안락정원은 사람을 죽여주는 곳이 아니라 사람을 살리려고 만든 곳 같은데, 제 추측이 맞나요?”

*

지아는 항상 엄마가 걱정이었다. 사고로 아빠가 돌아가시고 난 뒤, 엄마가 내내 우울증에 시달리고 있었기 때문이다.

그러던 어느 날 엄마가 뜬금없이 상덕을 데려와 지아에게 인사시켰다. 지아는 엄마의 갑작스러운 행동에 놀라긴 했지만, 상덕으로 인해 엄마의 우울증이 조금 나아질 수 있다면 괜찮다고 생각했다. 상덕은 그리 다정한 사람은 아니었지만, 다행히 믿음직한 사람으로 보였다. 지아의 바람대로 얼마 지나지 않아 엄마와 상덕은 가족이 되었다. 지아는 그제야 한시름 놓았지만, 지아의 안심은 그리 오래가지 못했다. 상덕과 결혼을 하고 난 뒤 1년도 지나지 않아서 엄마가 끝끝내 스스로 목숨을 끊었기 때문이다. 사춘기였던 지아에게 엄마의 갑작스러운 죽음은 무엇보다 큰 충격이었다. 상덕 역시 마찬가지였다. 원래 감정을 잘 드러내지 않는 사람이라 겉으로는 크게 동요하는 것처럼 보이진 않았지만, 상덕은 누구보다 큰 충격과 슬픔에 빠졌다. 더구나 고인의 일기장을 통해 지아 엄마가 상덕과 결혼한 이유가 상덕을 좋아해서가 아니라 혼자 남겨질 지아를 위한 선택이었다는 사실이 밝혀지면서 지아와 상덕은 더 큰 상처를 받을 수밖에 없었다. 그렇게 어이없이 지아 엄마를 떠나보내고 지아와 상덕의 어색한 동거가 석 달을 넘어서던 어느 날, 상덕은 스스로 목숨을 끊을 결심을 했다. 공항 세관에서 근무했던 상덕은 출근도 하지 않고 차를 몰아 인천대교로 향했다. 이른 아침이라 인천대교는 마치 천국을 가는 길처럼 안개가 자욱했다. 상덕은 인천대교 가장 높은 곳 어디

쯤 갓길에 차를 세우고, 차에서 내렸다. 이미 천상에 와 있는 것 같은 기분이었지만, 상덕은 강한 바람을 가르며 대교 난간 쪽으로 천천히 걸어갔다. 바람이 강해서인지 인천대교 난간이 파도처럼 요동치는 것 같았다. 어느새 상덕의 몸도 바람에 휘청거렸다. 상덕은 난간을 부여잡고 기어코 난간에 올라섰다. 다리 아래쪽을 쳐다봤지만, 아무것도 보이지 않았다. 이제 뛰어내리기만 하면 될 것 같았는데, 이상하게 다리가 움직이지 않았다. 결국 상덕은 난간에 매달린 채 꽤 오랜 시간을 버티고 서 있었다. 이렇게 버티고 있느니 차라리 뛰어내리는 게 낫겠다 싶었던 순간, 저 멀리서 경찰차 사이렌이 들렸다. 인천대교는 언제부터인가 자살자들이 기하급수적으로 늘어나서 시 차원에서 자살 방지 특별 관리구역으로 지정되어 있었다. 이러한 이유로 인천대교 갓길 주변의 24시간 CCTV로 감시하고 있었는데, CCTV 상황실에서 볼일이 있었던 수복이 이를 발견하고 바로 달려온 것이다. 인천대교 난간에 매달려 있던 상덕을 겨우 설득해 경찰서로 데려온 수복은 조서를 작성하면서 상덕의 딱한 사정을 알게 되었다. 조서를 마치고 망연자실해 있는 상덕에게 다가가 수복은 조심스럽게 물었다.

"혹시 저희랑 같이 살아보시겠어요?"

수복은 상덕에게 안락정원에 대해 간략히 설명한 후, 3개월만 함께 살아보고 그때도 죽고 싶으면 소원을 들어주겠다고 말했다. 한참 동안 대답이 없던 상덕은 그제야 지아가 떠올랐는지 그럴 수 없을 것 같다며 목 놓아 울었다. 태어나 처음 울어본 사람처럼 울기만 했던 상덕에게 수복은 지아를 대신 만나봐도 되겠냐고 물었다. 상덕은 깜짝 놀라 지아가 알게 해선 안 된다고 극구 말렸지만, 회사도 출근하지 않고 사라져버린 상덕을 찾기 위해 지아는 이미 경찰서에 신고를 해둔 상태였다. 결국 수복의 부탁으로 익선이 지아를 먼저 만났다. 상덕이 자신을 버리고 도망친 것이 아니라, 자살을 시도했다는 익선의 말을 듣고 지아 역시 참았던 설움을 터뜨렸다. 익선의 노력에도 불구하고 상덕과 지아의 만남은 바로 이루어지지 못했다. 결국 상덕이 없는 집에 혼자 돌아온 지아는 자신 역시 살아 있을 이유가 없다는 생각에 손목을 그어버렸다. 다행히 혼자 있을 지아가 걱정이 된 상덕은 집으로 달려가 지아를 발견하고 지아를 응급실로 데려갔다. 응급실에서 깨어난 지아는 처음으로 상덕에게 화를 내며 말했다.

"차라리 도망을 갔어야죠! 죽긴 왜 죽어요. 아저씨까지 죽어버리면 나는 어떡하라고."

지아는 누구보다 어른스럽고 당차 보였지만, 사실 엄마를 잃어버린 열다섯 살 소녀에 불과했다. 지아와 상덕의 기막힌 사연을 듣게 된 박검은 결국 두 사람 모두 안락정원에 입주할 수 있도록 해주었다. 가족은 입주할 수 없었던 안락정원에 처

음으로 입주하게 된 상덕과 지아는 안락정원에서 무사히 3개
월을 넘겼다. 하지만 아직 어색한 두 사람의 관계를 고려해서
박검은 지아가 성인이 될 때까지 두 사람이 안락정원에 머물
수 있도록 조처했다.

*

"그러니까 안락정원 시스템이 사람들을 죽이기 위해서 만
들어진 것이 아니라 살리기 위해 만들어졌다는 거죠?"

"지금까지 정황을 보면 그런 것 같아요."

"그 의사 선생님은 뭐라고 해요?"

"당황하셨는지 그렇게 느끼셨다면 그게 맞을지도 모른다
고만 하시네요."

"그게 다예요?"

"네. 그리고 상담 끝."

"그래도 뭐 달라진 건 없지 않나요? 어쨌든 죽고 싶은 사람
들 데려와서 살게 만들어준다고는 하지만, 끝까지 죽겠다고
하면 또 죽여준다면서요."

"그, 그렇긴 하죠."

"그래도 다행이네요. 동생분이 살아계실 확률이 커진 거잖
아요."

“저도 뭐가 뭔지 잘 모르겠어요.”

“어쨌든 이제 동생분이 여기 왔었는지만 확인하면 되는 거 아닌가요?”

두호의 질문에 테오는 대답이 없었다. 대답을 기다리다가 두호는 테오의 얼굴을 보고 깜짝 놀랐다. 테오의 눈시울이 붉게 물들어 있었기 때문이다. 두호는 자신이 괜한 말을 꺼냈다고 생각했는지 얼른 다른 질문을 던졌다.

“그나저나 402호에 관해서는 물어보셨어요?”

“아, 그 질문을 깜박했네요.”

“어쨌든 이해하기 힘든 곳이에요. 안락정원은.”

“맞아요. 사람을 살리기 위해 만들었다 해도 안락정원은 정상적인 곳은 아니죠. 의도가 달랐다고 해도 그들이 하는 일은 여전히 의심스러운 구석이 많은 것도 사실이고요.”

“제가 보기엔 여기 건물주가 아주 독특한 세계관을 가지고 있는 사람 같아요. 삶이든 죽음이든 자신이 모두 제어할 수 있다고 믿는 거 같기도 하고.”

“네. 평범한 사람은 아니죠.”

“그래서 말인데 402호 같은 경우도 자신들의 의도대로 움직이지 않으니까 가둬둔 거 아닐까 싶어요. 외부 접촉을 최대한 피하는 거 보면.”

“그럴 수도 있겠네요.”

“만약 그런 거라면 402호를 어떻게든 밖으로 나오게 만드는 게 좋지 않을까요?”

테오는 그 반대의 경우일지도 모른다고 생각했지만, 두호에게 말하지는 못했다. 특별히 티를 내지 않으려고 노력하는 것 같았지만, 테오가 보기에 두호는 안락정원에 대해 아주 미묘한 감정이 있는 것 같았다. 문제는 그 감정이 긍정적인 감정인지 부정적인 감정인지 구분하기 어렵다는 것이다. 안락정원에 대해 지나친 관심을 보이는 것을 보면 두호 역시 현빈처럼 안락정원의 일원이었다가 살아남은 사람일 수도 있었다. 만약 그렇다면 왜 그 사실을 감추고 있는 걸까? 테오는 여러 가지 경우의 수를 찾아보다가 가장 유력한 이유를 생각해냈다. 어쩌면 두호는 자신의 정체를 숨기고 편의점에 근무하면서 테오와 같은 사람들이 나타났을 때 안락정원에 대한 정보를 은근슬쩍 흘려주어서 되도록 안전하게 안락정원으로 유입시키는 임무를 맡고 있는지도 모르겠다고. 아니면 두호도 안락정원에 들어가고 싶은 걸까? 어쨌든 두호 역시 나름의 사연을 가지고 있는 것이 분명했다. 하지만 테오는 지금 그런 두호의 속사정까지 살펴볼 마음의 여유가 없었다. 테오는 그저 두호가 먼저 자신의 이야기를 해줄 때까지 기다려보기로 했다.

편의점에서 늦은 점심을 먹고 테오는 바로 카페로 향했다. 아르바이트 시간은 아니었지만, 어제 자신을 집으로 초대해 준 것이 고맙고 미안해서 현빈을 도와주고 싶은 마음이 들었기 때문이다. 더구나 어젯밤 테오는 현빈의 집에서 아주 늦게까지 술을 마시고 새벽녘이 돼서야 집으로 돌아왔다. 테오 입장에선 무척 생경한 일이었지만 현빈은 그런 일들이 생각보다 자연스러운 일처럼 보였다. 오랜만에 술에 취한 테오는 결국 고해성사를 하듯 현빈에게 지아와 상덕을 오해했던 이야기를 털어놓았다. 다행히 현빈은 익선처럼 테오를 놀리지 않았다. 대신 지아와 상덕의 기구한 사연을 들려주었다. 현빈의 이야기 덕분에 테오는 안락정원이 사람들을 살리기 위해 존재한다는 사실을 확신할 수 있었다. 카페로 들어가니 예상했던 대로 카페는 손님들로 가득 차 있었다. 정신없이 카페 일을 혼자 해내던 현빈은 테오가 카페로 들어서는 것을 보고 누구보다 반가워했다. 테오는 인사를 하자마자 바로 손을 씻고 카페 일에 기꺼이 동참했다. 현빈은 그 와중에도 고맙다는 말을 여러 번 했지만, 테오는 오히려 일을 하게 해준 현빈이 고마웠다. 일에 몰두하고 있으니 여러 가지 생각으로 복잡했던 머리가 가벼워지는 느낌이 들었기 때문이다. 그때 한 여자 손님이 이상하게 머뭇거리며 카페 안으로 들어왔다. 창백해 보이는 얼굴로 혼자 구석 자리를 차지한 여자는 한동안 불안한 기색을 보이더니 카운터 앞에서 손님을 대응하는 현빈을 힐 끔힐끔 쳐다봤다. 손님이 조금 뜸해지자, 여자는 자리에서 일어나 조심스럽게 현빈에게 다가왔다. 현빈은 누구에게나 친절하고 다정한 사람이라서 그 여자 손님 역시 반갑게 맞이했다. 여자가 우물쭈물하며 아무 말도 하지 못하자, 현빈은 천천히 주문하시라고 말하며 괜스레 날씨 얘기를 꺼냈다. 얼굴이 붉어진 여자는 갑자기 쪽지 하나를 건네고는 바로 도망쳐버렸다. 현빈은 놀라지도 않고 여자 손님이 남기고 간 쪽지를 멍하니 쳐다보기만 했다. 테오는 밀린 설거지를 하면서 드라마와도 같은 상황을 계속 지켜보고 있었다. 현빈은 낮은 탄식과도 같은 한숨을 내쉬더니, 여자 손님이 남기고 간 쪽지를 카운터 아래 있는 서랍에 그냥 넣어버렸다.

"뭔데요?"

"아무것도 아니에요."

"저분이 그렇게 마음에 안 들어요?"

"그런 거 아니에요. 제가 뭐라고."

"그럼, 왜 그래요? 여자들한테 전혀 관심이 없어요?"

"저는 그런 마음을 받아줄 만한 사람이 되지 못해요."

고개를 숙인 채 잠시 생각에 잠겨 있던 현빈은 새로운 손님이 들어오자 언제 그랬냐는 듯이 특유의 미소를 보이며 손님을 맞이했다. 테오는 그런 현빈을 보면서 오늘에서야 현빈의 진짜 어두운 면을 본 것 같았다. 어쩌면 현빈은 자신의 어둠을 몰아내기 위해 과도한 친절과 웃음을 보였던 것일지도 모르겠다. 죽으려고 마음먹었던 사람의 마음을 바꾸는 일은 결코 쉬운 일이 아니었다. 도대체 안락정원은 현빈에게 어떤 마법을 부린 것일까?

저녁 시간이 다 되어서야 카페 손님이 뜸해졌다. 설거지를 다 끝내고 테오는 겨우 허리를 폈다. 현빈은 고생 많았다며 생과일주스 한 잔을 건넸다. 주스를 마시며 카페 밖으로 나오니 어느새 하늘빛이 붉게 물들고 있었다. 테오는 저녁 식사 때까지 아직 시간이 있다는 생각에 어슬렁거리며 동네 산책에 나섰다. 자전거를 다시 타볼까도 싶었지만, 왠지 오늘은 걷는 것이 좋을 것 같았다. 붉어진 노을을 보고 있자니, 테오의 눈가도 어느새 붉어졌다. 언제부터인지는 모르겠지만 테오는 붉은 노을을 볼 때마다 테린이가 떠올랐다. 테린이는 엄마가 돌아가시고 난 뒤 저녁만 되면 동네 언덕으로 올라가 붉은 노을을 바라보곤 했다. 저녁 먹어야 한다고 소리를 고래고래 질러도 하염없이 노을만 쳐다봤다. 테린이가 엄마를 기다리고 있다는 걸 알고 있었음에도 테오는 씩씩거리며 기어코 언덕에 올라 테린이를 둘러업고 언덕을 내려오곤 했다. 가족이었지만 가족들이 나눠야 할 그 어떤 감정도 함께 나누지 못했던 동생에 대한 미안함이 테오의 눈시울을 붉게 물들이고 있었다. 그렇게 한참을 정처 없이 걷다 보니 어느새 해가 저버렸다. 어두컴컴해진 골목길을 지나 다시 안락정원으로 돌아오는 길, 안락정원이 있는 골목 어귀에 새로 지어진 건물 앞에 여러 가지 물건들이 쌓여 있었다. 테오가 처음 안락정원에 찾아왔을 때만 해도 아무것도 없이 그저 막 지어진 건물뿐이었는데, 어느새 실내장식을 마치고 사람들이 물건을 가지고 들락거리고 있었다. 들어가는 물건들을 유심히 살펴보니 아무래도 이 건물 1층에는 식당이 들어설 모양이었다.

"어이! 거기 뭐야?"

"네?"

"왜 남의 가게 앞에서 얼쩡거리고 있냐고?"

"그냥 지나가는 길입니다."

"뭐 하는 사람인데, 젊은 사람이 이 시간에 여기를 지나가?"

"무슨 말씀을 하시는 건지."

"혹시, 어제 여기 있던 물건 가지고 간 도둑놈 아냐?"

"제가요?"

"지금도 물건 들여놓는 거 계속 보고 있었잖아!"

"쳐다보는 것도 안 되나요?"

테오는 자신도 모르게 눈을 치켜뜨고 상대방을 노려봤다. 죽음을 몰고 다니는 재수 없는 인간이라고 손가락질을 받았던 테오는 그 어떤 변명도 원망도 표출하지 않는 사람이 되어야 한다고 생각했다. 그래서 테오는 늘 그렇게 불공평하고 무례하기만 했던 세상을 애써 외면하고 무시하며 살아왔다. 하지만 안락정원에 들어와서 테오는 조금씩 변하고 있었다. 그것이 스스로 놀라우면서도 다른 한편으로는 자신이 왜 그렇게 모든 걸 체념하고 살았는지 궁금해졌다.

"도둑놈의 새끼가 어디서 눈을 똑바로 치켜뜨고, 지랄이야."

"지랄은 그쪽이 부리고 있는 것 같은데요?"

"이 새끼가!"

남자는 더 강력한 욕지거리가 떠오르지 않았는지 대뜸 테오의 멱살부터 잡았다. 그때 어디서 많이 본 듯한 고급 세단이 두 사람 앞에 멈춰 섰다. 자동차가 멈추자, 운전석에 앉아 있던 수복이 차에서 내리더니 테오의 멱살을 잡은 남자의 팔을 바로 제압했다.

"무슨 일인지 모르겠지만, 일단 이건 놓고 이야기하시죠."

"당신은 또 뭔데?"

"경찰입니다."

"경찰? 그거 잘되었네. 이 도둑놈 좀 잡아가쇼."

“이 사람이 뭘 훔쳤는데요?”

“이놈이 글쎄 어제 우리 가게 물건을 훔쳐 가더니, 오늘 또 나타나서 물건을 노려보고 있었다니까.”

“이분이 물건 가지고 가는 걸 직접 보신 겁니까?”

“아니, 아까부터 여기 서서 우리 물건 들여놓는 걸 요래 노려보고 있었다니까?”

“테오 씨! 이분 말이 맞아요?”

수복은 테오를 돌아보며 물었지만, 테오는 남자의 억지 주장에 전의를 상실했는지 얼이 빠진 채로 멍하니 땅바닥만 쳐다봤다.

“뭐야, 둘이 아는 사람이었어? 그럼 혹시 둘이 한패 아냐? 당신, 좀 전에 경찰이라고 했지? 진짜 경찰이라면 신분증을 먼저 내놔봐. 이것들이 사람을 뭐로 보고!”

남자가 고래고래 소리를 지르자, 편의점에 있던 두호도 카페에 있던 현빈과 손님들도 모두 밖으로 나왔다. 마치 무슨 마당극 구경하듯 사람들처럼 반원을 그리며 테오가 있는 쪽을 목 빠지게 쳐다봤다. 테오는 그런 상황을 견딜 수가 없어 어디든 도망치고 싶었지만, 도망칠 곳이 없었다. 그때 자동차 뒤쪽 창문이 열리는가 싶더니 순이할매 얼굴이 보였다. 그리고 그 옆에는 박검이 눈을 감은 채 조용히 앉아 있었다.

“뭐가 이렇게 시끄러워?”

“뭐야, 또 이 할망구는?”

할망구 소리를 듣자마자 순이할매는 빛보다 빠르게 차 문을 열고 밖으로 나왔다. 누가 보기에도 범상치 않은 외모를 가진 순이할매가 다가오자 남자는 약간 움찔하는 것 같았다.

“그러니까 아재는 우리 애가 아재 물건 훔치는 걸 진짜 봤다는 거야?”

“보진 못했지만, 남의 물건들을 빤히 쳐다보고 있었다니까? 도둑놈 눈깔로.”

“그럼, 아재는 왜 지금 우리 애를 그렇게 빤히 쳐다보고 있는 건데?”

“그거야 도둑놈 같으니까.”

“어딜 봐서 우리 애가 도둑놈 같은데? 요렇게 멀쩡하게 생긴 도둑 봤어? 솔직히 말해서 외모로만 보면 아재가 더 날강도처럼 생겼는데?”

“아니 이 할망구가! 어딜 봐서 내가 날강도야?”

“지금 하는 짓을 보니까 딱 그러네. 거기다 눈치코치도 없고.”

“뭐라고? 이 인간들 이제 보니 다 한통속인가 보네. 경찰 사칭까지 하고!”

남자가 약이 바짝 올라 소리를 지르자, 순이할매는 남자에게 바짝 다가가더니 갑자기 귓속말하기 시작했다. 뜬금없이 왜 귓속말을 하는지 몰라 모두 당황하는 사이, 누구보다 당황한 사람은 소리치며 추태를 부렸던 식당 주인이었다. 더구나 순이할매의 귓속말이 길어질수록 남자의 표정은 점점 더 사색이 되어갔다.

"사람이 그렇게 경솔하고 생각이 짧아서 어떻게 먹고살겠어. 안 그래?"

"정말 몰랐습니다. 죄송합니다."

"나한테 사과하지 말고 우리 애한테 정식으로 사과해."

"아이고 그럼요. 정말 죄송합니다. 제가 뭔가 큰 착각을 했네요. 나중에 가게 개점하면 한번 오세요. 제가 음식 대접 거하게 해드리겠습니다."

남자는 갑자기 영혼이 바뀐 사람처럼 계속해서 굽실거렸다. 테오는 물론 그 광경을 지켜보던 사람들은 모두 어리둥절했다. 굽실거리던 남자는 갑자기 방향을 틀더니 박검이 타고 있는 자동차를 향해서도 허리 굽혀 인사했다. 차 안에서 꼼짝도 하지 않았던 박검은 남자가 인사를 하자 바로 고개를 돌렸다. 테오와 굽실거리는 남자만 거리에 남겨둔 채, 박검의 자동차는 얼마 떨어져 있지 않은 안락정원 안으로 바로 들어섰다. 멍하니 자동차를 쳐다보던 테오도 남자에게 짧은 목례를 하고 안락정원 쪽으로 천천히 걸어갔다. 사람들은 그제야 재미난 구경거리가 끝났다고 생각했는지 모두 자신들의 자리로 돌아갔다. 하지만 두호는 쪼르르 달려와 물었다.

"형님, 할매가 무슨 말을 한 거예요?"

"글쎄요. 저도 무슨 말인지는 못 들었어요."

"그냥 확 죽여버린다고 했을까요?"

"그런다고 가만있을 사람은 아닌 것 같던데요."

"제가 보기엔 차 안에 앉아 있던 그 건물주가 진짜 조폭 아니었나 싶어요."

"네?"

"아까 그 가게 사장이 건물주한테 인사하는 거 못 봤어요? 완전 벌벌 떨고 있었잖아요."

"제 생각엔 새로 지은 저 건물이 안락정원 회장님 건물이라서 그런 것 같아요."

"아! 맞네. 바로 그거였네."

사실 테오는 조금 전까지만 해도 그 이유를 전혀 짐작하지 못했다. 두호와 이야기하다 보니 새로 가게 문을 여는 사장을 벌벌 떨게 할 사람은 아무래도 건물주밖에 없었다. 두호는 뭔가 신이 나서 끊임없이 이야기를 쏟아내고 있었지만, 테오는 그런 말들이 하나도 귀에 들어오지 않았다. 뭔가 벙벙하면서 구름 위를 둥둥 떠다니는 기분이었다.

저녁 식사 당번이었던 테오는 바로 5층 식당으로 향했다.

선희와 함께 테오는 열심히 저녁 준비를 시작했다. 사실 테오는 저녁 식사 시간에 안락정원 사람들 얼굴을 볼 엄두가 나지 않았다. 좀 전에 있었던 일에 대해 말이 많을 것 같았기 때문이다. 특히나 순이할매는 좀 전에 있었던 일을 가지고 저녁 식사 반찬거리로 만들 수 있는 사람이었다. 하지만 저녁 식사 자리에선 약속이나 한 것처럼 아무도 아무런 말도 없었다. 순이할매 역시 오늘은 이상하게 침묵을 지켰다. 테오는 뭔가 이상하다고 느끼다가 문득 모두가 자신을 배려하고 있다는 생각이 들었다. 덕분에 울컥 목이 메기는 했지만, 테오는 오늘도 선희가 지어준 맛있는 저녁 식사를 남기지 않기 위해 열심히 밥을 먹었다. 마침 식사 당번이었던 테오는 오늘 저녁 402호 식사를 자신이 어떻게든 배달해보려고 벼르고 있었다. 하지만 울컥울컥 목이 메는 상황에서 자신의 의지를 관철할 자신이 없었다. 선희가 402호 식사 준비를 끝내자마자 기다렸다는 듯이 지아가 일어나 식판을 가지고 402호로 내려갔다. 오늘은 지아가 402호 배달 담당인 모양이었다. 테오는 별안간 의문이 들었다. 402호 배달은 왜 모두 여자들만 가는 걸까? 안락정원에선 나이가 많건 적건 여자건 남자건 모두가 할당된 일을 맡아 톱니바퀴처럼 부지런히 움직여야 했다. 그런데 왜 402호는 모든 원칙에서 예외가 되는 걸까?

저녁 식사 당번 일을 마치고 테오는 바로 자신의 방으로 들어가 침대 위에 벌렁 누웠다. 배가 불러서 그런지 오늘은 몸도 마음도 노곤했다. 그렇게 한참을 멀뚱멀뚱 누워 있는데 갑자기 테오의 눈가에 눈물이 흘러내렸다. 테오는 자신도 모르게 흐르는 눈물에 적잖이 놀랐다. 사실 안락정원에 들어오기 직전까지 테오는 늘 초긴장 상태였다. 겉보기에는 조금 느긋해 보였을지라도, 테오는 늘 매우 복잡하고 예민한 사람이었다. 주변을 신경 쓰지 않는 것처럼 보였던 것은, 언제나 이상한 눈총을 받아왔던 테오가 만들어낸 일종의 방어기제였다. 그래서 테오는 누구보다 긴장을 많이 하고 사느라 외출하고 집으로 돌아오면 늘 녹초가 되곤 했다. 오늘도 마찬가지였다. 그런데 왜 갑자기 눈물이 나는 걸까? 이유 없이 흐르는 눈물을 얼른 닦으며 테오는 유일한 여자 친구였던 수영이 떠올랐다. 수영은 테오와 달리 매우 밝고 쾌활한 사람이었다. 평범한 가정에서 평범한 사랑을 듬뿍 받고 자라서 그런지 세상에 대해 언제나 긍정적이고 당당한 사람이었다. 테오는 늘 그림자처럼 살았던 사람이라 그런 수영을 보자마자 한줄기 무지개를 보는 것 같은 느낌이 들었다. 그런 수영과 가까워지면서, 테오는 수영과 함께 있으면 자신도 그림자가 아닌 빛으로 살 수 있을지도 모른다는 생각이 들었다. 하지만 시간이 흐를수록 수영의 해맑음은 겹겹이 쌓인 테오의 열등감을 하나

둘씩 드러내게 했다. 빛과 그림자는 공존하지만, 결코 하나가
될 수 없는 것처럼 테오와 수영도 결코 하나가 될 수 없는 존
재였다. 어쩌다 같은 지점에서 만날 수는 있겠지만, 선이 길
어질수록 멀어지는 교차로처럼 두 사람은 다른 방향을 향해
점점 더 멀어질 수밖에 없었다. 결국 수영은 테오의 밑도 끝
도 없는 고독과 불안을 감당할 수 없을 것 같다는 애매모호
한 말로 테오를 떠났다. 나중에 안 사실이었지만 수영은 이미
다른 사람과 사랑에 빠져 있었다. 수영은 그저 싫증이 난 것
뿐이었지만, 테오는 이별의 이유를 모두 자신에게서 찾을 수
밖에 없었다. 그 후로 오랫동안 테오는 누군가를 다시 만나지
못했고, 모든 관계 파탄의 이유가 자기 자신이라는 확신을 가
질 수밖에 없었다. 감기는 건강한 사람에겐 가볍게 지나가는
몸살이겠지만, 건강하지 못한 사람에겐 죽을병이 될 수도 있
었다. 어쩌면 테오는 그때부터 자가면역질환에 걸린 환자처
럼 자기 자신을 공격하며 자신을 스스로 망가뜨리려고 했는
지도 모르겠다. 결국 테오는 사람과의 관계는 물론 무언가를
해보고자 하는 마음의 동력까지 모두 잃어버리고 말았다.

　이렇듯 모든 것에 무기력했던 테오가 안락정원에 들어오
면서 조금씩 달라지기 시작했다. 예전 같으면 꿈도 꾸지 못할
일들을 테오는 원래 그렇게 해왔던 사람처럼 거뜬히 해내고

있었다. 더구나 오늘은 순이할매가 자신을 보호하기 위해 기꺼이 나서주었다는 사실에 무척 고무되었다. 늘 남의 눈치만 보고 살았던 테오를 손가락질하던 사람들은 많았지만, 우리 애라는 표현까지 써가면서 대신 싸워준 사람은 순이할매가 처음이었기 때문이다. 어쩌면 테오는 순이할매 말대로 정말 누군가의 애가 된 것처럼 엉엉 울고 싶었는지도 모르겠다. 정확히 무엇에 감동한 건지는 모르겠지만, 테오의 눈가에는 자꾸만 눈물이 맺혔다. 어색한 눈물을 닦아내며 테오가 딱 이렇게만 살아도 좋겠다는 생각이 드는 순간, 천장에서 요란한 야구방망이 소리가 들렸다. 덕분에 테오는 갑자기 웃음을 터뜨릴 수밖에 없었다. 우리 애는 나만 팰 수 있다는 다짐으로 열심히 방망이를 두드리고 있을 순이할매의 고약한 얼굴이 떠올랐다. 울다가 웃어버린 자신이 한심하기도 했지만, 테오는 또 그 웃음이 나쁘지 않았다. 삶은 늘 그렇게 고달프고 구차해서 도저히 견디기 힘들 것 같다가도, 또 그렇게 어처구니없는 웃음이 찾아오는 순간도 있는 모양이었다. 누구에게나. 속절없이.

8장
시나브로

잠시 눈을 감았다 떴다고 생각했는데 어느새 아침이었다. 커튼도 제대로 치지 않고 잠이 들어서인지 방안은 온통 햇살로 가득했다. 점점 해가 길어지는 것을 보니 여름이 오고 있는 모양이다. 어젯밤에도 분명 방망이 소리가 꽤 오랫동안 들렸음에도 불구하고 테오는 그 어느 때보다 곤히 잘 수 있었다. 이젠 순이할매의 고약한 방망이 소리가 자장가처럼 들리는 걸까? 시계를 보니 곧 알람이 울릴 시간이었다. 테오는 마음이 급해져서 바로 자리에서 일어났다. 서둘러 세수하면서도 테오는 오늘 일정을 떠올렸다. 생각하면 모두 귀찮은 일들뿐이었지만, 항상 무거운 마음보다 몸이 먼저 움직이고 있었다. 문득 테오는 안락정원에 입주한 사람들에게 왜 이렇게 빡

빡한 일정을 만들어놓았는지 알 것 같았다. 도저히 마음을 움직일 수 없을 때는 어떻게든 몸을 움직여야 한다. 그래야 마음도 어떻게든 움직일 테니까.

테오는 오늘 아침에도 식사 당번이었다. 엘리베이터는 왠지 답답한 마음이 들어서 테오는 긴 다리를 이용해 두 계단씩 성큼성큼 5층 식당으로 올라갔다. 올라가면서 402호를 버릇처럼 힐끗 쳐다보기는 했지만, 걸음을 멈추지는 않았다. 식당에 들어선 테오는 먼저 나와 아침 준비하고 있는 선희에게 꾸벅 인사를 했다. 선희는 뭔가 달라진 것 같은 테오를 보고 멈칫했지만, 평소처럼 간단한 목례만 하고 하던 일을 계속했다. 테오는 선희가 자신의 인사를 받아주었다는 것만으로도 용기를 얻어 조심스럽게 말을 걸었다.

"저기, 402호는 왜 식당에서 함께 식사하지 않는 건가요?"

테오는 자신이 물어놓고도 입술을 질끈 깨물었다. 다짜고짜 402호 이야기를 묻고 있는 자신의 빈약한 대화 기술이 너무도 부끄러웠다. 테오의 질문을 들은 선희는 잠시 멈칫하긴 했지만, 역시나 대답은 없었다. 그래도 다행인 것은 선희가 평소 보이지 않았던 희미한 미소를 보였기 때문이다. 그때 누군가 테오의 등짝을 세게 내리쳤다.

"아이고, 따가워라!"

“왜? 삼삼이 너도 룸서비스 받고 싶냐?”

“아니, 그게 아니고.”

“그럼, 나한테 백만 원만 줘. 내가 매일 방에다 가져다줄게.”

“여기 살면 누구든 규칙을 지켜야 한다면서요!”

“그거야 삼삼이 계약서에나 그랬겠지.”

“그럼 402호 찾아가서 계약서 한번 볼까요?”

테오의 말이 끝나자마자 뜻하지 않은 정적이 흘렀다. 이제 막 식당으로 들어선 수복과 지아도 테오의 얘기를 들었는지 뜨악한 표정이었다. 테오는 자신이 큰 죄를 저지른 사람이 된 것 같았다. 그들은 왜 402호를 꼭꼭 숨겨두고 있는 걸까?

“삼삼이 아저씨는 배가 안 고플 것 같아. 궁금한 게 속에 너무 많아서.”

지아가 어색한 정적을 깨고 농담을 던지자 아주 조금 분위기가 풀어졌다. 지아에게 미안한 마음을 가지고 있던 테오는 더 이상 캐묻지도 못하고 조용히 아침 식사 준비를 도왔다.

아침 식사 마무리 청소를 마치고 계단으로 내려오다가 테오는 순이할매가 식판을 들고 402호에서 나오는 것을 보았다. 순간 테오는 순이할매가 문을 닫기 전에 문을 밀고 들어가 보려다가 바로 걸려서 문짝에 얼굴을 부딪치는 수모를 겪었다. 순이할매는 문에 정면으로 얼굴을 부딪친 테오를 보고 배꼽이 빠지게 웃어댔다.

"저한테 왜 이러세요?"

"내가 뭘?"

"항상 저를 못살게 구시잖아요."

"내가?"

"네, 도대체 이유가 뭡니까?"

"궁금해? 진짜 궁금하면 아이스크림 사줘."

그 이유가 무엇보다 궁금했던 테오는 어쩔 수 없이 순이할매를 데리고 두호가 있는 편의점으로 갔다. 테오와 함께 순이할매가 편의점에 들어서자, 두호는 놀라는 기색이 역력했다. 순이할매는 두호의 반응에도 개의치 않고 바로 아이스크림 냉장고로 달려갔다. 역시나 저당 아이스크림 세 개를 꺼내더니 테오와 두호에게 아이스크림을 나누어주었다. 그렇게 세 사람은 편의점 창가 자리에 나란히 앉아 아이스크림을 먹었다. 영문도 모르고 아이스크림을 먹게 된 두호는 힐끗힐끗 순이할매를 쳐다봤다. 순이할매가 어느 정도 아이스크림을 다 먹어가는 것을 보고 나서야 테오는 대답을 재촉했다.

"자, 이제 이유를 말씀해보세요."

"삼삼이 내일 시간 있냐?"

"다른 얘기 하지 마시고요."

“나 내일 병원 가야 해. 나 좀 병원에 데려다주라.”

“어디 편찮으세요?”

“운전면허는 있지?”

“네.”

“내일 아침 먹고 바로 출발하면 될 거야.”

“할머니가 대답을 해주시면 생각해볼게요.”

“근데, 삼삼이는 자동차가 있나?”

“없어요. 그러니까 다른 사람 찾아보세요.”

“오케이. 차는 내가 구해볼게.”

“좋아요. 그럼, 제가 모셔다드리면 이제 저 안 괴롭히실 거
예요?”

“누가 너를 괴롭혔는데?”

“아휴, 됐어요.”

“내일 병원에 같이 가주면 내가 맛난 거 사줄게.”

아이스크림을 다 먹어버린 순이할매는 테오가 묻는 말에
는 한마디도 대답하지 않은 채 편의점을 나가버렸다. 테오는
한숨을 쉬며 두호에게 그동안 순이할매가 자신을 괴롭혔던
이야기를 시시콜콜 털어놓았다. 두호는 낄낄거리며 웃다가
뜬금없이 물었다.

“근데, 뭔가 얼굴이 달라지셨어요.”

“순이할매요?”

"아뇨. 형님이요. 여기 오실 때만 해도 얼굴에 온기는커녕 핏기 하나 없어 보였는데, 오늘 보니 간간이 웃기도 하시고 혈색도 좋아 보이세요."

테오는 두호의 말에 깜짝 놀랐다. 테오 자신도 안락정원에 들어와 조금씩 변하고 있다고 생각은 했었지만, 다른 이의 눈에도 그렇게 보였다는 사실에 무척 놀랐다. 더구나 그런 말을 해주고 있는 두호의 얼굴 역시 흐뭇해 보였다. 그동안 테오는 두호가 자신에게 친절한 이유가 따로 있을지도 모른다고 생각했었다. 하지만 지금 진심으로 테오의 긍정적인 변화를 응원해주는 걸 보니, 괜히 두호에게 미안한 마음까지 들었다.

두호와 기분 좋게 인사를 나누고 편의점을 나서는데, 안락 정원 주차장 쪽에서 누군가 안락정원을 쳐다보고 있는 모습이 보였다. 처음엔 카페 손님이겠거니 생각했다가 얼마 전 편의점 창가에 앉아 있던 수상한 남자와 동일 인물이라는 사실을 깨닫는 순간, 테오는 소름이 돋았다. 테오가 어쩌지 못하고 망설이는 사이, 수상한 남자 역시 테오를 발견했다. 테오와 눈이 마주치자마자 남자는 시선을 거두고 황급히 뒤돌아섰다. 남자는 마치 바쁜 일이 있었던 사람처럼 산책로 쪽으로 빠르게 걸어갔다. 테오는 수상한 남자의 뒤통수를 뚫어져라 쳐다보다가 생각했다. 그는 죽고 싶은 사람일까? 살고 싶은 사람일까?

아침 식사 전에 커피 배달을 온 현빈이 테오를 다급하게 찾았다. 테오를 보자마자 현빈은 주머니에서 자동차 키를 건넸다.

"오늘 순이할매랑 병원 같이 가신다면서요? 할매 잘 부탁드립니다."

"아, 자동차!"

"원래는 제가 하던 일인데, 이젠 테오 씨 일이 되었네요. 하하."

현빈은 어색한 농담까지 하며 자동차 키를 건네주었다. 아침을 먹자마자 테오는 자동차를 가지러 지하 주차장으로 내려갔다. 지난번 현빈의 집에 갔을 때 함께 타고 갔던 자동차라 테오는 바로 현빈의 자동차를 찾을 수 있었다. 지난번엔 어두운 밤이라 제대로 살피지 못했는데, 자동차 실내 역시 현빈만큼 깔끔하고 고급스러워 보였다. 자동차 시동을 거는데, 엔진 소리가 테오의 가슴을 이상하게 울렸다. 지하 주차장에서 올라와 1층 현관 앞에 차를 잠시 세워두고 테오는 순이할매가 내려오기를 기다렸다. 잠시 후, 순이할매가 평소와 다르게 어기적거리며 천천히 걸어 나왔다. 테오는 순이할매를 차에 태우고 다시 두근거리는 시동을 걸었다. 오랜만에 운전하면서 생각해보니 테오는 안락정원에 들어와서 처음으로 육지로 나서는 길이었다. 그래서 더 설레는 기분이 들었는지도 모르겠다. 얼마 지나지 않아 자동차는 영종도에서 육지로 가는 인천공항 고속도로에 올랐다. 창밖을 스쳐 지나가는 풍경을 바라보고 있자니 테오는 고속도로를 주행하고 있는 자신이 지금 육지로 향하는지 섬으로 향하는지 헷갈렸다. 영종도 씨사이드 파크에서 산책할 때도 그랬다. 육지가 보이는 구읍 뱃터 쪽에서 바라보면 바다 건너편이 오히려 섬인 것 같은 착각이 들었다. 인간은 태생부터 자기중심적이라 자신의 기준에서 바라보는 세상이 진짜 세상이라고 믿고 싶은지도 모르겠다. 어쩌면 삶과 죽음도 그런 것 아닐까? 삶이 보는 죽음과 죽음이 보는 삶은 엄연히 다름에도 불구하고 어쩌면 우리는 늘 자신의 편에서만 삶과 죽음을 바라보고 있는지도 모르겠다. 그렇다면 지금 테오는 어느 편에 서 있는 걸까?

상념에 빠져 있던 테오는 순이할매의 잔기침 소리에 겨우 현실로 돌아왔다. 테오는 왠지 이상한 기분이 들어 힐끔 순이할매를 쳐다봤다. 시종일관 시끄럽게 떠들거나 장난을 치던 순이할매가 오늘은 유독 조용했기 때문이다. 정말 어디가 아픈 건가? 테오는 괜한 걱정이 들어 먼저 말을 건넸다.

"혹시 어디 불편하세요?"

"기운이 없어."

"왜요?"

"검사한다고 아침밥을 못 먹었잖아!"

테오의 입가엔 또 어이없어하는 웃음이 비집고 나왔다. 그러고 보니 지난밤 야구방망이 소리가 평소보다 덜했던 것 같기도 했다.

순이할매는 종합검진을 받기 위해 매년 종합병원을 방문한다고 했다. 덕분에 당뇨에 걸린 것도 알아낸 모양이었다. 병원에 도착해서 종합검진 전에 문진서류를 작성해야 하는데, 순이할매는 불쑥 문진서류를 내밀었다. 테오는 문진서류를 받아 못 이기는 척하며 내용을 하나하나 소리 내어 읽어주었다. 테오는 순이할매가 대답을 너무 큰 소리로 읊어 조금 민망했지만, 얼른 끝내고 싶은 마음에 멈추지 않고 계속해서 읽어나갔다. 검진이 본격적으로 시작되자 순이할매는 테오 소매 끝을 잡고서 다섯 살짜리 어린아이처럼 테오를 졸졸 따라다녔다. 수면내시경을 받기 위해 검사실로 들어가게 되었을 때도 순이할매는 마치 큰 수술을 하러 들어가는 환자처럼 테오 손을 꼭 잡고 말했다.

“어디 가면 안 돼! 알았지?”

순이할매 손을 겨우 떼어내고 검사실로 무사히 들여보낸 테오는 이 상황이 웃기면서도 왠지 모르게 서글펐다. 저렇게 천진난만하고 본능에 충실한 사람이 어떻게 안락정원에 들어올 생각을 했을까? 검사가 끝나고 회복실에서 비틀거리며 걸어 나오는 순이할매를 보자마자 테오는 바로 달려가 양쪽 팔을 잡고 부축했다. 말랐어도 어느 정도 강단은 있어 보였는데, 양팔을 잡힌 순이할매의 팔뚝 역시 겨우내 잘 마른 나뭇가지 같았다.

“아이고, 물이 달다! 이제야 좀 살겠어.”

“검사 아직 더 남았다고 하던데요? 간단한 진료도 받아야 하고.”

“내가 다른 놈이었으면, 그만 가봐도 된다고 했을 텐데. 우리 삼삼이는 일이 없지?”

“저 일 많아요. 그리고 어차피 저랑 같이 집에 가셔야 하잖아요.”

“늙어서 병원 오기 싫은 이유가 뭔지 아냐?”

“병원은 젊은 사람도 오기 싫어요.”

“몸도 아픈데 보호자 없는 설움까지 받게 되는 곳이 병원이거든.”

“그래서 제가 같이 와드렸잖아요.”

“그러니까 내 말은 고맙다는 얘기야.”

순이할매는 남아 있던 물을 한 모금 더 마시고 테오를 쳐다 봤다. 테오는 한참을 빙빙 돌려서 고맙다고 말하는 할매를 보고 또 웃음이 터졌다. 순이할매는 그런 테오가 괘씸했는지 그만 웃으라고 등짝을 또 한 대 쳤다.

차를 타고 안락정원으로 돌아가는 길은 아까와 다르게 제법 시끄러웠다. 순이할매는 건강검진 받는 과정에 있었던 소소한 일들을 마치 무용담을 털어놓는 장수처럼 몇 배 과장되게 떠들어댔다. 테오는 그런 순이할매 이야기를 들으며 자신도 모르게 피식피식 웃었다.

“근데 순이할매는 어쩌다 안락정원에 오게 되셨어요?”

“내가 그 이야기를 풀자면 소설 30권도 모자라.”

“간략하게 요약해서 말씀해보세요.”

“내가 이래 봬도 여기 영종도 토박이거든. 영종도 염전 부잣집 맏며느리로 시집을 왔는데, 남편 놈이 자기가 반푼이인지도 모르는 반푼이었지. 근데 또 그 반푼이가 술도 좋아하고 계집질도 좋아하는 노름꾼이라 집안 재산까지 알뜰하게 말아먹었어. 하다 하다 염전까지 건드리려고 해서 시어머니한 테 내쫓겼는데 정신을 차린 게 아니라 대놓고 두 집 살림을 차려버렸네? 어차피 집에 있어도 도움 안 되는 인간이라 그런가 보다 하고 살았는데, 문제는 그 둘째 부인이 내가 못 낳은 아들을 떡하니 낳아버린 거야.”

“그래서 이혼하신 거예요?”

“이혼은 무슨! 그냥 쫓겨난 거지. 딸내미랑 같이.”

“그럴 수가 있어요?”

“그럴 수 있는 게 또 그때 세상이었지. 그래도 다행인 건 시어머니가 나한테 영종도 땅뙈기를 조그맣게 떼어주셨어. 거기서 딸 키우며 입이나 풀칠하라고.”

“그럼 오히려 잘된 거 아닌가요?”

“나도 그런 줄 알았지. 거기다 전남편은 시어머니 돌아가시자마자 염전 팔아치우고 또 노름하다가 재산 다 거덜 내고 폐인이 되었거든.”

“쌤통이네요.”

“근데 금이야 옥이야 키웠던 내 딸이 시집가서 얼마 되지도 않았는데 그만 죽어버렸어. 사위 놈이 임신한 내 딸을 두고 바람피우다 들켰는데, 오히려 내 딸내미한테 화풀이하며 쥐어팬 거야. 결국 배 속에 아이까지 유산되고 나니까 불쌍한 우리 딸내미도 아이 따라간다고 그만 죽어버렸어. 아휴, 독한 년.”

남의 이야기를 하듯 담담히 자신의 굴곡진 인생을 이야기하고 있는 순이할매 앞에서 테오는 잠시 말문이 막혔다. 어떤 위로의 말도 할 수 없었던 테오는 혼잣말처럼 넌지시 물었다.

“그래서 할매도 죽고 싶었던 거군요?”

“그랬지. 더 이상 살 이유도 없었고. 죽기 전에 사위 새끼 죽이고 나도 죽을까 생각도 했었는데, 또 그게 무슨 의미가 있나 싶더라고. 그래서 혼자 죽어야겠다고 생각하고 대청마루에 앉아 있는데, 수복이랑 사채업자 하나가 집으로 성큼성큼 들어오더라고.”

“어떻게 알고요?”

“몰라. 그냥 대뜸 와서는 내 집이랑 땅을 팔라고 하더군.”

“그래서요?”

“왜 사려고 하냐고 물었더니 여기에 건물을 하나 짓고 싶다고 그러데?”

“설마 안락정원 땅이 할매 땅이었어요?”

“왜, 안 믿기냐?”

“그, 그래서 얼마에 파셨는데요?”

“안 팔았어.”

“왜요?”

“뭔가 분위기가 이상해서 건물을 짓는 이유를 꼬치꼬치 캐물었지. 대답을 다 듣고 나니까 나도 한번 그곳에 살아보고 싶어지더라고. 그래서 건물 여기다 짓는 대신 거기에 내 방

하나 내어달라고 한 거지."

"그럼 아직도 안락정원 땅은 할매 소유겠네요?"

"왜, 그러니까 좀 달라 보이냐?"

"아니, 그게 아니라 믿기지 않아서."

"알고 보니 우리 삼삼이 완전 속물이었네. 내가 땅 주인이라고 하니까 눈빛이 변하는데?"

"에이, 그런 거 아니에요!"

"아니긴 뭐가 아냐? 얼른 소문내야지. 삼삼이는 속물이다!"

순이할매는 갑자기 창문을 열고 소리를 질렀다. 테오는 깜짝 놀랐지만, 다행히 자동차는 어느새 고속도로에서 벗어나 영종도 하늘도시 도로에 접어들고 있었다. 순이할매는 뭐가 그리 신이 났는지 계속해서 시끄럽게 떠들었지만, 테오는 묵묵히 운전만 했다. 세상 누구보다 고단한 삶을 살았던 순이할매가 자신의 삶을 마치 남 이야기하듯 담담하게 얘기하는 것을 보고 테오는 처음으로 자신이 부끄럽게 여겨졌다.

*

병원을 함께 다녀오고 나서 테오는 순이할매와 조금은 친해졌다고 생각하고 기대했지만, 그날 밤에도 천장에선 상식선을 벗어나는 엄청난 층간소음이 들렸다. 아무래도 순이할매가 오늘 저녁은 양껏 많이 드신 모양이었다. 한층 더 요란한 야구방망이 소리를 들어야 했지만, 내일 순이할매와 시답잖은 농담을 할 수 있는 기회를 얻었다고 생각하니 테오는 오히려 기분이 좋아졌다. 이제는 자장가 같은 방망이 소리를 들으며 곤한 잠에 빠져드는 순간, 어디선가 날카로운 비명이 들렸다. 테오는 스프링을 달아놓은 것처럼 침대에서 벌떡 일어났다. 분명 여자 목소리였다. 누굴까? 안락정원에는 남자보다 여자가 더 많이 살고 있었다. 박검, 지아, 선희, 순이할매, 민정, 아니면 402호? 목소리의 주인공을 유추하기도 전에 현관문 밖에서 문이 열리는 소리와 함께 사람들의 분주한 움직임이 느껴졌다. 궁금증을 참지 못한 테오도 문을 열자마자 4층 계단 쪽을 본능적으로 쳐다봤다. 역시나 4층에서 사람들의 인기척이 느껴졌다. 숨을 죽이고 조심스럽게 계단을 오르려고 하는 순간, 누군가 테오의 어깨를 덥석 잡았다. 깜짝 놀라 돌아보니 익선이었다.

"누군가 소리를 질렀어요!"

"일단 방에 들어가세요. 나중에 말씀드릴게요."

익선은 평소와 다르게 조용하고 차분하게 이야기했지만, 그 표정만은 단호했다. 어쩔 수 없이 테오는 다시 방으로 들어가야 했다. 들어와서도 호기심을 참지 못해 현관문에 바짝 기대어 4층의 동태를 살폈다. 마치 초능력자가 된 것처럼 테오는 4층에서 일어나는 일들이 머릿속에 저절로 그려지는 것 같았다. 분명 402호 문이 열리고 닫히면서 사람들이 드나들었고 누군가의 울음소리도 들리는 것 같았다. 소리에 집중하면 할수록 테오는 자신도 모르게 손톱을 깨물었다. 아마도 그 누구도 예상치 못한 돌발상황이 발생한 모양이었다. 그렇다면 안락정원에서 예상치 못한 돌발상황이란 어떤 것일까? 또다시 4층에서 사람들의 낮은 웅성거림이 들렸다. 자세히 들어보니 걸걸한 순이할매 목소리도 들리는 것 같았다. 그러고 보니 비명이 들린 순간부터 위층 방망이 소리도 들리지 않았다. 테오는 누군지도 모르는 402호가 비명을 지를 만한 경우의 수를 모두 생각해내느라 머리가 터질 것 같았다. 처음 보는 익선의 무거운 표정도 마음에 걸렸다. 익선의 엄중한 말에 다시 방으로 들어오긴 했지만, 지금이 아니면 영영 402호의 비밀을 알 수 없을 것 같았다. 테오는 결국 다시 문을 열고 밖으로 나왔다. 조심스럽게 계단 쪽으로 걸어가는데 어디선가 훌쩍거리는 소리가 들렸다. 테오는 비명을 들었을 때보다 더 놀라서 계단 위를 올려다보았다. 선희가 3층과 4층 계단 사이에 주저앉아 얼굴을 손으로 가린 채 조용히 울고 있었다. 선희는 마치 누군가의 죽음을 목격한 사람처럼 서럽게 울고 있었다. 선희의 흐느낌에 압도당한 테오는 계단 위로 한 걸음도 올라설 수 없었다.

*

다음 날 아침 식사 시간은 평소와 크게 다르지 않았다. 선희의 눈이 조금 부어 있는 것 빼고는 여느 아침처럼 조용하지만 바쁜 아침이었다. 순이할매도 어젯밤 잠을 설쳤는지 식사보다 먼저 커피를 마시며 계속 하품을 해댔다. 오늘 아침 402호 식사를 가져다주는 사람은 선희였는데, 그래도 식사가 배달되는 것을 보니 402호는 아직 살아 있는 모양이었다. 어젯밤 선희가 서럽게 울던 모습을 떠올리며 테오는 402호에 있는 누군가가 지아와 상덕처럼 선희와 가족일지도 모른다는 생각이 들었다. 익선 역시 잠을 제대로 자지 못했는지 평소보다 얼굴이 까칠했다. 어젯밤 아무것도 할 수 없었던 테오역시 밥을 먹는 건지 눈치를 먹는 건지 모를 만큼 정신이 없었다. 어색한 분위기에서 식사를 마치고 테오는 비장한 마음으로 익선과의 상담을 기다렸다. 분명 익선이 모든 것을 말해 준다고 약속했기 때문이다.

"저한테 왜 처음부터 솔직하게 말하지 않았던 거죠?"

"간혹, 솔직하게 말씀드리면 도망가시는 분들이 있어요. 그리고 테오 씨가 너무도 굳게 믿고 계신 것 같아서 무슨 말을 해도 믿을 것 같지 않았습니다."

“그런데 왜 조력자살을 해주는 곳이라고 소문이 났던 걸까
요?”

“글쎄요. 저도 그게 미스터리인데 아마도 2층 호스피스 병
실 때문이 아닐까 싶어요.”

“소문이 잘못 났는데 굳이 정정도 하지 않으셨고요.”

“네, 뭐 소문이라는 게 막을 수 있는 것도 아니고.”

“오히려 안락정원 영업에 도움이 되었으니 정정할 이유가
없었겠죠.”

“물론, 그런 면도 있습니다. 그래도 오늘 상담을 받으러 오
신 걸 보니, 안락정원에서 계속 머무실 예정인 거죠?”

“그보다 궁금한 게 하나 더 있어요.”

“네, 뭐든 물어보세요.”

“만약에 제가 끝까지 죽고 싶다고 하면, 도와주실 건가요?”

“글쎄요. 제 생각엔 그럴 필요 없을 것 같은데요?”

“왜죠?”

“저희는 아직 실패한 적 없거든요.”

“어떻게 확신하시죠? 여기서 죽지 않았다고 해도 안락정원
을 나가서 죽을 수도 있잖아요.”

“저희는 사후관리까지 아주 철저하게 하는 편이에요.”

“사후관리?”

“자살 위험에 노출된 분들은 크게 세 가지로 구분할 수가

있어요. 먼저 자신의 의지와 상관없이 어쩔 수 없는 상황에 몰려 자살을 선택하는 분들이 있습니다. 이런 분들에겐 정신적인 치료는 물론이고 경제적인 문제나 절망적인 상황을 바꿀 기회를 드려야 저희가 말하는 사후관리가 될 수 있는 거죠. 그렇다고 그냥 경제적인 지원만 해드리는 건 아니고 혼자서 독립할 수 있을 때까지 물심양면으로 도와드립니다. 예를 들어 경영 노하우 전수를 해준다거나 상가 임대나 거주지 등을 우선으로 제공해드리는 방식이죠. 또 하나는 말 그대로 정서적인 고립이나 조울증, 공황장애 등으로 고생하시는 분들인데, 이런 분들은 다른 어떤 것보다 정서적 유대감을 제공할 수 있는 환경을 만들어드리거나 전문적인 심리상담 치료를 지원해드립니다. 이 부분은 주로 제가 담당하는 부분도 있지만, 안락정원에 입주시켜서 비슷한 경험을 하셨던 분들과 생활하면서 자연적인 치유가 될 수 있도록 유도하고 있습니다. 환경 조성만으로 치료되지 않는 심각한 정신질환인 경우는 저희가 각 상황에 맞는 병원이나 의사에게 직접 연결을 해드리고 있습니다. 마지막 하나는 불치병에 걸려 희망 없이 살아가시는 분들이나, 나아질 희망도 없이 극심한 고통에 시달리는 분들입니다. 이런 분들은 대개 끝날 것 같지 않은 고통에서 해방되고자 결국 자살을 선택하는 경우인데요. 이런 분 중에는 경제적으로 어렵거나 의지할 가족이 없어서 어쩔 수 없이 자살을 선택하는 예도 많습니다. 사실 연명치료 거부도 능력이 되어야 할 수 있는 선택인 경우가 많죠. 그래서 재산도 없고 자식이나 가족이 없는 사람들에겐 아무 의미 없는 것이기 때문에 저희도 딱히 도와드릴 방법이 없었어요. 그래서 그렇게 고립된 분들을 마지막 남은 생이라도 편하게 모시고자 호스피스 병동을 만든 겁니다."

"그래서 입주할 때 그렇게 많은 서류가 필요했던 거군요?"

"네, 맞습니다. 특히 첫 번째 경우는 겉으로 보면 사회적 고립이기는 한데 속을 들여다보면 대개 경제적 위기에 몰린 경우가 많은 분들이라 정확히 필요한 부분들을 파악하려면 여러 가지 정보들이 필요하거든요. 또 회장님이 보유하고 계신 상가 건물의 대부분은 그런 분들의 일터가 되고 있는데 아무나 그런 혜택을 받게 할 수 없으니 더 철저하게 조사를 하는 겁니다. 덕분에 안락정원을 거쳐 간 분들을 저희가 빠짐없이 지켜보며 관리할 수 있는 거고요. 말 그대로 완벽에 가까운 사후관리죠."

"그런데 왜 이렇게까지 해서 사람을 살리고자 하는 거죠?"

"전에도 비슷한 질문을 하셨던 것 같은데, 이제야 제대로 된 답을 해드릴 수 있을 것 같네요. 우리의 인생만큼이나 죽음 또한 우리에겐 아주 중요한 부분입니다. 그런데 그런 순간들을 대비할 기회는 거의 없는 편이죠. 그래서 그런지 언제부터인가 사람들은 자기 죽음을 자신이 선택할 수 있다고 믿기 시작했어요. 아니 그보다 자신이 짊어져야 하는 삶의 무게를 죽음만이 해결할 수 있다고 믿기 시작한 건지도 모르죠. 아마도 그래서 요즘 안락사 캡슐까지 등장하고 있는 거고요. 그런데 반대로 생각하면 그 어느 곳에서도 우리가 함부로 죽지 않고 살아갈 수 있는 방법을 가르쳐주는 곳은 없는 것 같아요. 물론 자살예방센터들이나 정신의학과 의사들이 있기는 하지만, 그것도 사람들이 찾지 않으면 아무 소용 없잖아요. 더구나 경제적 여유가 없는 사람들에겐 그런 기회조차 주어지지 않아요. 그러다 보니 인생은 어차피 고해라고 주장하면서 아무런 거리낌 없이 자살을 정당화하거나 서로가 서로에게 죽음을 떠밀고 있는 건지도 모르겠어요. 물론 저 자신도 그랬습니다. 정신의학과 의사로서 무언가 잘못되어가고 있다는 생각은 했었지만, 또 다른 시도나 노력은 해보지 못하고 그저 무심하게 살아왔던 거죠. 그런데 그렇게 살다 보니, 어느새 저 자신도 제 목에 칼을 들이대고 있더군요. 그렇게 절벽 끝에 내몰렸다가 우연히 박검 회장님을 만나게 되었어요. 그때 회장님은 저한테 다짜고짜 자살 앞에 내몰린 사람들을 구해보자고 말씀하셨죠. 당황해서 저는 그런 걸 왜 해야 하는지 모르겠다고 말했어요. 지금의 테오 씨처럼. 그랬더니 박검 회장님이 담담하게 말씀하시더군요. 세상 어딘가에는 안락정원 같은 곳이 있어도 괜찮을 것 같지 않나요? 그 말 한마디에 저도 여기까지 오게 된 겁니다.”

“선생님도 죽고 싶었던 적이 있었나요?”

“살다 보면 누구나 그런 순간들이 찾아오는 법이죠.”

“혹시 안락정원을 거쳐 간 사람들을 모두 기억하시나요?”

“그럼요. 사후관리 차원에서 한 달에 한 번씩은 이곳에 와서 상담을 받는 조건으로 삶의 터전을 마련해드리니까 기억을 못 할 수가 없죠.”

테오는 묻고 싶었다. 이곳에 들어오지 못한 사람들은 어떻게 되었냐고. 아니 어쩌면 동생 테린이 이곳에 왔었냐고 묻고 싶었는지도 모르겠다. 하지만 테오는 묻지 못했다. 여전히 테오는 안락정원을, 안락정원 사람들을 믿을 수 없었기 때문이다.

“그런데 어젯밤 일은 어떻게 된 거죠?”

“아, 그 일을 먼저 말씀드려야겠군요.”

“혹시 402호와 관련된 일인가요?”

*

세상 어디에도 유나가 숨을 곳이 없었다. 유나는 그가 출소하고 나면 반드시 어떤 방법으로든 자신을 찾아낼 것이라고 생각했다. 처음엔 부모도 없이 보육원에서 자란 유나를 누구보다 특별하게 대해줬던 그가 너무도 고마웠다. 그래서 유나는 그가 원하는 것은 무엇이든 들어주고 싶었다. 그러나 그의 친절한 미소 속에 감춰진 본성이 유나의 목을 서서히 조여왔다. 보육원을 나와 처음 마련한 유나의 집을 보여주었을 때 그는 다정하게 웃으며 말했다.

"조용하고 좋다. 근데, 여기선 누가 어떤 짓을 해도 전혀 모를 것 같은데?"

그때는 알지 못했지만, 그의 말은 엄중한 경고 같은 거였다. 그는 의지할 곳 없는 유나를 자기 거미줄에 걸린 먹잇감으로 생각했다. 결국 유나는 옴짝달싹 한 번 못 하고 그의 거미줄에 꽁꽁 갇혀버렸다. 유나가 처음 그에게서 도망쳤을 때, 유나를 도와준 사람은 같은 보육원에서 자랐던 상도였다. 하지만 상도는 유나에게 도움을 주었단 이유로 사회적으로 돌이킬 수 없는 오명을 뒤집어써야 했다. 그가 상도를 유나의 성추행범으로 만들어버렸기 때문이다. 유나는 상도의 오명을 벗겨주기 위해 그에게 다시 돌아갈 수밖에 없었다. 그 후로 오랫동안 유나의 탈출 시도는 번번이 비슷한 방법으로 실패하고 말았다. 결국 유나는 모든 걸 포기하고 스스로 목숨을 끊기로 마음먹었다. 하지만 그에게는 이 또한 용납할 수 없는 일이었다. 정말 아무것도 할 수 없었던 유나는 습관적으로 자기 몸에 스스로 생채기를 내기 시작했다. 그래야 그가 자신을 버릴 거라 믿었기 때문이다. 하지만 유나의 자학적인 행동을 막기 위해 그는 유나에게 더한 폭력을 가했다. 도를 지나친 그의 폭력은 어느 배달원의 신고로 경찰에 체포되는 지경에 이르렀다. 하지만 그의 구속은 유나에게 전혀 기쁜 소식이 아니었다. 그의 형량은 많이 나와야 겨우 몇 개월이었고, 그마저도 벌금으로 대체할 수 있었기 때문이다. 그가 잠시 구속된 사이에 유나가 어디론가 숨어버린다고 해도 그는 지구 끝까지라도 찾아가 유나를 자기 거미줄에 다시 옭아맬 인간이었다.

그가 구속되고 얼마 되지 않아 유나는 공항철도를 타고 영종도로 향했다. 어린 시절 보육원에 있을 때 이름 모를 독지가의 도움으로 영종도 갯벌 체험을 왔던 기억이 있었다. 유나는 그때 그 추억을 떠올리며 끝없이 펼쳐졌던 그 갯벌을 기어코 찾아냈다. 유나가 갯벌에 도착했을 때는 마침 바닷물이 제일 많이 빠져 있을 때였다. 유나는 망설이지 않고 거침없이 갯벌 안쪽으로 걸어 들어갔다. 아직 꽃도 피지 않는 봄날이라 바닷바람과 갯벌 바닥은 깜짝 놀랄 만큼 차가웠고, 넓은 갯벌 어디에도 사람의 흔적을 찾아볼 수 없었다. 유나는 마치 누군가 쫓아오는 것처럼 쉬지 않고 갯벌 위를 걷고 또 걸었다. 저만치 울타리처럼 늘어져 있는 인천대교가 눈에 들어오자, 유나는 왠지 모르게 마음이 편안해졌다. 물이 빠진 갯벌은 아직도 그 끝을 보여주지 않았지만, 유나는 인천대교가 가장 길게 보이는 지점에 걸음을 멈춰 섰다. 그곳에 우뚝 서서 유나는 밀물이 다시 들어오기를 기다렸다. 칼바람이 불고 갯벌 진흙에 담긴 발은 이미 꽁꽁 얼어붙었지만, 유나는 견딜 수 있었다. 어찌 되었든 출소를 앞둔 그보다 얼음처럼 차가운 밀물이 먼저 들어올 것 같았기 때문이다. 한참을 그렇게 망부석처럼 서 있던 유나의 귓가에 이상한 소리가 들렸다. 유나는 생전 처음 들어보는 소리였다. 환청인가 싶었지만 안타깝게도 괴이하게 들리던 그 소리는 유나가 이를 부딪치는 소리였다. 그 이상한 소리가 처음으로 그에게 귀싸대기를 맞았을 때 났던 이명과 비슷하단 생각이 들자, 유나는 그제야 강렬한 추위를 느꼈다. 차가운 바닷바람에 결국 유나는 눈까지 감아버렸다. 눈을 감고 있으니, 이번엔 놀이기구를 탔을 때처럼 이상한 현기증이 났다. 안 되겠다 싶어 다시 눈을 떴는데, 무언가 이상했다. 눈앞에 보이던 인천대교는 보이지 않고 구름 한 점 없이 쨍한 하늘이 보였다. 혹시 죽은 건가? 유나는 자신이 갯벌 한가운데 서 있는지 누워 있는지조차 가늠할 수 없는 지경에 이르렀다. 귓가에 바닷물이 찰랑찰랑 차오르는 것을 알아채고 나서야, 유나는 자신이 갯벌 바닥에 누워 있다는 사실을 깨달았다. 시리도록 차갑던 갯벌 바닥은 이제 스펀지처럼 유나를 빨아들이고 있었다. 그렇게 갯벌 바닥과 일체가 되고 나서야 유나는 안심이 되었다. 그렇게 기다리던 밀물이 그보다 먼저 유나를 찾아냈다는 확신이 들었기 때문이다.

*

"다행히 누군가의 신고로 구조가 되었어요. 저체온증이 심각하긴 했지만 그래도 목숨은 건진 거죠."

"그런데 지금은 왜 문밖을 나오지 못하는 거죠?"

"아직도 문을 열면 그 남자가 기다리고 있을 것 같다고 해요. 스토커 피해자들이 가질 수 있는 심각한 트라우마 중 하나죠. 공황장애도 있는 것 같고요."

"혹시 그래서 여자분들만 식사 배달을 하는 건가요?"

"네, 아직 저도 대면 상담을 하지 못했을 정도니까요."

"도대체 무슨 짓을 했길래 사람이 그렇게 되는 거죠?"

"그 스토커한테서 수없이 도망쳤지만, 어떻게든 찾아내서 문 앞에 서 있었다고 해요. 그래서 문밖은 그 어떤 곳보다 두려운 공간이 되어버린 거죠."

"정말 방법이 없나요? 평생 저렇게 살 수는 없잖아요."

"유나 씨의 인생을 망쳐버린 스토커가 받은 형량이 고작

3개월이었어요. 그러니 더 이상 희망이 없다고 생각하는 거
죠."

"그러면 자신을 죽일 게 아니라 차라리 그 남자를 죽였어
야죠."

테오는 말을 뱉어놓고 자신이 더 놀랐다. 누군가를 죽이고
살리는 일에 이렇게 진심이 묻어나는 말을 해본 적이 있었던
가? 사실 테오도 유나와 같았다. 자신을 괴롭히는 사람들의
손가락질에 화를 내기보다 자신을 더 힐난하고 자책했던 사
람이었다.

"차라리 그런 마음가짐이면 좋을 텐데, 오히려 자책하고 있
으니 힘든 거죠."

"그 정도라면 402호는 아직 살아 있는 게 용할 정도겠네
요."

"선천적인 기질 문제가 아니라면 사실 저는 진심으로 죽고
싶은 사람은 없다고 믿거든요. 그래서 상담하다 보면 살아야
할 이유가 아주 조금이라도 드러나는데, 유나 씨 같은 경우는
매우 복합적인 원인을 가지고 있는 편이라 정말 어려웠어요.
일단 대면 자체도 쉽지 않고요."

방법이 전혀 없는 거냐고 다시 묻고 싶었지만, 테오는 물을
수가 없었다. 진지해 보이는 익선의 얼굴이 이상하게 슬퍼 보
였기 때문이다. 익선은 누구보다 스스로 목숨을 끊고 싶어 하

는 사람들을 많이 봐왔을 것이다. 테오 역시 그랬다. 마치 저주를 받은 것처럼, 테오 주변엔 스스로 목숨을 끊어버린 사람들이 많았다. 이상한 것은 대부분의 사람들이 스스로 목숨을 끊은 이들을 애도했지만, 누구보다 슬퍼하는 그의 가족이나 지인에 대해서는 가혹한 비난을 서슴지 않았다는 것이다. 그들을 지켜내지 못한 사람들에게 모든 책임이 있다는 것처럼. 그런 의미에서 익선 역시 테오가 겪었던 가혹한 비난을 그 누구보다 많이 겪어봤을 사람이었다.

"402호 이름이 뭐죠?"

"왜요?"

"그냥 이름이 궁금해서요. 왠지 응원도 해주고 싶고."

"하하, 보면 볼수록 테오 씨는 반전이 있는 분이네요."

"이번엔 또 왜요?"

"처음엔 다른 사람한테는 관심도 인정도 없는 사람 같았는데, 이젠 사람들한테 관심을 넘어 도움을 주고 싶어 하잖아요."

"그냥 이름을 물어봤을 뿐인데요."

"이름이 궁금해진다는 건 이름을 불러보고 싶다는 의미라고 해요. 왜 어느 시인이 말했잖아요. 이름을 불러준다는 건 그 사람의 꽃이 될 만큼 큰 의미가 있는 거라고."

“무슨 그렇게 거창한 의미까지. 어쨌든 뭐, 도움이 되고 싶은 건 사실이에요.”

“402호 이름은 지유나예요. 이름이 참 예쁘죠?”

“그러니까 선생님은 책임지고 유나 씨가 문밖으로 나올 수 있도록 최선을 다해주세요.”

“그게 참 문제인데, 아직은 남자의 형상만 봐도 바로 발작을 일으켜요.”

“혹시 어젯밤도 그런 일이 있었던 건가요?”

“어젯밤에는 유나 씨가 불을 끄고 창밖에 있는 달을 구경하려다가 안락정원 주차장 쪽에서 낯선 남자가 안락정원을 노려보고 있는 것을 발견했대요.”

“낯선 남자요?”

“네, 그게 진짜인지 환영인지는 확인할 수 없었지만.”

“그런데 반찬가게 아주머니는 왜 울고 계셨던 거죠?”

“아, 그분은 유나 씨 또래 자식을 잃어버린 경험을 가지고 계셔서 그럴 거예요. 그 얘기까지 하려면 밤새도 모자랄 겁니다. 그리고 저희 상담 시간 엄청나게 오버된 거 아세요?”

“뭐, 환자도 별로 없으시잖아요.”

“하하하, 그렇긴 하죠. 그래도 오늘은 여기까지. 어젯밤에 저도 잠을 설쳤더니 조금 피곤하네요.”

9장
어쩌다가

"혹시 안락정원에서 또 무슨 일이 있었나요?"

"왜요, 또 무슨 소문이 났어요?"

"아니, 그게 아니라 형님 표정이 왠지 어두워 보여서요."

"그보다 궁금한 게 있어요."

"저한테요?"

"네, 두호 씨한테."

"이거 영광인데요? 무엇이든 물어보세요!"

"두호 씨는 왜 그렇게 안락정원에 대해 관심이 많은 거죠?"

"그거야 워낙 특이하고 흥미로운 곳이잖아요. 형님도 그래서 들어가신 거고. 근데 왜 그게 궁금하셨어요?"

"아, 혹시나 다른 이유가 있나 싶어서."

테오의 말에 두호는 잠시 당황한 표정을 지었다. 사실 테오는 지난 며칠 동안 두호를 피해 다녔었다. 안락정원에 대한 자신의 확신이 흔들리기 시작하면서 테오는 안락정원에 계속 머물러야 할지 아니면 떠나야 할지 고민하고 있었기 때문이다. 무엇보다 그런 상태에서 안락정원과 연관이 있어 보이는 두호에게 지금 자신의 상황을 설명할 방법이 없었다.

"다른 이유요? 에이, 그런 게 어디 있어요. 아시다시피 공항에 취업하러 왔다가 안락정원 앞에 있는 편의점에서 알바를 하게 된 것뿐이에요."

"두호 씨도 이런저런 고민이 있을 텐데 항상 제 얘기만 한 것 같아서 미안하기도 하고요."

"하하. 저는 완전 단세포 같은 성격이라 특별한 고민 같은 건 없어요. 그냥 호기심이 좀 많은 정도? 암튼 그런 건 신경 안 쓰셔도 됩니다. 아니면 지금이라도 한번 만들어볼까요?"

"실은 두호 씨가 제 얘기들 잘 들어줘서 고맙다고 이야기하고 싶었던 건데 말이 이런 식으로 나와버렸어요."

두호는 손사래를 치며 괜찮다고 하면서도 연신 웃었다. 생각해보면 테오는 두호가 아니었으면 안락정원에 입주하기 어려웠을 수도 있었다. 무엇보다 두호는 수복이 출퇴근하는 시간까지 알고 있을 정도로 안락정원 사람들에 대해 잘 알고 있었다. 테오는 두호 역시 안락정원에 머물다가 살아남은 사람일 가능성이 높다고 어렴풋이 이해했다. 해맑아 보였지만, 그게 오히려 두호의 어두운 내면을 감추기 위한 가면일 수도 있었다. 언제나 미소를 장착하고 있는 현빈처럼. 그래서 두호 역시 안락정원에 머물렀던 사람이라는 사실을 여전히 감추고 있는지도 몰랐다.

"근데 이제 어떡하실 거예요?"

"글쎄요. 저도 그걸 잘 모르겠어요."

"혹시 여동생 이야기는 물어보셨어요?"

"아직."

"아니, 왜 가만히 계세요? 제일 중요한 일인데."

"그게 말을 꺼내기가 쉽지가 않네요."

"그래도 떠나기 전에는 꼭 물어보셔야 하지 않을까요?"

테오는 차마 대답하지 못하고 고개를 끄덕였다. 여동생 이야기만 나오면 말문이 막혀버리는 테오가 안쓰러웠는지 두호는 어느새 테오를 위로하고 있었다.

"너무 걱정하지 마세요. 제 생각에는 분명 어딘가에서 잘 살고 계실 거예요. 그러다 문득 연락이 닿을지도 모르고요."

두호는 테오가 여동생의 행방을 묻는 것을 두려워한다고 생각했을지도 모르겠다. 혹시나 물었다가 안락정원에서 죽었다는 이야기를 듣게 되면 지금의 테오는 감당할 수 없을 테니까. 어쩌면 두호의 말대로 어디선가 잘 살고 있다고 믿는 것이 서로에게 좋은 일일지도 몰랐다. 서로를 배려하는 마음 덕분인지 두 사람 사이에는 잠시 정적이 흘렀다.

"혹시 그 수상한 남자 오늘도 왔었나요?"

"아, 오늘은 안 왔어요. 요즘은 편의점으로 안 오고 안락정 원 주변 여기저기를 배회하는 것 같더라고요."

"그 사람 편의점에 나타나면 저한테 바로 연락 좀 줄래요?"

"네, 당연하죠. 근데 왜요? 그 사람이 무슨 짓을 저질렀나요?"

테오는 누군가 지켜보고 있을지도 모른다는 생각에 목소 리를 낮춰서 그저 부탁한다고만 말했다. 두호는 엉겁결에 고 개를 끄덕였지만, 구체적인 이야기를 해주지 않는 테오가 왠 지 모르게 섭섭한 표정이었다.

오후가 되자 테오는 선희네 반찬가게에서 일해야 했다. 전 날 밤 선희가 우는 모습을 봤던 터라 테오는 평소보다 조금 더 어색했다. 사실 테오는 선희에게 위로의 말을 건네고 싶었 지만, 말을 건넬 용기가 나지 않았다. 순이할매라도 있었다면 훨씬 더 자연스레 물어볼 수 있었을 텐데, 어디서 무엇을 하 고 있는지 오늘은 영 나타나지 않았다. 선희의 눈치만 보고 있던 테오는 잠시 손님이 없는 시간이 되자 슬금슬금 선희에 게 다가갔다.

"저기, 사장님!"

테오가 모깃소리만큼 작은 목소리로 선희를 부르자, 선희가 하던 일을 멈추고 테오를 쳐다봤다. 테오는 그것만으로도 숨이 턱하고 막혔다. 평소에는 말을 걸어도 늘 하던 일만 하던 선희였는데, 처음으로 응대하는 반응을 보자 긴장이 되었다. 어쨌든 테오는 눈을 질끈 감고 외치듯이 말했다.

"저도 402호 유나 씨한테 도움을 주고 싶습니다."

선희는 깜짝 놀랐다. 세상 모든 사람과 등지고 살 것 같았던 테오가 그런 말을 할 줄은 전혀 예상치 못했기 때문이다. 테오 또한 자신이 그런 말을 먼저 꺼내게 될 줄은 몰랐다. 분명 위로의 말을 하고 싶었는데, 왜 이렇게 앞뒤가 없는 말이 먼저 튀어나오는 걸까?

"고마워요."

"아닙니다. 그런데 제가 어떻게 도와드리면 될까요?"

"안타깝지만, 저도 그 방법을 잘 모르겠어요."

"누구보다 잘 돌보고 계시잖아요."

"정말 그럴까요?"

"그럼요."

"테오 씨는 참 좋은 사람 같아요."

"제, 제가요?"

"네. 이렇게 사람들한테 마음을 쓸 줄 아시잖아요."

"아, 아닙니다. 그냥 여기 계신 분들이 너무 안타까워서."

"유나한테 테오 씨 같은 사람도 있다는 걸 알려주면 좋을 텐데."

"곧 그런 날이 올 거라고 믿습니다."

"네. 반드시 그래야죠."

"그리고 사장님! 사장님도 기운 내세요."

"네?"

"아, 뭐라고 불러야 할지 몰라서 그냥 사장님이라고 불렀네요."

"그냥 편하게 아주머니라고 불러요."

"네, 선희 아주머니."

"제 이름까지 알고 계셨군요? 고마워요."

"그래서 드리는 말씀인데요. 선희 아주머니도 힘드시면 힘들다고 말하며 사세요. 그래야 사람이 살아요."

선희는 테오의 말을 무심코 듣고 있다가 자신도 모르게 울음을 터뜨렸다. 갑자기 울고 있는 선희를 보고 테오는 적잖이 놀랐다. 사실 테오는 지난밤 선희의 얼굴이 돌아가신 엄마의 마지막 얼굴과 많이 닮아 있다고 생각했다. 그래서 어떻게든 선희의 마음을 위로해주고 싶었다. 울고 있는 선희를 조용히 지켜보다가 테오는 문득 깨달았다. 선희에게 해주고 싶던 그 말이 어쩌면 자신이 그토록 듣고 싶었던 말인지도 모르겠다고.

*

선희는 어려서 부모님을 모두 잃었다. 혼자 남겨진 선희는 고등학교 교사였던 이모 집에 얹혀살면서 이모를 대신해 집 안 살림을 하며 학교에 다녔다. 성인이 되고 사촌 동생들은 모두 대학에 진학했지만, 선희는 살림을 놓을 수 없어 고등학교만 겨우 졸업할 수 있었다. 결국 선희는 이모가 정년 퇴임을 하고 나서야 용기를 내어 독립하고 싶다는 이야기를 꺼낼 수 있었다. 이모는 그런 선희의 독립 결심이 아쉬웠는지 홀로서기 하는 선희에게 단돈 백만 원만 내어주고 바로 출가시켰다. 그럼에도 선희는 행복했다. 이제야 자신만의 삶을 살 수 있다는 희망이 생겼기 때문이다. 선희는 온전한 독립 자금을 마련하기 위해 닥치는 대로 일했다. 처음엔 숙식이 제공되는 식당에서 일하다가 월세 보증금이 어느 정도 모이자, 가사도우미 일을 본격적으로 시작했다. 초등학교 때부터 집안 살림을 도맡았던 선희는 고객들에게 꽤 인기가 좋았다. 싹싹하고 깔끔한 데다가 요리 실력도 뛰어나 모두가 단골이 되고자 했다. 부잣집 사모님들은 상주하는 가사도우미로 선희를 데려가기 위해 나름 치열한 경쟁을 펼치기도 했다. 그런 이유로 선희는 가사도우미 생활 몇 년 만에 목이 좋은 아파트단지 상가에 자신의 반찬가게를 오픈할 수 있었다. 뛰어난 요리 솜씨

를 가진 선희네 반찬가게 역시 문전성시를 이루었다. 반찬가
게가 어느 정도 자리를 잡아갈 무렵, 선희는 처음으로 남자를
만났다. 이성을 만나는 일에 서툴렀던 선희는 자신에게 적극
적인 호감을 보이는 남자에게 마음을 빼앗길 수밖에 없었다.
하지만 그런 달콤한 행복도 잠시, 선희는 그가 여자들의 호감
을 이용해 돈을 빌어먹는 사람이라는 사실을 알게 되었다. 선
희 역시 수많은 피해자 중 하나였지만, 선희는 그 남자를 원
망할 수 없었다. 처음으로 선희를 웃게 만든 유일한 사람이었
기 때문이다. 결국, 선희는 고소를 취하했다. 선희의 고소 취
하에도 불구하고 남자는 끝내 구속되었지만, 선희는 그가 출
소할 때까지 면회를 다니며 옥바라지했다. 선희의 배 속에 이
미 그 남자의 아이가 자라고 있었다. 모든 것을 감수하고 선
희는 아이를 위해서 그 남자와 살아보려고 노력했다. 하지만
출소한 남자는 선희의 등골을 빼먹으면서도 예전의 불건전
한 행태를 계속 이어나갔다. 남자는 선희가 번 돈을 모두 날
린 후에야, 다른 여자가 생겼다는 이유로 선희에게 이혼을 요
구했다. 선희는 절망할 틈도 없이 한 가지 선택을 해야 했다.
남편은 자신이 아이를 맡아 키우는 대신, 선희가 마련한 집을
자신이 차지하겠다고 주장했다. 선희는 남편에게 아이를 맡
길 수 없다고 생각했지만, 남편에게서 완전히 독립하려면 자
신이 어느 정도라도 다시 돈을 벌어야 한다고 생각했다. 고민

하던 선희는 결국 남편에게 6개월 동안만 아이를 잘 돌봐주면 집을 남편에게 넘기고 아이를 데려오겠다고 말했다. 남편은 선희의 제안을 흔쾌히 받아들였다. 선희는 아이를 남편에게 맡기고 밤낮을 가리지 않고 일했다. 하지만 세상일은 늘 선희가 원하는 방향으로 흘러가지 않았다. 아이만큼은 제대로 키워주겠다고 약속했던 남편은 또 다른 여자를 집 안에 들였고, 그 여자가 아이를 학대하는 것을 방치하다가 끝내 아이를 숨지게 했다. 아이가 죽었다는 소식을 듣고 선희는 눈물조차 흘릴 수 없었다. 아이를 죽인 남편에 대한 분노보다 자신의 어리석은 선택에 대한 원망이 훨씬 더 컸기 때문이다. 선희는 아이를 지키지 못했다는 죄책감에 스스로 목숨을 끊으려 했다. 그리고 지금은 여기 안락정원에서 자신과 비슷한 사람들을 돌보게 되었다. 402호 유나가 처음 안락정원에 들어왔을 때, 선희는 상처받은 유나가 자신이 잃어버린 딸처럼 여겨졌다. 덕분에 선희는 그 누구보다 진심으로 유나를 돌볼 수 있었다. 하지만 시간이 흘러도 유나는 나아질 기미가 보이지 않았다. 어젯밤에도 그랬다. 선희는 조금도 나아지지 않는 유나 역시 모두 자신의 탓인 것만 같았다. 어쩌면 자신의 보살핌이 유나를 위한 것이 아니라 자신이 다 하지 못한 한풀이일지도 모른다는 생각까지 들었다. 그런데 오늘 오후, 마치 자신의 마음을 꿰뚫고 있는 것처럼 테오가 수줍게 먼저 말을 건

넸다. 테오는 선희에게 과거가 어떠하든 도움이 필요한 사람
에겐 손을 내밀고 도움을 받을 권리가 있다고 말해주었다. 입
술을 바르르 떨며 다짐하듯 말하는 테오의 진심에 선희는 누
구보다 큰 위로를 받았다. 어쩌면 자신보다 더 깊은 절망 속
에 있을지도 모르는 테오가 무심한 척하고 있는 자신을 그냥
지나치지 않았다는 사실만으로도 선희는 마음이 녹아내렸
다. 테오가 자리를 떠나고 나서도 한참을 울었던 선희는 자신
이 고맙다는 말도 하지 못했다는 사실을 깨닫고 또다시 눈물
을 흘렸다.

*

　저녁 식사 시간에 안락정원 사람들은 선희와 테오의 눈이
이상하게 부어 있는 것을 확인하고 모두가 의아해했다. 다행
히 그 누구도 그 이유를 직접적으로 물어보지는 않았다. 저
녁 식사 배식을 마치고 선희는 조용히 익선을 불렀다. 두 사
람은 조리실 구석에서 진지한 대화를 나누었다. 익선은 약간
당황스러운 표정을 지었지만, 이내 깊은 고민에 빠진 것처럼
보였다. 반면에 선희의 의지는 매우 단호해 보였다. 결국 익
선은 고개를 끄덕였고, 선희는 그런 익선에게 정중히 고개를
숙여 감사하단 말을 전했다. 테오는 밥을 먹으면서 두 사람

의 수상한 밀담을 처음부터 끝까지 지켜보았다. 두 사람의 대화 내용이 궁금하기도 했지만, 말을 잃어버린 사람 같았던 선희의 말문이 자신으로 인해 열린 것 같아 뿌듯한 마음도 있었다. 선희와 이야기를 마친 익선은 박검에게 다가가 귓속말하기 시작했다. 아마도 선희와 상의한 일을 알리고 있는 것 같았다. 그러는 사이 선희는 언제나처럼 무심하게 402호 식사를 준비했다. 테오는 식사하면서 계속 선희를 힐끔힐끔 쳐다보았다. 그때 402호 식판을 가득 채운 선희가 그 식판을 들고 테오 쪽으로 다가왔다. 테오는 밥을 먹다가 깜짝 놀라 사레가 들렸다. 선희는 테오의 기침이 멈추기를 인내심 있게 기다렸다. 테오의 사레가 어느 정도 잦아들자, 선희는 402호 식판을 테오 쪽으로 내밀었다. 테오는 선희의 의도를 알아채고 눈이 동그랗게 커졌다.

"이걸, 제가요?"

테오뿐만이 아니라 식당에 있던 모두가 놀랐다. 402호 식판을 넘겼다는 것은 여러 가지 의미가 있었다. 이제야 테오를 안락정원 일원으로 받아들였다는 것은 물론이고, 402호 유나를 위해 좀 더 적극적인 치료를 해보겠다는 의지를 보여주는 것이기도 했다. 이런 의미심장한 순간에도 순이할매는 테오의 등짝을 내리치며 놀려댔다.

"무슨 훈장이라도 받았냐? 국 식는다. 얼른 가져다주라고!"

순이할매의 일격에 모두 소리를 내어 웃었다. 그 덕에 얼떨떨하던 테오도 긴장이 조금 풀렸다. 테오가 식판을 들고 식당 밖을 나서자, 안락정원 사람들 모두가 테오를 따라나섰다. 마치 피리 부는 사나이를 따르는 아이들처럼 안락정원 사람들은 테오를 따라 4층으로 내려갔다. 덕분에 테오가 처음으로 식판을 들고 402호에 들어가는 장면을 모두가 지켜보게 되었다.

"테오 씨, 혹시 유나 씨가 발작을 일으키면 식판만 두고 얼른 밖으로 나오셔야 해요."

"근데, 왜 갑자기 저한테 이런 걸."

"도움이 되고 싶다고 하셨잖아요. 그리고 어쨌든 유나 씨는 이런 과정을 겪어내야만 해요. 이렇게 평생 혼자 갇혀서 살 수 없잖아요. 그래서 좀 더 강력한 인지행동치료를 시작해보기로 했어요."

"이게 치료 방법이라고요?"

"홍수 기법이라고도 하는데 트라우마를 강하게 노출해주고 그 결과가 전혀 나쁘지 않다는 것을 체감하게 하는 치료법이죠."

익선의 설명에도 여전히 테오가 불안해하자, 선희는 테오의 어깨를 토닥이며 테오를 응원했다. 결국 테오는 큰 숨을 한번 들이마시고 노크했다. 대답이 들리지는 않았지만, 선희는 언제나처럼 방 비밀번호를 누르고 402호 방문을 열었다. 절대 열리지 않을 것 같았던 문이 열리자, 테오는 자기도 모르게 눈을 감았다. 마치 문 안으로 빨려 들어가는 것처럼 그렇게 테오는 선희를 따라 402호 안으로 들어갔다.

선희가 방으로 들어오는 것을 보고 침대에서 일어났던 유나는 깜짝 놀라 이불을 뒤집어썼다. 선희 뒤에 낯선 남자가 따라 들어왔기 때문이다. 소리도 한 번 지르지 못하고 이불 속으로 숨어버린 유나는 너무 놀랐는지 숨도 쉬지 못하고 바위처럼 굳어버렸다.

"많이 놀랐지? 미리 말하지 못해서 미안해. 새로 온 식사 당번 소개 좀 해주려고 함께 왔어."

선희의 차분하고 다정한 목소리에 유나는 낮은 한숨을 쉬었다. 식판을 들고 서 있던 테오는 이불을 뒤집어쓴 유나가 진정될 때까지 충분히 기다려주는 것처럼 보였지만, 테오 역시 유나 못지않게 긴장해서 굳어 있었다. 어느 정도 시간이 지나자, 안정이 되었는지 유나가 뒤집어쓴 이불이 처천히 내려왔다. 테오가 보기에 유나 역시 이를 악물고 자신의 두려움과 싸우고 있는 것처럼 보였다.

"여기는 303호 테오 씨라고 해. 그런데 순이할매는 또 삼삼이라고도 부르더라고."

선희는 유나를 조심스럽게 살피며 테오를 소개했다. 선희는 직접 소개해보라는 눈짓을 보냈지만, 정작 테오는 입이 떨어지지 않아 멍하니 서 있었다. 유나에게 도움이 되고 싶다고 말하기는 했지만, 막상 닥쳐보니 테오 역시 숨을 곳이 있다면 쥐구멍에라도 숨고 싶은 마음이었다. 어쩔 줄 몰라 하던 테오는 일단 식판이라도 테이블 위에 두고 싶은 마음에 탁자 쪽으로 걸음을 옮겼다. 그러나 그것은 최악의 선택이었다. 테오의 심장만큼이나 요동치던 테오의 다리가 큰 부담감을 이기지 못하고 급기야 꼬여버렸다. 테오는 어처구니없이 바닥으로 쓰러지고, 테오가 들고 있던 식판은 힘차게 날아오르더니 기어코 테오의 머리 위에 음식물을 모두 쏟아냈다. 우당탕통탕! 저만치 날아간 식판이 요란한 소리를 내며 이 황당한 상황의 마침표를 찍어주었다. 음식물을 다 뒤집어쓴 테오는 잠시 혼이 나간 사람처럼 바닥에 주저앉아 있었다.

"괜찮아요?"

선희가 여러 번 물었지만, 테오는 전혀 들리지 않았다. 뜨거운 국물에 데지 않았는지 재차 묻는 선희를 테오는 차마 쳐다보지 못하고 고개만 숙이고 있었다. 낯선 사람의 등장에 놀라 가슴이 철렁 내려앉았던 유나는 이불 밖에서 들리는 요란한 소리의 정체가 궁금했는지, 이불 속에서 빼꼼하게 눈을 내밀었다. 음식물을 뒤집어쓴 채로 바닥에 하염없이 주저앉아 있는 테오의 모습을 본 유나는 마치 기침을 하듯 웃어버렸다.

"아니, 이게 도대체 무슨 일이야?"

혹시나 하는 마음에 문밖에서 대기하고 있던 순이할매와 익선은 요란한 식판 떨어지는 소리에 놀라 뛰어 들어왔다가, 차마 웃지 못할 광경을 목격하고 말았다. 익선은 입을 틀어막았지만, 순이할매는 터져 나오는 웃음을 참지 않았다.

"우리 삼삼이 거기서 뭐 하고 있는 거야?"

모두들 나름대로 웃지 않으려고 애쓰는 와중에도 웃음을 참지 않는 순이할매가 등장하자, 테오는 그제야 정신이 번쩍 들었는지 바닥에서 벌떡 일어났다.

"여긴 우리가 치울 테니 얼른 씻고 오세요."

어느새 선희와 순이할매는 웃음을 참으며 음식물이 쏟아진 바닥을 치우기 시작했다. 유나는 계속 이불을 뒤집어쓰고 있었지만, 이불이 이상하게 자꾸만 들썩거렸다. 그제야 정신을 차린 테오는 빛보다 빠른 속도로 유나의 방에서 탈출했다.

10장

그렇다면

일요일 아침마다 천주교 신자인 박검과 순이할매는 수복과 함께 미사에 참석하기 위해 안락정원을 나섰다. 처음 그들이 천주교 신자라는 사실을 알았을 때 테오는 그들의 종교 활동 자체가 너무도 기괴해 보였다. 천주교에서는 자살 역시 자기 자신을 살인한 죄라고 여기며 금기시하고 있었기 때문이다. 하지만 지금은 그들이 천주교 신자라는 사실이 왠지 모르게 반가웠고, 안심이 되기도 했다. 어쩌면 테오는 안락정원이 사람을 죽여주는 곳이 아니기를 내심 바라고 있었는지도 모르겠다. 오늘도 테오는 안락정원 5층 식당 테라스에서 박검의 자동차가 천천히 안락정원을 빠져나가 성당으로 향하는 것을 편안한 마음으로 지켜보고 있었다. 그때, 식당 안쪽에서 선희가 테오를 불렀다. 테오는 어제의 민망함이 떠올라 얼굴이 금세 붉어졌지만, 어제처럼 유나의 식사 배달을 해달라는 선희의 부탁은 거절할 수 없었다. 마침, 테오를 놀릴 것이 뻔한 순이할매도 성당에 가고 없었다.

"삼삼이 아저씨, 화이팅!"

식판을 받아 든 테오를 보고 지아가 소리쳤다. 순이할매가 없으니 이젠 지아가 대신 테오를 놀리고 있었다. 민망해진 테오는 아주 빠르게 식당을 나섰다. 402호 문 앞에 서서 테오는 크게 심호흡을 한번 했다. 그러는 사이 선희는 지체하지 않고 402호 비밀번호를 눌렀다. 또르르 문이 열리는 소리와 함께 선희는 테오 혼자 들어가라는 신호를 보냈다.

"저 혼자요? 괜찮을까요?"

선희는 대답 대신 문을 활짝 열고 옆으로 물러났다. 테오는 눈을 질끈 감고 방 안으로 들어갔다. 유나는 준비하고 있었다는 듯이 이불로 얼굴을 가린 채 침대 위에 웅크리고 앉아 있었다. 테오는 꾸벅 인사를 하고 조심스럽게 식판을 테이블 위에 올려놓았다. 테오는 식판을 놓으면서도 어제 여기서 넘어졌던 생각이 났는지 자기도 모르게 얼굴이 찡그러졌다. 덕분에 테오는 유나에게 한마디도 못 하고 방을 뛰쳐나왔다.

다음 날도 테오는 유나의 방문을 두드렸다. 이번엔 선희가 아니라 테오가 비밀번호를 누르고 들어갔다. 유나는 어제와 마찬가지로 이불을 뒤집어쓰고 있었지만, 눈을 빼꼼하게 내놓고 있었다. 테오는 용기를 내어 어제 못 했던 이야기를 불쑥 꺼냈다.

"저번에는 정말 죄송했어요. 안 그래도 놀랐을 텐데."

테오가 혼잣말하듯 말을 건네자, 유나는 다시 이불을 완전히 뒤집어썼다. 테오는 자신이 괜한 말을 한 것 같아 식판을 두고 바로 뒤돌아 나오려고 했다. 그때 등 뒤에서 아주 조그마한 유나의 목소리가 들렸다.

"고맙습니다."

진짜 유나가 고맙다고 말했는지 아닌지 다시 확인해볼 수는 없었지만, 테오는 유나가 대답했다고 확신했다. 조용히 문을 닫고 나오면서 테오는 자신도 모르게 히죽 웃었다. 문 앞에서 지키고 있던 순이할매는 얼굴이 상기되어 나온 테오를 보고 다짜고짜 물었다.

"왜 그렇게 얼굴이 벌게?"

"고맙대요, 저한테."

"유나가?"

"네, 저한테요."

"아이고, 우리 삼삼이 성공했구먼. 성공했어."

안락정원의 확성기인 순이할매는 테오가 유나에게 고맙다

는 말을 들었다는 사실을 만나는 사람마다 이야기하고 다녔
다. 테오는 그런 순이할매의 떠벌림이 조금 부끄러웠지만, 싫
지는 않았다. 순이할매의 이야기를 전해 들은 선희 역시 테오
를 보고 빙그레 미소 지었다. 익선은 손뼉을 치며 좋아했다.
테오는 박수 받을 만한 일은 아니라고 손사래 쳤지만, 마음은
한껏 들떠 있었다. 소식을 들은 현빈 역시 커피 한 잔을 뽑아
서 단숨에 달려왔다.

"이야, 테오 씨 축하해요!"

"아니, 이게 무슨 축하할 일이라고."

"대단한 일 해내신 거예요. 거기다 유나 씨와 대화를 나눈
거잖아요!"

"대화라고 할 수도 없지만, 그래도 의사소통을 한 거니까
저도 기쁘네요."

"근데 좀 배가 아픈데요? 저는 만나보지도 못했는데 테오
씨는 단번에 성공하시다니!"

"솔직히 삼삼이는 방법이 좀 남달랐지."

"그래요? 무슨 방법이었는데요?"

"아니, 그게 방법이 따로 있는 게 아니라."

"방법이 왜 없어? 우리 삼삼이는 아주 온몸을 바쳐서 유나
를 웃겼다니까!"

불쑥 끼어든 순이할매는 넘어지는 시늉까지 하며 테오를

놀려댔다. 테오는 바로 자신의 방으로 도망쳤지만, 덕분에 웃음이 부족했던 안락정원 사람들 모두가 한바탕 크게 웃을 수 있었다. 테오는 방에 들어와 침대에 벌렁 누워 천장을 쳐다봤다. 바로 이불 차기를 하고 싶은 심정이었지만, 한편으론 지금의 상황이 왠지 모르게 생경했다. 누군가의 관심과 격려를 받는 것도, 웃음을 주는 것도, 도움이 되고 싶은 마음도, 테오 자신은 한 번도 경험하지 못했던 일들이었다.

*

"기분이 어떠셨어요?"

"좀 복잡해요. 뭐라고 표현하기 어려울 정도로."

"그렇다면 다행입니다."

"다행이라고요?"

"우울증이 깊은 분들은 대개 극단적인 무기력함에 빠져 있는 경우가 많거든요. 그런데 복잡한 감정이 든다는 것은 무언가 심경의 변화가 있다는 것이고 그 변화는 무기력에서 벗어날 수 있는 좋은 신호가 될 수 있어요."

"그러니까 제가 깊은 우울증에 빠져 있었다는 말씀인가요?"

"네. 물론 환경적인 영향이 제일 컸던 경우지만."

“저에 대해서 다 아는 것처럼 말씀하시네요.”

“다는 알지 못하지만, 테오 씨가 안락정원에 찾아온 이유 정도는 알고 있습니다.”

“글쎄요. 잘 모르시는 것 같은데요.”

“혹시, 테린 씨 때문에 찾아온 거라고 말하고 싶으신가요?”

테오는 숨이 턱하고 막혔다. 익선의 입에서 동생 이름이 먼저 나올 거라고 예상하지 못했기 때문이다. 당황한 테오를 위해 익선은 테오가 대답할 때까지 인내심 있게 기다렸다. 테오는 마음을 겨우 추스르고 난 뒤, 대답 대신 질문을 던졌다.

“테린이를 어떻게 아세요?”

“테린 씨가 안락정원에 찾아오신 적이 있어요. 심각한 상태인 것 같아서 바로 입주 절차를 밟고 있었는데, 결국 다시 안락정원으로 돌아오지 않으셨어요.”

“그렇게 심각한 상태였다면, 강제로라도 데려왔어야죠! 왜 그냥 지켜보고만 있었나요?”

“죄송합니다. 변명을 하자면, 저희가 강제로 무언가를 할 수 있는 사람들은 아니라서.”

“테린이가 만약에 여기에 들어왔다면 어땠을까요?”

“테오 씨는 지금 어떠신가요?”

“지금 저는 중요하지 않아요.”

“왜 중요하지 않죠? 테오 씨는 동생 때문이 아니라 자신이 죽고 싶어서 안락정원에 들어온 거잖아요!"

테오는 풀썩 고개를 떨어뜨렸다. 익선의 말이 맞았다. 두호에게 그랬던 것처럼 지금이라도 동생 테린을 찾으러 안락정원에 들어왔다고 둘러대고 싶었지만, 사실 테오는 죽고 싶어서 안락정원을 찾아왔었다.

엄마를 원망하던 테린이가 스스로 목숨을 끊었다는 사실을 믿고 싶지 않았던 테오는 한동안 동생이 죽은 것이 아니라 어디론가 멀리 여행을 떠났다고 생각했었다. 그래야 자신이 조금이라도 버틸 수 있을 것 같았다. 실제로 테린이는 어릴 적부터 비행기를 타고 여행 떠나는 것이 소원이었던 아이였다. 어린 시절 엄마가 사라졌다는 사실을 알게 된 테린이가 보챌 때마다, 주변 어른들은 엄마가 멀리 여행을 가셨다는 말로 테린이를 달랬기 때문이었다. 어린 테린은 그 말을 철석같이 믿고 지나가는 비행기만 보면 팔짝팔짝 뛰며 좋아했었다. 다행인지 불행인지 모르겠지만, 어릴 적 테오와 테린이 살았던 동네는 김포에서 멀지 않은 곳이라 마음만 먹으면 언제라도 비행기를 볼 수 있었다. 철이 들고 난 뒤에도 테린은 틈만 나면 동네 뒷산으로 올라가 공항을 오가는 비행기들을 하염없이 바라보곤 했는데, 어쩌면 테린은 하늘로 사라진 엄마처럼 자신도 어디론가 사라지고 싶었는지도 모르겠다. 테린이

스스로 목숨을 끊고 난 뒤, 테오는 비행기를 좋아하던 테린이가 비행기 한 번 타보지 못했다는 사실에 절망했다. 사실 테오는 누구보다 자기 자신이 원망스러웠다. 서로의 가슴에 똑같이 새겨진 상처를 바라보는 일이 그때는 왜 그렇게 힘들었을까? 테오는 끝끝내 동생을 외면했던 자신을 도저히 용서할 수 없었다. 그렇게 아무것도 해보지 못하고 하늘로 떠나보낸 동생에게 사죄조차 할 수 없다는 사실이 무엇보다 견디기 힘들었다. 그렇게 며칠을 끙끙 앓다가 테오는 테린이가 살던 집 주인에게 전화를 받았다. 테린이 살던 방을 빼달라는 얘기였다. 테오는 겨우 몸을 추스르고 테린이가 홀로 살았던 집을 처음으로 찾아갔다.

테린이의 집은 마치 사람이 살지 않았던 것처럼 깨끗하게 정돈되어 있었다. 그 깨끗한 방구석 어딘가에 테린은 한 번도 쓸 일이 없었던 커다란 여행 가방 하나가 덩그러니 놓여 있었다. 테오는 방에 들어서자마자, 그 여행 가방이 가슴에 박혔다. 자신의 상처를 보듬느라 외면했던 동생에 대한 미안함과 죄책감이 테오를 가만두지 않는 것 같았다. 테오는 사람들의 손가락질대로 자신이 가족 모두를 죽음으로 이끌었다는 생각을 더 이상 부정할 수 없었다. 그렇다면 이 죽음 릴레이의 마침표를 찍을 수 있는 사람은 누구일까? 아무리 생각해도 자기 자신밖에 없었다. 테오는 죽어야겠다는 결심을 하고 나서야, 테린이가 정성스레 싸놓은 여행 가방을 열어볼 수 있었다. 가방 안에는 물건이라고 할 만한 것이 거의 없었다. 꽤 묵직해 보이는 이상한 서류 파일 말고는 아무것도 없었던 테린의 여행 가방을 보고 있자니, 텅 빈 테린의 마음을 보는 것 같아 가슴이 더 미어졌다. 텅 빈 가방에 어울리지 않았던 서류 파일을 무심코 꺼내보다가 테오는 서류 대부분이 세상을 살다 간 테린의 흔적들이라는 사실을 깨달았다. 테린의 일기장과도 같았던 서류들을 눈물로 읽어 내려가던 테오는 서류 파일 한 귀퉁이에서 무언가 툭 하고 떨어지는 것을 보았다. '라파엘 정신건강의학과 의원' 명함이었다.

"테오 씨가 제출한 서류를 보고 알았어요. 돌아가신 테린 씨와 가족이었다는 것을."

"그걸 알고도 받아주었단 말인가요?"

"네."

"제가 안락정원에 해코지할 수 있다는 생각은 못 하셨나봐요?"

"그보다 테오 씨 상태가 더 걱정되었거든요."

"저를 걱정했다고요?"

"물론, 저희도 테오 씨가 억하심정으로 안락정원에 커다란

232

분란을 일으킬 수도 있다고 생각했어요. 그래서 고심하고 있었는데 박검 회장님이 테오 씨 얼굴을 직접 보고 싶다고 하셨어요. 원래는 회장님이 입주자를 먼저 보시지는 않는데. 어쨌든 그래서 테오 씨를 직접 만나게 해드렸더니 바로 입주시켜야 한다고 말씀하셨어요."

"왜죠?"

"테오 씨는 해코지하러 찾아온 게 아니라, 진짜 죽고 싶어서 안락정원에 찾아온 거라고 말씀하셨어요."

"그걸 어떻게……."

"아직 저도 전적으로 믿기 힘든 일이지만, 회장님은 죽고 싶은 사람의 얼굴을 알아보는 능력이 있는 분 같아요."

테오는 그게 무슨 말도 안 되는 소리냐고 되묻고 싶었지만, 그럴 수가 없었다. 가슴속 깊은 곳에서 차오른 서러움이 테오의 입을 틀어막고 있었기 때문이다. 테오는 터져 나오는 울음을 참아보고자 헛헛한 웃음을 지어보려고 노력했다. 하지만 결과적으로는 울지도 웃지도 못하는 이상한 사람밖에 되지 못했다. 다행히 익선은 그런 테오의 동요를 인내심 있게 기다려주었다. 어느 정도 테오의 마음이 진정된 것을 보고, 익선은 뜬금없는 질문을 던졌다.

"앞으로 테오 씨가 유나 씨를 전담해서 돌보는 건 어떨까요?”

“돌본다고요?”

“네, 눈치를 챘는지 모르겠지만, 안락정원 사람들은 마니토처럼 본인도 모르게 서로서로 돌보는 사람들이 정해져 있습니다.”

“아, 그런 거였군요? 저는 누군가에게 감시당한다고 생각했었는데.”

“안락정원에 지금까지 살고 있는 사람들은 대부분 소중한 사람들을 잃어버린 경험을 가진 사람들이에요. 한마디로 다른 입주자들보다 훨씬 더 위험하고 삶을 이어갈 이유나 힘이 현저하게 부족한 분들이죠. 그래서 한 사람이라도 전담해서 돌봐주는 사람이 필요하다고 생각했어요. 다행히 생각보다 효과가 좋았습니다. 근데 한편으론 쓸쓸한 생각도 들더군요. 자신을 진심으로 응원하고 관심을 주는 사람이 한 명만 있어도 사람을 살릴 수 있었는데, 의사였던 나는 그동안 뭘 했는지 모르겠다고. 물론 유나 씨 같은 경우는 너무 과도한 관심과 집착을 받았던 상태라 조금 다른 경우지만, 그럼에도 믿을 수 있는 존재에게 집착이 아닌 돌봄을 받는 경험은 아주 중요하다고 생각해요. 사실 유나 씨가 저희한테 처음 왔을 때는 그런 관심을 보여주는 것도 어려운 상황이어서 숨겨주는 거 말고는 할 수 있는 게 없었거든요. 그런데 테오 씨가 이렇게 아무렇지도 않게 해내는 것을 보고, 사실 저도 반성을 많이 했습니다.”

“아, 그게 참 이상하게 그렇게 되긴 했네요.”

“하하. 쑥스러워하실 필요 없어요. 어쨌든 제 목표는 유나 씨가 스스로 자신의 방문을 열고 나오게 만드는 것인데, 테오 씨 덕분에 그 가능성을 보게 된 것 같아서 아주 기쁩니다.”

“그런데, 그 돌봄이라는 거 어떡해야 하는 건가요?”

“너무 어렵게 생각하지 마세요. 테오 씨가 지금 유나 씨한 테 보이는 따뜻한 관심만 있으면 시작할 수 있는 거니까요. 지금처럼 한 발짝 떨어져서 도움을 요청할 때 도움을 주시면 됩니다. 그렇게 하려면 일단 자주 마주치고 괜한 말도 한번 걸어주세요. 친근감이 쌓여서 신뢰가 될 수 있도록. 그런 의 미에서 유나 씨 식사 당번은 당분간 테오 씨가 계속 맡아주시 는 게 좋을 것 같습니다.”

“제가 먼저 말을 걸어도 괜찮을까요?”

“음, 처음엔 아무래도 조심스럽겠죠? 그래도 자주 만나다 보면 그런 기회가 오지 않을까 싶어요. 어제는 유나 씨가 고 맙다는 말을 먼저 해줬다면서요? 아주 고무적인 일입니다. 다만, 한 가지 조심하실 게 있어요. 테오 씨가 먼저 말을 건넸 는데 대답을 못 들었다고 상처를 받거나 속상해하지 마세요. 테오 씨 역시 마음 상태가 건강한 편이 아니라서, 오히려 테오 씨한테 해로운 감정이 이입되지 않을까 걱정하는 겁니다. 무슨 말인지 아셨죠? 그러다 보면 대화도 자연스럽게 하게 될 거고, 그러다 보면 또 유나 씨를 다시 세상과 만나게 해줄 수 있지 않을까 생각합니다.”

“혹시 저를 돌봐주는 사람도 있었나요?”

테오의 질문에 익선은 그걸 왜 아직도 모르고 있냐는 것처럼 눈을 크게 껌뻑거렸다. 테오는 누구일지 생각하다가 범상치 않은 누군가가 머릿속에 번뜩 떠올랐다.

“설마, 순이할매?”

“정말 모르셨어요? 순이할매가 첫날부터 테오 씨를 얼마나 챙겼는데.”

“그게 챙긴 거라고요? 못살게 군 거죠!”

“하하하. 사람마다 다가가는 방법이 다른 거니까요. 제가 보기엔 순이할매의 접근 방식이 테오 씨한테는 잘 맞았다고 생각됩니다.”

“말도 안 돼요.”

“조금 유치한 접근 방식이긴 하지만, 테오 씨처럼 마음의 벽이 단단한 사람은 그런 식으로 다가갈 수밖에 없거든요.”

테오는 고개를 절레절레 저었지만, 어느새 웃고 있는 자신을 발견했다. 이해할 수 없을 만큼 무례했던 순이할매가 자신을 돌보고 있었다는 사실이 믿기지 않았지만, 테오는 그런 순이할매가 싫지 않았다. 그런 식으로라도 누군가의 관심을 받아본 적이 없어서일까? 테오는 가슴 한구석에 보일러를 켠 것처럼 이상하게 따뜻해지는 느낌을 받았다.

“진짜예요? 저를 돌보신다는 게.”

“뭔 소리야?”

“여기선 한 사람씩 맡아서 돌봐준다면서요.”

“아, 그거? 그거라면 맞지.”

“그게 정말 저를 돌보는 거였다고요?”

“삼삼이 너는 엄청 까탈스럽게 보이더라고. 애가 숫기는 없는데, 경계심은 또 많아서 완전 꼴통이구나 싶었지. 근데 꼴통들은 꼴통처럼 대해줘야 어느 정도 반응을 하는 법이거든.”

“사실 저는 현빈 씨가 저를 돌보는 사람인 줄 알았어요.”

“걔는 똥강아지처럼 누구한테나 다 꼬리치는 애고.”

“그럼 혹시 순이할매를 돌봐주는 사람은 누구세요?”

“그건 왜 궁금해?”

“누가 그렇게 운이 없을까 해서요.”

“꼬리치는 현빈이!”

“아하, 역시! 근데, 앞으로 저는 안 돌봐주셔도 됩니다.”

“내 맘이야.”

“아뇨, 정말 괜찮아요. 그냥 저는 혼자 알아서 잘 살 수 있어요.”

“됐고. 유나나 잘 보살펴줘.”

순이할매는 처음으로 인자한 미소를 보이며 테오의 어깨를 툭툭 도닥여주었다. 테오는 머쓱한 기분이 들었지만, 역시나 그런 순이할매가 싫지 않았다.

11장
그제야 비로소

"삼삼아! 저녁 먹자."

"오늘은 저녁 생각이 별로 없네요."

"그래도 먹어. 그래야 기분도 좋아진다. 그리고 삼삼이는 유나 식사 당번이잖아."

"아, 맞다."

"정신머리가 있는 거야 없는 거야. 얼른 움직여."

"알았어요. 그러니까 오늘 밤엔 제발 방망이나 두드리지 마세요."

"도대체 무슨 소릴 하는지 전혀 모르겠네."

순이할매는 테오의 등을 떠밀며 식당으로 올라갔다. 안락정원 사람들이 모두 모여 있었다.

“삼삼이 아저씨! 늦게 오시면 어떻게 해요? 유나 언니 배고 프겠어요.”

지아가 퉁명스럽게 말했다. 익선에게 테린이의 이야기를 듣고 난 뒤, 오후 내내 컨디션이 좋지 않았던 테오는 그제야 정신이 들었다. 대답 대신 테오는 지아가 들고 있던 식판을 건네받자마자 바로 4층으로 내려갔다.

“식사 왔습니다.”

테오는 일부러 큰 소리를 내며 402호 문을 두드렸다. 하 나, 둘, 셋! 대답은 없었지만 잠시 시간을 주고 난 뒤, 테오는 비밀번호를 누르고 용감하게 들어갔다. 테오의 예고 덕분에 유나는 꽤 안정적으로 침대에 이불을 뒤집어쓴 채 앉아 있 었다. 예전과 다른 점이 있다면 오늘은 눈을 빼꼼하게 내어 놓았다는 것이다. 테오는 꾸벅 인사를 하고 테이블 위에 식 판을 내려놓았다. 무슨 말이라도 해야 할 것 같았는데, 오늘 도 역시 말이 제대로 나오지 않았다. 어떻게든 유나가 안심 할 수 있는 말을 해주고 싶었지만, 테오는 그런 말을 한 번도 해본 적이 없었다. 어쩔 수 없이 꾸벅 인사만 두 번이나 하고 나오려는데, 등 뒤에서 개미 모깃소리만 한 유나의 목소리가 들렸다.

“어디 아파요?”

테오는 깜짝 놀랐다. 하지만 바로 뒤를 돌아볼 수는 없었다. 혹시나 유나가 놀랄까 봐 겁이 나기도 했지만, 당황한 자신의 모습을 보여주고 싶지 않아서였다. 익선과 대화를 나누고 난 뒤부터 테오는 자신의 방에 틀어박혀 있었다. 테린이 자신을 위해서 일부러 안락정원의 정보를 남겨두었다는 사실이 테오를 더 힘들게 만들었다. 차라리 원망이라도 했으면 좋으련만. 어떻게든 살아보겠다고 자신을 외면했던 오빠를 위해 테린이는 마지막까지 온 힘을 다했다는 사실이 테오를 점점 더 못 견디게 했다. 그런데 지금 누구보다 보호를 받고 위로를 받아야 할 유나가 테오의 처참한 얼굴을 보고 걱정하고 있었다. 테오는 자신이 아무짝에도 쓸모없는 인간인 것처럼 여겨졌지만, 그 사실을 유나에게 들키고 싶지 않았다. 결국 테오는 뒤돌아선 채로 눈을 감고 소리치듯 말했다.

"괜찮습니다!"

외치듯 말하고는 바로 밖으로 뛰쳐나왔다. 얼른 402호 문을 닫고 그 문에 기대어 테오는 가슴을 쓸어내렸다. 유나의 첫 질문에 놀라 아무런 생각 없이 나와버렸지만, 유나가 자신을 걱정했다는 사실이 여전히 믿어지지 않았다. 사람들은 대개 테오를 시한폭탄 같은 사람이라고 생각했었다. 주변 모든 것들을 죽음으로 몰고 가는 시한폭탄. 터지지 않았다고 해도 언젠가는 자신이 직접 안전핀을 뽑고 터져버릴 것 같은 시한

폭탄. 그렇게 사람들은 호기심에 다가왔다가 죽음의 냄새를 맡고 주저 없이 도망쳐버렸다. 그런데 오늘, 상처투성이였던 유나가 시한폭탄과도 같았던 테오를 진심으로 걱정해주고 있었다. 테오는 그 사실이 시리게 아팠지만, 또 한편으론 대단한 위로가 되었다.

"여기서 뭐 하세요?"

가슴을 움켜쥐고 멍하니 서 있던 테오 앞에 현빈이 나타나 따뜻한 차를 내밀었다. 현빈이 저녁은 먹었냐고 다시 물었지만, 테오는 대답할 수 없었다. 왈칵 눈물이 쏟아질 것 같았던 테오는 현빈의 다정함을 뒤로하고 자신의 방으로 황급히 도망쳤다.

*

유나에게 괜찮다고 대답하고 난 뒤, 테오는 정말 괜찮아진 기분이 들었다. 자신이 유나에게 조금이라도 도움이 되는 존재라는 생각 때문이었을까? 바닥을 알 수 없을 정도로 깊이 침잠했던 테오 마음은 그렇게 조금씩 수면 위로 올라오고 있었다. 테오는 그런 자신이 여전히 낯설었지만, 상상도 하지 못했던 안락정원의 일상들로 인해 자신이 치유 받고 있음을 알아차릴 수 있었다. 매일 아침저녁으로 만나 함께 식사하고,

차를 나눠 마시며 시답지 않은 이야기를 나누는 모든 일들이 이토록 사람을 살고 싶게 만드는지 테오는 예전엔 미처 알지 못했다. 오늘도 테오는 아침 식사를 마치고 현빈이 내려주는 핸드드립 커피를 마시며 잔잔하고 담담한 일상을 채워나갔다. 왠지 모르게 뿌듯한 마음으로 따뜻한 커피를 내려준 현빈에게 감사의 인사를 하고 카페를 나서는데, 맞은편 편의점 창가에서 수상한 남자가 안락정원을 쳐다보고 있었다. 남자가 앉았던 그 자리는 테오가 안락정원을 처음 찾아왔을 때 앉았던 바로 그 자리였다. 순간 평온했던 테오의 일상이 '와자작' 깨지는 소리가 들렸다. 잠시 숨을 고르고, 테오는 바로 편의점으로 돌진했다. 테오의 재바른 움직임을 눈치챘는지 수상한 남자 역시 자리에서 벌떡 일어서더니 바로 편의점을 나가려고 했다. 결국 수상한 남자와 테오는 편의점 문 앞에서 맞부딪치고 말았다.

"죄송합니다."

남자는 테오의 사과를 들었음에도, 대답 없이 모자를 깊게 눌러쓰더니 편의점 밖으로 나가버렸다. 테오는 도망치듯 나가는 수상한 남자를 따라가볼까 생각하다가 멈춰 섰다.

"저 사람 맞죠? 저번에 얘기했던 그 사람."

"네, 맞아요."

"혹시 뭐 하는 사람인지 물어봤어요?"

“안 그래도 이것저것 물어보긴 했는데, 대답을 통 안 하더
라고요.”

“흠, 걱정이네요.”

“뭐가요? 저 사람이 혹시 무슨 일이라도 저질렀나요?”

“아직은 아닌데, 꼭 그럴 것만 같아서요. 얼마 전 야심한 밤
에 수상한 남자가 주차장 쪽으로 들어와서 402호를 쳐다보
고 있었다고 하더라고요.”

“402호를 만나셨어요?”

“아, 제가 말씀 안 드렸나요? 402호 얘기.”

두호는 잠시 멍한 표정을 짓더니 서운하다는 듯 고개를 끄
덕였다. 테오는 요 며칠 편의점에 들르지 못했었다. 테오는
마음을 가라앉히고 차근차근 이야기를 시작했다.

“요 며칠 제가 편의점에 못 와봤죠?”

“네, 그래서 제가 얼마나 걱정을 한 줄 아세요? 혹시나 해
서. 제가 문자도 보냈는데 읽지도 않으셨더라고요.”

“미안해요. 요즘 휴대전화를 거의 못 봐서.”

“근데 아까 402호 얘기는 또 뭐예요? 402호 정체를 드디어
알게 되신 거예요?”

“아, 그러니까 이걸 어디서부터 어떻게 설명해야 할지 모르
겠네요.”

테오는 그동안 두호에게 못했던 이야기들을 모두 털어놓

았다. 테오는 이야기하면서 두호의 눈치를 볼 수밖에 없었는데, 혹시나 두호가 서운함을 느낄 수도 있을 것 같았기 때문이다. 다행히 두호는 서운함보다는 호기심으로 테오의 이야기를 귀담아듣고 있었다.

"그래서 형님은 그 402호 여자를 돌보고 있다는 거군요?"

"돌본다고 해서 뭐 대단한 걸 하는 건 아니고, 아직은 그냥 식사 가져다주는 게 전부예요. 물론 앞으론 대화를 좀 더 많이 해보고 싶지만, 그게 저 자신도 아직 미숙한 일이라 무척 어렵네요."

"그럼, 그 여자분이 건강한 사회생활을 할 때까지 형님은 계속 안락정원에 계시겠네요?"

"아, 그게 그렇게 연결되는 건가?"

"오늘에서야 든 생각인데, 아무래도 안락정원 사람들은 그런 방식으로 사람을 살리고 있었나 보네요."

테오는 자기도 모르게 고개를 끄덕였다. 그저 짐작만 하고 있을 뿐이었는데, 두호의 말로 듣게 되니 뭔가 더 명료해진 기분이었다.

*

402호 유나에게 아침을 배달해주고 나오는 길에, 테오는 계단에 조용히 앉아 있는 순이할매를 발견했다. 평소 순이할매였다면 다리 한쪽을 올리고 광기 어린 눈을 굴리며 테오를 쳐다봤을 텐데, 오늘은 이상하게 보통의 평범한 할머니들과 달라 보이지 않았다. 오히려 어딘지 모르게 슬퍼 보이는 표정이었다. 테오는 그냥 지나치려다가 조심스럽게 물었다.

"무슨 걱정거리 있으세요?"

"평소처럼 그냥 지나가지, 왜 또 시비야?"

"평소랑 다르게 힘들어 보이셔서요."

"사람이 그럴 때도 있는 거지. 너도 맨날 죽을상을 하고 있진 않잖아."

"그럼, 방에 들어가서 쉬세요."

"그보다 삼삼아! 너는 살면서 해보고 싶었는데 못해본 게 있냐?"

"글쎄요. 딱히 생각해본 적이 없는 것 같은데요."

"나는 비행기를 한 번도 못 타봤다."

"아, 그건 저도 그래요."

"그냐? 그럼, 오늘 우리 비행기 타지는 못해도 구경이나 가볼까?"

"공항에요?"

"저기 가면 비행기 뜨는 거 보이는 곳이 따로 있다던데."

"버스가 있으려나?"

"현빈이 좀 불러봐."

테오와 순이할매는 현빈의 자동차를 빌려 타고 안락정원을 나섰다. 해안도로를 달려 20분 정도 가보니 1차선 도로 옆으로 가파르게 올라가는 길이 불쑥 나타났다. 가파른 언덕 중간에 주차장이 있었고, 그곳에 차를 세워두고 걸어 올라가야 했다. 아무래도 순이할매가 저 언덕을 올라가기는 힘들 것 같아서, 테오는 차단기 앞에서 전망대 측에 전화해 노인분이 있어 걸어 올라가기 힘든데, 위쪽에 주차할 곳이 있냐고 물었다. 다행히 어렵지 않게 차단기가 올라갔다.

"이럴 때 보면 우리 삼삼이 센스가 있어."

순이할매는 테오가 기특했는지 혼잣말처럼 중얼거렸다. 사실 테오는 공항 전망대라는 곳이 이렇게 낮은 언덕에 따로 있다는 것을 몰랐다. 이곳에 올라와보니 공항 전체가 한눈에 다 보였다. 장난감처럼 비행기들이 줄지어 서 있는 것을 보다가, 그 밑을 지나가는 성냥갑 같은 자동차를 보고 비행기가 얼마나 큰지 실감할 수 있었다.

"저쪽 어딘가가 내가 살던 동네일 거여."

"저기요?"

"그래, 원래 우리 집은 용유도에 있었거든."

"영종도가 아니라요?"

"여기 공항 만들면서 섬 세 개를 합쳐 영종도가 된 거야."

"고향이 공항이 된 거네요."

"그럼 셈이지."

"그리우신가 봐요."

"그립다기보다 서글프지."

"근데 왜 비행기도 한 번 못 타보셨어요? 땅 주인님인데."

"그러게. 뭐 하느라고 못 탔는지도 모르겠네."

"지금이라도 타보시면 되잖아요."

"그게 말이지, 목적지를 정하는 게 생각보다 어렵더라고."

"어디든 가보시면 되는 거죠."

"삼삼이는 왜 못 타봤는데?"

"저는 비행기가 싫었어요. 저기 공항동 근처에 살았었거든요."

순이할매는 테오의 말이 무슨 말인지 알겠다는 듯 고개를 끄덕였다. 비행기들이 질서 있게 이륙하고 착륙하는 모습을 한참 지켜보던 순이할매는 혼잣말처럼 말했다.

"원래 여기는 새들의 섬이었어. 근데 공항이 생기고 비행기들의 섬이 되어버렸지."

"새들의 섬이요?"

"여기가 다 갯벌이었으니까. 새들이 쉬어가기엔 정말 좋은 섬이었지. 지금도 철새들이 계절이 바뀔 때마다 공항 반대편 쪽에 잠시 쉬어가곤 하잖아."

"새들이 쉬어가는 섬이 비행기들이 쉬어가는 섬이 된 거네요."

"그러니까 삼삼이 너도 여기서 푹 쉬었다가 어디든 힘차게 날아보라고. 그러다 또 힘들면 쉬었다 가면 되고."

순이할매는 이번에도 혼잣말처럼 말했지만, 언젠가 꼭 해주고 싶었던 말이었다는 것을 테오는 알아챌 수 있었다.

"이참에 나도 비행기 한번 타볼까?"

"타보세요. 근데 어디를 가보고 싶으세요?"

"TV를 보니까 하와이가 그렇게 좋다고 하던데."

"할매는 섬을 좋아하시나 보네요."

"응. 나는 이상하게 섬이 좋아!"

"근데 할매는 아직도 사는 게 그렇게 좋아요?"

"좋다기보다 아직 해보고 싶은 게 많은 거지."

"그 연세에도 그런 게 남아 있나 보네요."

"그럼. 나는 지금도 하루 한 시가 아쉬운데."

"할매도 사는 게 쉽지 않았었잖아요."

"그랬었지. 하지만 그만큼 또 좋은 날도 많았거든."

"할매가 부럽네요."

"난 삼삼이가 부러운데."

"제가요?"

"명대로만 살면 너는 아직 살날이 많잖아. 그러니 하고 싶은 거 좋아하는 거 다 해볼 수 있을 거고."

"살다 보면 정말 좋은 날도 올까요?"

"당연하지. 죽을 만큼 힘들 때도 있지만, 그것도 다 지나가는 거야. 그래서 나는 가끔 인생이 낙하산 타는 거랑 똑같다고 생각해. 정말 눈 깜빡할 사이 지나가거든. 첨엔 누군가에게 등 떠밀려서 갑자기 떨어지다 보니, 낙하산 하나 달랑 메고 떨어지는 게 정말 아찔하게 여겨지기도 할 거야. 근데 또 저 멀리 풍경을 바라보고 있으면 이런 재미도 있구나 싶거든. 그러다 보니 누구는 남들보다 빨리 떨어지기도 하고, 떨어지는 게 무섭다고 낙하산 줄 먼저 끊어버리기도 하는 거지. 근데 모두 각자에게 주어진 낙하산대로 가는 거야. 그러니까 누가 먼저 떨어졌다고 해서 나도 따라 죽을 필요는 없지 않을까? 어차피 저 밑에 가면 다들 만나게 될 텐데."

"할매도 다 알고 계셨군요?"

"내가 우리 삼삼이 보호자니까."

"근데 문득문득 두렵기도 해요. 나도 모르게 내가 낙하산 줄을 끊어버리게 될까 봐."

"어릴 때는 워낙에 높은 곳에서 떨어지니까 구름에 가려서 세상이 잘 안 보일 수도 있어. 속도가 엄청 빠르게 느껴져서 무서울 수도 있고. 근데 지상에 가까워질수록 조금씩 세상이 잘 보이게 될 거야. 비가 오고 눈이 내릴 때도 있겠지만, 또 금세 쨍한 햇살과 바람이 불어오게 되어 있거든. 그러다 눈앞에 아주 좋아 보이는 낙하산이 지나가면 나도 그 낙하산 한번 가져보겠다고 아등바등 살기도 하는데, 그거 아무 소용이 없어. 거기에 너무 열중하면 좋은 인연이나 추억들 하나도 못 만들고 낙하산 껍데기 하나 움켜쥐고 저승에 혼자 가게 되는 거거든. 그래도 내려가는 길이 너무 힘들면 잠시만 숨을 돌리고 도와달라고 큰 소리로 외치는 거야. 그럼 또 누군가는 그냥 지나치겠지만, 또 다른 누군가는 다가와서 너를 도와주거나 괜찮냐고 물어봐줄 거야. 근데, 찍소리도 못하고 살면 아무도 알아주지 않더라고. 무슨 말인지 알지? 그러니까 괜히 무섭다고 낙하산 줄 먼저 끊고 급하게 내려가지 말고, 될 수 있으면 햇살도 즐기고 바람도 타고 비도 맞고 눈도 맞아가면서 최대한 이 순간을 즐겨보자는 거지. 그러다 지나가는 좋은 사람 있으면 손 한번 흔들어주기도 하고, 여건이 되면 손잡고 함께 구경도 하며 사는 게 인생이지. 안 그러냐?"

순이할매와 다시 집으로 돌아가는 길, 해안도로를 달려가는데 이륙하는 비행기가 바로 닿을 듯 도로를 가로질러 내려앉는 것이 보였다. 테오는 깜짝 놀라면서도 신기해서 비행기 지나가는 거 봤냐고 물었다. 평소 같으면 호들갑을 떨었을 순이할매가 조용한 것이 이상해서 슬쩍 쳐다보니 순이할매는 곤히 잠들어 있었다. 비행기 보는 걸 좋아하는 순이할매가 그 순간을 놓치는 게 아까워서 깨워볼까도 했지만, 곤히 잠든 순이할매가 오늘은 왠지 모르게 안쓰러워 보였다. 문득 테오는 자신이 누군가를 안쓰럽게 여기고 있다는 사실이 조금 낯설었다. 세상 누구보다 불행하다 믿었던 사람이었다. 무슨 짓을 해도 죽음이라는 굴레에서 벗어나기 힘들다는 생각도 했었다. 하지만 이제 테오는 자신의 불행보다 다른 사람들의 불행이 보이기 시작했다. 어쩌면 할매 말대로 세상 풍경을 조금씩 보게 되었는지도 모르겠다. 차창 밖으로 저 멀리 인천대교가 꽤 근사하게 변하고 있는 테오를 수려하게 지켜보고 있었다.

*

일과를 마치고 테오는 평소보다 일찍 잠들었다. 피곤했던 탓인지 오늘은 순이할매의 방망이 소리도 듣지 못하고 잠이 들었다. 낮에 본 비행기 때문인지 꿈속에서 테오는 비행기를 타고 어딘가로 여행을 가고 있었다. 목적지가 어딘지는 모르겠지만, 테오는 아주 오랜만에 가슴이 설렜다. 그곳에 도착하기만 하면 모든 문제가 해결될 것 같은 기분도 들었다. 마치 바이킹 놀이기구를 타는 것처럼 오르락내리락하던 비행기는 어느새 목적지에 도착했다. 떨리는 마음으로 비행기에서 내렸는데 그곳 역시 테오가 사는 곳과 별반 다르지 않은 풍경이었다. 테오는 살짝 실망했다. 아니 실망이라기보다 왠지 모르게 억울한 기분이 들었다. 그때 익숙한 손길이 테오의 뒤통수를 때렸다.

"여기서 뭐 해? 얼른 집으로 돌아가!"

깜짝 놀라 뒤를 돌아보니 순이할매가 서 있었다. 분명 방금 테오의 뒤통수를 쳤는데, 어느새 순이할매는 테오가 잡을 수 없는 곳에 멀리 가 있었다. 그래서 테오는 순이할매가 웃고 있는지 화가 난 건지 확인할 수가 없었다. 순이할매를 보기 위해 가까이 다가가려 했지만, 이상하게 걸음을 옮길 수가 없었다. 테오가 당황하는 사이 순이할매는 점점 멀어지더니 어느새 하나의 점처럼 작아졌다. 어느 순간 순이할매가 테오의 시야에서 완전히 사라지자, 저 멀리 어딘가에서 이상한 소리가 들렸다. 사이렌이었다. 테오는 깜짝 놀라 잠에서 깼다. 강렬한 아침 햇살이 테오를 잡아먹을 듯 내리쬐고 있었다. 어젯밤 커튼도 치지 못하고 잠들었던 모양이다. 아주 오랜만에 암막 커튼 없이 한 번도 깨지 않고 이렇게 오래 잠을 잤다는 사실이 마음에 들었다. 그런데 이상했다. 분명 잠에서 깼는데도 꿈속에서 들었던 사이렌이 여전히 들렸기 때문이다. 정신이 번쩍 든 테오는 자리에서 벌떡 일어났다. 그때 누군가 방문을 마구 두들겼다. 순이할매인가 싶어 현관문을 얼른 열었다. 놀랍게도 문 앞에는 하얗게 질린 익선이 서 있었다.

지난밤 순이할매가 돌아가셨다. 테오와 멀쩡하게 공항 전망대에 다녀왔던 순이할매는 밥맛이 없다며 저녁도 먹지 않고 남들보다 일찍 잠자리에 들었다. 평소처럼 야구방망이로 층간소음도 내지 못하고 순이할매는 바로 침대에 누웠다. 그리고 새벽 미명이 스며들기도 전에 순이할매는 조용히 숨을 거두었다. 아침 식사 당번이었던 순이할매가 나오지 않자, 선희는 혹시나 하는 마음에 순이할매 방문을 두드렸다. 평소 같았으면 바로 나와 시끄럽다고 짜증을 냈을 텐데, 아무런 반응이 없었다. 할매가 방에서 나오지 않자, 선희는 불길한 예감이 들었다. 결국 수복에게 마스터키를 받아 순이할매 방문을 열었고, 숨을 거둔 순이할매를 발견했다. 익선은 떨리는 손으로 사망을 한 번 더 확인하고 경찰을 불렀다. 모두가 망연자실한 가운데 멀리서 사이렌이 들리자, 익선은 제일 먼저 테오의 방문을 두들겼다. 순이할매의 죽음을 어떤 식으로 전해야 할지 고민하면서. 순이할매의 죽음은 지병이었던 당뇨로 인한 급성 심부전 때문이라고 했다. 테오는 익선으로부터 순이할매의 죽음을 확인하자마자 바로 순이할매 방으로 달려갔다. 순이할매는 얼굴이 조금 부어 있는 것 빼고는 평소와 같은 얼굴로 조용히 누워 있었다. 테오는 순이할매가 이번에도 고약한 장난을 치고 있다고 생각했다. 하지만 얼마 지나지 않아 테오는 바닥에 주저앉을 수밖에 없었다. 침대 옆에 순이할매가 늘 가지고 다니던 야구방망이가 순이할매와 함께 나란히 누워 있었기 때문이다.

순이할매의 장례식은 천주교 장례식으로 치러졌다. 상주는 순이할매를 돌보던 현빈이었다. 언제 어디서나 미소를 잃지 않았던 현빈은 장례식 내내 눈물을 훔쳤다. 안락정원 사람들은 현빈이 혹시나 혼절이라도 할까 걱정하기도 했다. 가족이 없었던 순이할매는 김복남 할아버지처럼 무연고자로 분류되었지만, 장례식만은 외롭지 않았다. 장례식 내내 평소 보지 못했던 사람들이 끊임없이 찾아왔는데, 대부분은 순이할매 고향 사람이거나 안락정원에 머물다가 지원을 받아 신도시 상가에 가게를 열었던 사람들이었다. 지난 10년 동안 안락정원에 들어왔던 사람들은 대부분 사회에서 고립된 사람들이었고, 누군가의 관심을 받아보지 못한 사람들이었다. 순이할매는 그들에게 먼저 다가가 잔나도 치고 오지랖도 부리면서 어떻게든 그들이 세상 밖으로 나올 수 있게 해준 사람이었다. 그들은 순이할매가 돌아가셨다는 소식에 한 사람도 빠짐없이 장례식장으로 찾아와 눈물을 훔쳤다.

살아생전에 순이할매는 입버릇처럼 말했었다. 자신이 죽으면 딸이 있는 인천가족공원 납골당에 묻어달라고. 순이할매의 바람대로 안락정원 사람들은 미리 마련해둔 자리에 순이할매를 모셨다. 순이할매와 마지막 작별 인사를 마치고 집으로 돌아오는 길, 테오는 거의 실신 상태에 이른 현빈을 챙기면서도 안락정원에 혼자 남아 있을 402호 유나를 걱정했다. 순이할매의 죽음이 혹시나 유나의 심리적 상태를 더 악화시킬 수도 있다고 생각했기 때문이다. 다른 사람을 더 걱정하고 있는 자신이 여전히 낯설었다. 순이할매의 죽음이 그 누구보다 가슴 아프고 안타까웠지만, 내가 아픈 만큼 다른 이들의 마음도 신경이 쓰였다. 예전 같았으면 테오는 순이할매의 죽음을 예감하지 못한 자신을 원망하고 있었을 것이다. 하지만 이제 테오는 그럴 수 없었다. 순이할매가 그토록 부럽다고 말했던 자신의 낙하산을 테오는 그 어느 때보다 꼭 붙잡고 싶어졌다. 그래야 순이할매도 저 아래 어디선가 손을 흔들며 테오를 기다려줄 것 같았다.

순이할매를 보내고 안락정원에 돌아오자마자, 테오는 선희와 함께 식사 준비를 시작했다. 테오의 당번도 아니었지만, 테오는 가만히 앉아 있을 수가 없었다. 실신 지경에 이른 현빈이 기운을 차리고 식사하는 모습을 보고 싶었고, 순이할매의 장례에 참석하지 못해 안타까워하고 있을 유나의 식사 역시 최대한 빨리 챙기고 싶었다. 현빈에게 식사를 차려주고 테오는 바로 유나의 식사를 챙기러 4층으로 내려갔다. 조심스럽게 노크하고 문을 열었는데, 유나는 예상대로 혼자 울고 있었다. 테오는 그런 유나를 달래주기 위해 자신이 들었던 순이할매의 마지막 유지를 전해주었다. 어차피 인생은 낙하산을 타는 것처럼 짧은 순간이니 최대한 부지런히 즐기라는 할머니의 마지막 말을 전하며 테오는 자기도 모르게 목이 메었다.

"할머니 마지막 모습은 어땠어요?"

"주무시는 것처럼 평온해 보였어요."

"그거 아세요? 순이할매가 저보다 테오 씨 걱정을 더 많이 했다는 거."

"저를요?"

"밤마다 혼자 죽어버릴까 봐 걱정돼서 잠을 못 자겠다고 하시기도 했어요."

"덕분에 저는 죽지도 못하고 잠도 못 잤네요."

"그래서 고맙다고, 기특하다고, 또 얼마나 칭찬하셨는지 몰라요, 할머니가."

저녁 식사 정리를 마치고 테오는 영정사진을 가지고 순이할매 방으로 갔다. 상주는 현빈이었지만, 순이할매 영정사진은 발인 내내 테오가 품고 있었다. 순이할매 방문을 열자 싸늘한 기운이 엄습했다. 테오는 그제야 사람의 체온이 얼마나 따뜻한 것인지 깨달았다. 당분간이겠지만, 테오는 순이할매가 이 방에 계속 머물기를 바라며 영정사진을 순이할매 방에 두기로 마음먹었다. 침대 머리맡에 순이할매 영정사진을 두고 일어서는데, 침대 아래 여전히 누워 있던 야구방망이가 달빛에 반짝거렸다. 테오는 그제야 힘들게 참고 있던 눈물을 터뜨렸다. 야심한 밤에 자신을 살려보겠다고 이리저리 알루미늄 방망이를 두드리고 다녔을 할매 모습을 떠올리니 어이없어 웃음도 났다. 테오는 순이할매 영정사진을 보고 울다가, 야구방망이를 보고 또 웃었다. 그렇게 울면서 웃다가 테오는 야구방망이를 들고 바닥을 한번 두들겨도 보았다. 알루미늄 방망이라서 그런지 생각보다 소리가 요란했다. 테오는 자신이 들었던 방망이 소리는 누구보다 순이할매가 제일 시끄럽게 들었을 거란 생각에 마음이 더 아렸다. 결국 테오는 야구방망이를 부여잡고 어린아이처럼 엉엉 울어버렸다. 처음으로 터진 테오의 울음은 안락정원 전체를 휘감았지만, 그 누구도 테오의 울음을 방해하지 않았다. 덕분에 테오는 그동안 꼭꼭 숨겨두고 있던 설움을 모두 토해낼 수 있었다. 그제야 테오는 순이할매가 그토록 부러워하던 자신의 삶이 조금씩 보이는 것 같았다.

12장

오롯이

"안락정원에 오신 지, 벌써 두 달이 훌쩍 지났네요."

"아, 벌써 그렇게 되었나요?"

"그사이 참 많은 일들이 있었습니다."

"죽으려고 들어왔는데 안타까운 죽음들만 지켜보게 된 것 같아요."

"그럼에도 마음을 바꿔 먹게 된 이유는 뭔가요?"

"어머니가 돌아가셨을 때는 자살에 대해서 분노 같은 게 있었어요. 그러다 어느 순간부터는 자살하면 안 되는 이유를 찾으려고 애썼죠. 그래야 제가 살 수 있을 것 같았거든요. 동네 도서관에 틀어박혀서 자살하면 안 되는 이유를 책에서라도 찾아보려고 애썼어요. 하지만 그 어떤 책도 저를 설득

할 수 없었어요. 오히려 자살할 수밖에 없는 이유만 더 늘어 갔죠. 엄마에 대한 원망과 분노도 사그라지지 않았고, 오히려 내가 주변 사람들 죽음에 이유가 되었을지도 모른다는 자책 만 더 심해졌어요. 그렇게 혼자 방황하며, 될 대로 되라는 심 정으로 살고 있었는데, 테린이가 덜컥 죽어버렸어요. 감당하 기 힘든 충격이었죠. 나와 같은 상처를 받고 누구보다 힘들어 했을 테린이를 애써 외면했던 나 자신이 누구보다 원망스러 웠어요. 결국 저는 살아 있어야 하는 이유를 단 한 개도 찾지 못한 채 죽기로 결심했어요. 죽기 전에 테린이의 고단했던 삶 이라도 정리를 해주어야겠다는 마음으로 테린이 유품을 정 리하다가 안락정원에서 받은 서류들을 발견한 거예요. 그리 고 생각했죠. 나는 여기 안락정원에서 죽어야겠다.”

“왜 굳이 안락정원에서 죽고 싶었어요? 혼자 남았으니, 마 음만 먹었다면 언제든 어디서든 죽을 수 있었을 텐데.”

“글쎄요. 어쩌면 마지막 자존심 같은 거였을지도 모르겠어 요. 여기가 아니면 시체 썩는 냄새나 내면서 사람들에게 끝까 지 민폐가 될 것 같았거든요.”

익선은 말없이 고개를 끄덕였다. 어쩌면 테오는 자기 죽음 을 처리해줄 사람을 찾았다기보다 자신이 죽었다는 사실을 알아줄 사람이 필요했던 건지도 모르겠다.

“테린이는 왜 안락정원에 들어가지 않았던 걸까요?”

"저희도 그 점이 무엇보다 안타까웠어요. 저희가 조금만 더 적극적으로 입주를 도왔다면 결과가 달라질 수도 있지 않았을까 자책도 하게 되고요."

"어쩌면 테린이는 안락정원의 원래 의도를 알아차렸을지도 모르겠어요. 이곳에 들어와서 다시 살고 싶어지는 것조차 싫었던 거죠."

"심각한 상황이라서 어떻게든 테린 씨를 입주시키려고 했었는데, 테린 씨가 서류를 작성하고 준비할 시간이 필요하다고 말했어요. 그런데 왜 테린 씨는 안락정원 입주에 필요한 서류들을 모두 작성했던 걸까요? 다시 돌아올 생각도 없었으면서."

"저도 그게 궁금했었는데, 어젯밤 문득 깨달았어요. 어쩌면 저 때문일지도 모르겠다고."

짐작만 하고 있던 일을 막상 말로 뱉고 나니 그 말이 진짜 현실이 되어버린 기분이었다. 자신은 안락정원에 들어갈 생각이 없었지만, 부디 테오가 이 서류를 발견해주기를 바라는 마음으로 테린은 최선을 다해 서류를 작성했을 것이다. 그리고 한 번도 써보지도 못한 여행 가방 안에 그 서류를 넣었을 것이다. 그래야 테오가 이 서류를 발견하고 안락정원에 찾아갈 거라고 믿었기 때문이다. 심각한 무기력증에 빠져 고통스러운 나날을 보냈던 테린이는 자신이 죽은 뒤에 혼자 남겨질 테오의 인생을 그렇게라도 지키고 싶었던 모양이다. 어쩌면 마지막 돈가스를 만들어주셨던 엄마의 심정도 그와 비슷했던 걸까? 테오는 그제야 자신이 그 누구보다 사랑받는 존재였다는 사실을 깨달았다. 죄책감과 원망으로 괴로워하기엔 그들이 남겨준 사랑이 너무도 컸다. 테오가 망연자실한 채 앉아 있는 것을 보던 익선은 티슈를 꺼내 갑자기 눈물을 훔치기 시작했다. 테오는 그런 익선을 보고 어이가 없어서 자기도 모르게 웃어버렸다. 결국 테오는 익선에게 울 기회조차 빼앗긴 채 멍하니 티슈 곽을 쳐다보며 생각했다. 어쩌면 슬픔과 웃음도 삶과 죽음처럼 티슈 한 장 차이일지 모르겠다고.

"걱정하지 마세요. 테린이 때문에라도 저 이제 안 죽어요. 정말 죽고 싶지 않아요."

"제가 너무 주책없이 울었죠? 그냥 너무 다행이라서. 모든 게 고마워서, 그만."

"지금 생각해보니 엄마를 잃고 제일 힘들었던 건 엄마를 원망해야 할지 미안해해야 할지 몰라서였던 것 같아요. 어떻게 어린 자식들을 두고 자기 좋은 선택만 할 수 있었을까 생각하다가도, 또 어느 순간이 되면 내 존재가 엄마를 얼마나 힘들게 했으면 그런 선택을 했을까 싶었어요. 하루에도 열두 번씩 그런 생각을 하며 십 년 정도 살다가 어느 날 갑자기 아버지가 사고로 돌아가셨어요. 이제 정말 고아가 되었구나 싶었지만, 그래도 그때는 그게 사고라서 다행이란 생각까지 했었죠. 그런데 얼마 뒤에 하나밖에 없던 친구가 스스로 목숨을 끊어버렸어요. 그리고 결국 테린이마저. 그때부터는 그냥 모든 게 두려웠어요. 내가 생각하기에도 나 때문에 주변 모두가 죽어 나가는 것 같았거든요. 만지면 모든 것들이 금으로 변한다는 미다스처럼 저와 관계를 맺은 사람들이 약속이나 한 것처럼 죽어 나가는 저주를 받은 것 같았죠. 그러니 제가 어떻게 버틸 수 있었겠어요. 그런데 여기 안락정원에 와서 제 방어막과도 같았던 죽음에 대한 믿음이 허무하게 무너지기 시작했어요. 그리고 어느 순간 깨달았어요. 제가 살 수 있는 방법을!"

"그걸 찾아내셨다니, 정말 다행입니다. 근데 그 방법이 뭐였나요?"

"저는 평생 제 가족 그리고 저한테 쏟아진 불행들만 쳐다보느라 아무것도 하지 못했던 것 같아요. 그래서 나 아닌 다른 사람들의 삶은 안중에도 없었죠. 그런데 여기 와서 이상한 사람들을 만나고 함께 부대끼며 살다 보니 그 사람들의 인생이 보이기 시작했어요. 그리고 그들의 아픔이나 고통이 마치 제 것인 것처럼 느껴지기도 했고요. 그러다 문득 깨달았죠. 내가 살 길은 이거구나! 도움이 필요한 사람한테 도움을 줄 수 있는 사람이 되는 거. 설사 그 일이 순이할매의 야구방망이질 같은 것이라고 해도 누군가를 살릴 수만 있다면 기꺼이 해보고 싶어진 거죠."

"그래서 유나 씨한테도 용기를 냈던 거군요."

"왜 이제야 그 생각이 들었을까요? 좀 더 빨리 깨달았다면 제 친구도 테런이도 그렇게 보내지는 않았을 텐데."

"지금도 절대 늦은 건 아닙니다."

"그래서 드리는 말씀인데요, 유나 씨 치료를 좀 더 적극적으로 해봤으면 좋겠어요."

"안 그래도 그 문제를 테오 씨와 상의해보고 싶었어요."

"다행이네요. 이제 유나 씨는 하나의 벽은 넘었으니 다음 벽도 빨리 넘을 수 있도록 도와주고 싶어요."

"일단 바로 오늘부터 유나 씨와 대면 진료를 해보려고 해요. 그동안은 전화 통화로만 상담했었거든요."

"좋은 생각이네요."

"이제 대면 진료가 가능해지면 훨씬 더 다양한 치료 방법들을 적용해볼 수 있을 겁니다."

"그런데요, 선생님! 조금 뜬금없는 질문이겠지만, 선생님은 어쩌다가 여기 안락정원에 오게 되신 건가요?"

"혹시 어디서 들은 소문이라도 있나요?"

"제가 들은 얘기를 말씀드리면 조금 충격받으실 텐데."

"괜찮아요. 말씀해주세요. 저도 궁금했거든요. 어떻게 소문이 났는지."

"회장님한테 크게 사채를 쓰고 못 갚아서 여기 눌러앉게 되었다고 들었어요."

"하하하, 제법 그럴듯하게 들리는데요?"

*

정신의학과 전문의 시험을 통과하고 모교 대학병원에서 근무할 때까지만 해도, 익선은 자신의 직업적 소임에 만족하며 살았던 평범한 의사였다. 익선은 정신질환으로 힘겨운 생활을 하는 환자들의 고통을 온전히 공감할 수는 없지만, 의사로서 자신이 환자들을 조금 더 나은 삶으로 이끌 수 있다고 믿었다. 익선은 주로 불안장애, 공황장애, 우울증 등을 앓는 환자들을 진료했었는데, 적절한 약물치료와 함께 환자들과의 라포르rapport 형성을 무엇보다 중요하게 여겼다. 덕분에 익선의 환자들은 빠르게 회복이 되는 편이었지만, 상태가 호전되면 될수록 익선에게 의존하는 경향이 커지면서 익선의 말 한마디 기분 하나에도 아주 민감한 영향을 받았다. 익선은 그런 상황이 환자들을 위험에 빠뜨릴 수 있다는 걱정을 하기는 했지만, 이미 형성된 강력한 라포르를 느슨하게 만들

엄두는 내지 못했다. 그러던 어느 날 익선이 그토록 경계했던 상황이 발생하고 말았다. 평소 익선을 잘 따르던 불안장애 환자가 익선이 3개월간 해외연수를 가게 되면서 다른 의사에게 진료를 받게 되었는데, 익선의 부재 때문에 괴로워하다가 그만 자살을 시도했다. 해외연수 중에 이 소식을 듣게 된 익선은 연수를 포기하고 바로 귀국했다. 하지만, 익선이 이제 와 할 수 있는 일은 환자의 장례식에 참석하는 일밖에는 없었다. 장례식장에서 환자의 어머니는 익선을 붙잡고 온갖 원망을 쏟아냈다.

"우리 동우 살려내세요, 선생님! 선생님이 책임지신다고 했잖아요!"

익선은 자신을 붙잡고 울부짖는 동우 어머니의 원망을 피하지 못하고 오롯이 다 받아내야 했다. 무엇보다 자기 자신이 원망스러웠던 익선은 자신을 비난하는 환자 어머니가 오히려 고맙게 여겨질 정도였다. 망연자실한 익선에게 비통한 현실은 거기서 그치지 않았다. 또 다른 환자 역시 익선의 부재를 견디지 못하고 숨을 거두는 일이 연속적으로 일어났다. 익선은 자신이 얼마나 큰 잘못을 저질렀는지 실감할 겨를도 없이 자신을 지지하던 환자와 환자 보호자들의 원망을 먼저 받아들여야 했다. 그런 와중에도 남은 환자들이라도 지켜야겠다는 마음으로 계속해서 진료를 이어나갔다. 하지만 환자 유족들이 이러한 사실을 각종 커뮤니티에 공유하면서, 환자들의 교주가 되고 싶었던 어느 부도덕한 의사에 관한 이야기가 일파만파 퍼지기 시작했다. 걷잡을 수 없게 일이 커지자, 익선이 근무했던 대학병원은 결국 익선에게 암묵적인 압박을 가했다. 익선은 더 이상 버티지 못하고 대학병원을 그만둘 수밖에 없었다. 아이러니하게도 자신이 보살폈던 환자들에게 외면을 당하고 나서야 익선은 환자들의 마음을 진심으로 이해하게 되었다. 하지만 이제 와 상황이 달라질 일은 없었다. 익선은 그 누구보다 자기 자신을 용서할 수 없었다. 결국 자신이 그토록 정복하려고 했던 질환에 스스로 매몰되기 시작했다.

병원을 그만둔 익선은 집에 틀어박혀 세상 모든 것으로부터 자신을 고립시켰다. 아내 역시 그런 익선을 이해하지 못하고 떠나갔다. 이혼하고 나서 익선은 더욱 폐인이 되어갔다. 머릿속이 하얀 백지처럼 깨끗해진 기분이 들었다. 자신이 어떤 사람인지 무엇을 하던 사람인지조차 인지되지 않았다. 그 무엇도 느껴지지 않았고, 아무것도 하고 싶지 않았다. 멍하니 천장을 바라보며 자신이 죽어야만 하는 이유가 늘어가는 것을 확인할 수밖에 없었다. 시간이 흐르는지 멈추는지조차 알 수 없었다. 그러다 문득 자신이 환자들에게 했던 공허한 말들

이 하나둘씩 떠올랐다. 익선은 죽을 만큼 부끄러웠고 분노가
치밀어 올랐다. 자신의 무지함과 오만함으로 환자들을 죽이
고 자신마저 죽음으로 내몰고 있다는 생각에 자신을 가만둘
수 없었다. 결국 익선은 죽기로 결심하고 평소 자신이 가지고
있던 여러 가지 약들을 주섬주섬 모으기 시작했다. 원하는 만
큼의 약이 모였다고 생각한 순간, 어디선가 갑자기 전화벨이
울렸다. 자신의 휴대전화가 아직도 울릴 수 있다는 사실이 생
경하게 여겨졌다. 환청처럼 들리는 전화벨 소리가 멈추기를
기다렸지만, 지치지 않고 계속 울렸다. 기어코 휴대전화를 찾
아내어 전화를 받았다. 그냥 꺼버릴 수도 있었지만, 자신 인
생의 마지막 전화일지도 모른다는 생각에 받았다. 누가 자기
죽음을 방해하고 있는지 알고 싶기도 했다.

"선생님! 저 좀 도와주세요!"

민정이었다. 민정은 익선과 함께 대학병원에서 근무했던
간호사였다. 민정은 정신의학과 병동에 근무하는 간호사임
에도 불구하고 정서적인 어려움을 겪고 있었다. 복잡한 가정
사와 성장 과정을 극복하면서 생긴 트라우마로 동료 간호사
들과 잦은 충돌도 있었다. 우연히 민정의 사정을 알게 된 익
선은 민정을 특별하게 배려했고, 병원에서 버틸 수 있는 실질
적인 도움을 주기도 했다. 결국 민정은 종합병원을 그만두고
익선을 떠날 수밖에 없었지만, 종종 익선과 안부를 묻는 사이

였다. 민정의 다급한 말에 익선은 자신에게 벌어진 일들을 모
르고 있는 것 같은 민정에게 어떻게 대답해야 할지 잠시 고심
했다.

"무, 무슨 일인데요?"

"선생님, 저 지금 영종도에 있어요. 근데 선생님의 도움이
절실하게 필요해요."

"영종도요?"

"여기 선생님의 도움이 절실하게 필요한 사람들이 많이 있
어요. 혹시 내일 당장 영종도로 와주실 수 있으세요?"

익선은 자기도 모르게 가보겠다고 대답했다. 전화를 끊고
나서야 자신이 왜 가겠다고 대답했는지 이해할 수 없었다. 하
지만 한편으론 깊은 절망 속에 빠져 있던 자신이 그제야 바
닥을 찍고 수면 위로 올라온 기분이 들었다. 손가락 하나 까
딱할 힘도 없었던 익선에게 조금은 무례한 민정의 부탁이 기
어코 그를 현실 세계로 끌어냈다. 그때 만약 민정이 어쭙잖은
위로를 건넸다면 익선은 지금 고인이 되었을지도 모른다. 그
제야 익선은 그토록 환자들을 괴롭혔던 무기력증을 자신도
똑같이 경험했다는 사실을 깨달았다. 자신의 상태를 인지하
고 정신이 번쩍 든 익선은 제일 먼저 샤워를 시작했다. 아주
오랜만이었다. 샤워를 마치고 아주 오랜만에 물도 마셨다. 그
러자 갑자기 극심한 허기가 느껴졌다. 자신이 외면하고 있던

본능들이 하나둘씩 되살아나고 있음을 알아차렸다. 집 안에는 아무리 둘러봐도 먼지와 쓰레기뿐이었고, 사람이 먹을 만한 것은 아무것도 없었다. 결국 익선은 배달 앱으로 죽을 주문했다. 그리고 휘청거리는 다리를 겨우 가누며 집 청소를 시작했다. 왠지 모르게 마음이 급해졌다. 어떻게든 컨디션 회복을 해야 내일 영종도에 갈 수 있을 것 같았기 때문이다. 다시 죽고 싶어진다고 해도 그곳에 가서 죽어도 괜찮을 것 같았다. 그런 의미에서 익선을 살린 것은 민정의 무례한 오지랖이었는지도 모르겠다. 사람을 죽이는 방법이 차고 넘치듯이 사람을 살리는 방법 역시 그 수를 헤아리기 어려울 정도로 다양하다는 사실을 익선은 그제야 깨달았다. 그리고 그 사실이 익선 자신에게 큰 위로가 되었다.

*

"대면 치료가 가능해지고 나면, 다음 목표는 유나 씨가 5층 식당에서 우리들과 함께 식사하는 거예요."

"저도 그게 좋을 것 같기는 한데, 안락정원 남자분들 인상이 좀 걸리네요."

"인상이 왜요?"

"상덕 아저씨랑 수복 씨는 유나 씨가 좀 놀랄 수 있거든요."

“하하하, 그럴 수도 있겠네요.”

“아무래도 처음에는 그 두 분은 좀 자리를 피해주시는 게.”

“제가 한번 양해를 구해보죠. 하하.”

“아뇨. 선생님보단 민정 간호사님이 명령하시는 게 낫지 않을까요?”

“아하하하, 그거 좋은 방법인데요?”

“만약에 유나 씨와 함께 식사하게 된다면 다음 단계는 뭐가 될까요?”

“다음은 이제 안락정원 밖을 나가보는 거겠죠?”

“밖이요? 그건 아직 위험할 것 같은데요.”

“왜요?”

“얼마 전에 제가 안락정원을 배회하는 수상한 사람을 본 적이 있어서요.”

“그래요?”

“뭐 저처럼 안락정원에 들어오고 싶은 사람일 수도 있겠지만, 혹시나 해서요. 그리고 지난번에 유나 씨가 창밖에서 누군가 서성이는 것을 봤다고 했었잖아요.”

“흠, 그럼 그 사람 정체를 먼저 파악해보는 게 우선이겠네요. 수복 씨에게 부탁해볼까요?”

“그게 좀 애매한 게, 주변을 어슬렁거린다고 강제로 검문할 수는 없잖아요.”

“그렇긴 하죠.”

“근데, 가해자가 이렇게 빨리 풀려날 수도 있나요?”

“데이트 폭력이나 스토커 관련해서 형량이 턱없이 낮아요. 벌금 정도 내고 풀려나는 경우도 많고요.”

“아니, 한 사람 인생을 망쳐놨는데, 어떻게 그럴 수가 있죠?”

“그러고 보니 유나 씨가 이곳에 들어온 지도 벌써 6개월이 지났으니 지금쯤 풀려났을 확률이 높겠네요.”

“일단 그 사람이 출소했는지를 먼저 확인해봐야겠어요.”

“네, 수복 씨한테 바로 부탁해볼게요.”

“그러면 선생님도 그 스토커 얼굴은 모르시는 거죠?”

“신상은 어느 정도 알고 있는데, 실제로 만나본 적은 없어서.”

“증명사진만이라도 구할 수 있으면 좋을 텐데.”

“그것도 수복 씨가 알아봐줄 수는 있을 것 같은데요?”

“네, 그럼 그것도 부탁드려요. 일단 얼굴이라도 확인해놔야 안심이 될 것 같아요.”

익선과 이야기를 나누고 난 뒤, 테오는 바로 선희를 찾아갔다. 익선과 나눈 이야기에 대해 선희와도 상의하고 싶었기 때문이다. 선희는 테오의 이야기를 듣고 당황한 기색이 역력했

다. 어쨌든 이런 과정이 있어야 유나가 자유로워질 수 있다는
테오의 말에 선희는 그제야 고개를 끄덕였다. 선희와 테오는
그길로 바로 유나를 찾아가 익선과의 대면 치료와 앞으로의
적극적인 치료 방법들에 대해 조심스럽게 전했다.

"하고 싶지 않으면 안 해도 돼. 다른 방법을 찾아보면 되니
까."

"아뇨. 저도 하고 싶어요. 그게 저를 포함해서 모두를 위한
일이라고 생각해요."

유나가 떨리는 목소리로 결심하듯 말하자, 선희는 유나를
말없이 안아주었다. 테오는 그런 두 사람을 말없이 쳐다볼 뿐
이었다.

*

굳게 결심했지만, 유나는 여전히 두려웠다. 지금이라도 저
문을 열면 그 인간이 비릿한 미소를 지으며 유나를 노려보고
있을 것 같았다.

'넌 나를 절대로 벗어날 수 없어.'

그의 문신과도 같은 말이 아직도 유나의 머릿속에 박혀 있
었다. 그래서 유나는 그와 비슷한 사람만 봐도 발작을 일으키
곤 했다. 무엇보다 견디기 힘든 것은 유나 자신도 그 발작을

제어할 수가 없다는 것이다. 그로 인해 멈춰버린 유나의 소중한 시간은 지금도 흐르지 않고 있었다. 그런데 어느 날 갑자기 테오라는 사람이 닫혀 있던 유나의 방문을 열고 나타났다. 파블로프의 개처럼 바로 발작이 일어날 줄 알았는데, 테오의 엉뚱한 행동을 보며 유나는 자신도 모르게 빗장을 풀어버렸다. 웃음을 처음 배운 갓난아기처럼 유나는 본능적으로 웃어버렸다. 유나는 자신이 웃었다는 사실이 여전히 믿기지 않았지만, 그렇게 아무렇지도 않게 웃을 수 있다는 사실이 무엇보다 기뻤다. 그리고 믿었다. 그의 손아귀에서 언젠가는 이렇게 아무렇지도 않게 벗어날 수 있을 거라고.

다음 날 오후 유나는 처음으로 익선과 대면 진료를 시작했다. 다행히 익선과 마주 앉아 이야기를 나누는 일이 생각보다 힘들지 않았다. 덕분에 유나는 오늘 저녁 당장이라도 식당에서 식사를 해보고 싶다고 말할 수 있었다. 익선은 서두를 필요 없다고 했지만, 유나는 끝끝내 도전해보고 싶었다. 결국 익선은 유나의 뜻을 받아들였고, 혹여나 실패하더라도 절대 실망할 필요는 없다는 말도 잊지 않았다. 익선은 기쁜 마음으로 안락정원 사람들에게 이 사실을 알렸다. 저녁 식사 시간을 얼마 앞두고 유나는 옷을 갈아입기로 마음먹었다. 평소에 파자마가 걸린 왼쪽 옷장 문만 열었던 유나는 오늘 처음으로 오른쪽 옷장 문을 열었다. 이젠 낯설어 보이는 평상복들이 무심하게 걸려 있었다. 유나는 한동안 보지 못했던 자기 평상복을 멍하니 쳐다보다가 생각했다. 자신도 이 옷장처럼 한쪽 문을 완전히 닫아놓은 채 살았는지도 모르겠다고.

"어쩜, 유나야 정말 예쁘구나."

평상복으로 갈아입은 유나를 본 선희는 감격에 겨워 연신 예쁘다는 말을 내뱉었다. 유나는 쑥스럽게 웃었지만, 손은 땀으로 가득 차 있었다. 이제 곧 저 문을 열고 밖으로 나가야 한다는 생각이 유나의 마음을 짓누르고 있었다.

"이제 준비되었니?"

"네."

"혹시 공황증세가 올 것 같으면 내 손을 꽉 잡아줘. 내가 알아차릴 수 있도록. 알았지?"

유나는 고개를 끄덕이며 선희의 팔을 잡았다. 때마침 노크 소리가 들렸다. 유나는 가슴이 철렁 내려앉는 것 같았지만, 눈을 감고 꾹 참았다. 저 문이 열리면 몸서리치는 그가 우뚝 서 있을지도 모른다는 생각이 머릿속을 잠시 스쳤지만, 유나는 자신을 붙잡고 있는 지독한 망상에서 어떻게든 벗어나고 싶었다. 눈을 꼭 감고 있는 유나를 토닥이면서 선희는 문을 열었다. 눈을 감고 있던 유나는 문이 열리고 나서도 아무런 소리가 들리지 않자 이상한 기분이 들었다. 긴장감보다 궁금증이 더 커지려는 순간, 유나는 자신도 모르게 눈을 떠버렸다. 다행히 문밖에는 유나를 웃게 해줬던 테오가 우두커니 서 있었다. 테오는 유나보다 더 긴장했는지 얼굴이 하얗게 질린 채 울상이 되어 있었다. 유나는 어찌할 줄을 몰라 손을 바들바들 떨고 있는 테오를 보자 마치 신경안정제를 복용한 것처럼 마음이 편안해졌다. 그래, 아무것도 아니다. 아무것도 나를 해치지 못한다. 주문을 외우듯 여러 번 반복하고 나니, 신기하게도 주변에 서 있는 사람들의 얼굴이 하나둘씩 눈에 들어오기 시작했다. 잠시 다리가 휘청거리기는 했지만, 다행히 그 어떤 위협도 두려움도 느껴지지 않았다. 유나의 마음과는 달리 자꾸만 떨리는 사지 때문에 안락정원 사람들과 식사하지는 못했지만, 유나는 자신이 문밖을 나와 고마운 사람들과 인사를 나누었다는 것만으로도 충분히 만족했다. 자신의 방으로 돌아와 침대에 앉고 나서야 유나는 이상하게 눈물이 났다. 서럽지도 두렵지도 않았는데 왜 이렇게 눈물이 나는 걸까? 유나는 생각했다. 사람들의 따뜻한 시선에 꽁꽁 얼어붙었던 자신의 마음이 녹아내린 거라고. 그렇게 유나는 겨우내 쌓였던 눈이 봄볕에 녹아내리듯 따스하고 애틋한 눈물을 한동안 흘리고 또 흘렸다.

13장

마침내

"혹시 오늘 카페 쉬는 날인가요?"

카페 손님으로 보이는 한 여자가 다가와 다짜고짜 물었다. 테오는 깜짝 놀라 카페 안을 들여다보았다. 카페 실내 등이 모두 꺼져 있었다. 시계를 보니 9시 40분. 테오는 깜짝 놀라 현빈에게 전화를 걸었다. 테오의 대답을 듣지 못한 여자 손님은 혼잣말을 중얼거리다가 그냥 돌아갔다. 테오는 초조하게 현빈이 전화 받기를 기다려보았지만, 결국 통화는 연결되지 못하고 음성녹음으로 넘어가버렸다. 전화를 끊고 다시 하려는데 저만치 현빈의 자동차가 들어오는 것이 보였다. 테오는 그제야 안심하며 주머니에 손을 넣고 현빈의 차가 가게 앞으로 올 때까지 참을성 있게 기다렸다.

"웬일이에요?"

"제가 너무 늦었죠? 깜박 늦잠을 잤어요."

"근데 얼굴이 왜 이렇게 부었어요?"

"아, 그래요? 어제 좀 짜게 먹었나?"

"이런 일 한 번도 없었잖아요."

현빈은 멋쩍은 듯 웃으며 카페 안으로 들어갔지만, 테오는 현빈의 그 미소가 왠지 모르게 마음에 걸렸다. 현빈을 따라 카페로 들어간 테오는 현빈의 눈치를 보며 카페 오픈 준비를 말없이 도왔다.

"고마워요. 덕분에 금방 끝났네요."

"근데 정말 괜찮아요?"

"네, 그럼요. 오히려 늦잠을 잤더니 개운한데요?"

"그렇다면 다행이고요."

"걱정 그만하시고, 이리 와서 이거나 한잔하세요."

현빈은 어느새 평소 아끼던 원두로 커피를 내리고 있었다. 테오는 얼른 자리를 잡고 앉았다. 현빈이 커피잔을 내밀며 어서 마시라는 시늉을 하자, 테오는 그제야 안심하며 커피를 한 모금 마셨다. 평소처럼 향이 좋은 커피였지만, 이상하게 싱겁게 여겨졌다. 현빈은 이 커피를 내리면서 무슨 생각을 하고 있었던 걸까? 평소의 현빈은 커피를 내리면서 정확한 물 온도와 시간을 재기 위해 온도계와 초시계를 사용하곤 했는데,

오늘은 지각을 해서인지 대충 커피를 내리는 것 같았다. 현빈은 맛이 어떠냐고 묻고 싶은 표정으로 테오를 쳐다봤지만, 테오는 맛이 조금 이상하다고 말하고 싶지 않았다.

"정말 무슨 일이 있는 건 아니죠?"

"그럼요. 아무래도 순이할매 장례식 때문에 여러모로 힘들었었나 봐요."

"실은 그래서 더 걱정을 많이 했어요."

"걱정하게 해서 미안해요. 근데 저는 진짜 괜찮아요."

"그럼, 오늘 저녁에 같이 식사할래요?"

질문을 다 하기도 전에 카페로 손님이 들어왔다. 현빈은 스프링처럼 바로 일어나 평소의 얼굴로 손님을 맞이했다. 덕분에 테오는 현빈의 대답을 듣지 못하고 카페를 나설 수밖에 없었다. 테오가 카페에서 나오자 기다렸다는 듯이 맞은편 편의점에서 두호가 손을 흔들었다. 테오는 두호에게 잠깐만 기다리라는 신호를 보내고, 익선에게 문자를 보냈다.

"현빈 씨가 좀 걱정됩니다. 선생님이 오늘 중에 상담을 한 번 해보셔야 할 것 같아요."

테오는 문자를 보내고 잠시 기다렸다. 바로 답장이 오지 않자, 테오는 익선에게 전화를 걸기 위해 휴대전화를 다시 열었다. 통화버튼을 누르기 직전 익선의 문자가 도착했다.

"네, 알겠어요. 그런데 지금 수복 씨한테 그 스토커 사진을 받았어요."

"정말요? 바로 보내주세요!"

사진 한 장이 테오의 폰에 도착했다. 전송속도가 느려졌는지 사진은 평소보다 더디게 그 실체를 드러냈다. 테오는 사진의 얼굴을 확인하고 잠시 멍하니 서 있었다.

"뭐 하세요?"

"네?"

"오랜만에 점심 드시고 가시라고 아까부터 서 있었는데."

"아, 네."

"제가 이번에 두호 정식을 업그레이드했거든요. 하하!"

두호는 얼이 나간 것 같은 테오의 등을 밀면서 편의점으로 향했다. 테오는 저항 없이 두호의 성화에 밀려 편의점으로 들어갔다. 두호가 챙겨준 편의점 정식을 먹으면서도 테오는 이상하게 말이 없었다. 두호는 그런 테오가 이상했는지 계속 눈치를 보다가 조심스럽게 물었다.

"아까 카페에서 나오시던데, 카페에 무슨 일 있었어요?"

"그런 건 아닌데……."

"카페 사장님이 늦게 오셨잖아요. 그래서 무슨 일이 있었나 싶었죠."

"아, 늦잠을 잤나 봐요."

"흠, 그런 적 한 번도 없었던 것 같은데 이상하긴 하네요."

"근데, 여기 나타났던 그 수상한 남자 혹시 또 왔었나요?"

"아뇨, 아직. 왜요?"

"아, 그냥 궁금해서."

"혹시나 무슨 해코지할까 봐 그러시는 거죠?"

"네. 아무래도 불안해서."

"또 나타나면 제가 바로 연락드릴 테니 걱정하지 마세요. 근데 402호 상태는 어때요?"

"어제 처음으로 방문을 열고 나왔어요. 안락정원 식구들과도 인사를 나눴고요."

"와, 그런 좋은 일이! 그럼, 이제 외출도 가능하겠네요?"

"아뇨. 그건 아직 안 돼요!"

테오는 갑자기 목소리를 높여 단호하게 말했다. 두호는 깜짝 놀라 테오를 쳐다봤다. 테오는 마치 감전된 사람처럼 빳빳하게 앉아서 앞에 놓인 사발면 그릇을 노려보고 있었다. 두호는 그런 테오를 이상하게 지켜보다가 편의점에 다른 손님이 들어오는 것을 보고 제자리로 돌아갔다. 테오는 그제야 짧은 한숨을 쉬고 휴대전화를 열었다. 두호와 이야기하느라 미처 보지 못한 익선의 메시지를 읽기 위해서였다.

'이 사람 맞은편 편의점 알바 맞죠? 아주 위험한 인물이니 일단 아무것도 모른 척하세요! 우리도 어떻게든 대책을 준비

할 시간이 필요하니까요. 무슨 말인지 알죠?'

테오는 익선의 메시지를 읽고 바로 지웠다. 혹시나 두호가 보게 될까 봐 겁이 나서였다. 조금 전에도 그랬다. 테오는 익선이 보내준 사진을 보고 단숨에 그 스토커가 두호라는 사실을 알아차렸다. 머리가 하얘진 테오는 그동안 두호의 이상한 행동들이 그제야 하나둘씩 이해되기 시작했다. 그때 갑자기 테오의 시야에 두호가 나타났다. 자신의 앞에서 천연덕스럽게 웃고 있는 두호의 얼굴을 마주한 순간, 테오는 본능적으로 아무것도 모르는 척할 수밖에 없었다. 어색하고 뜨악한 마음을 숨길 수 없어 조금 뚝딱거리긴 했지만, 테오는 이를 악물고 아무렇지 않은 척했다. 테오는 창가 자리에 앉아 손님과 이야기를 나누며 해맑게 웃고 있는 두호의 얼굴을 물끄러미 쳐다봤다. 두호는 어쩌다 저렇게 섬뜩한 괴물이 된 걸까? 아니, 어떻게 저렇게 해맑은 얼굴로 악마 같은 짓을 저질렀을까? 테오는 자신이 보았던 두호의 얼굴에서 그림자를 찾아볼 수 없었던 이유를 그제야 이해했다. 문득 테오는 두호가 이곳에 오게 된 이유를 설명할 때 표정이 떠올랐다. 상대방의 눈을 똑바로 바라보며 이야기하는 버릇이 있던 두호가 유독 그때만 먼 산을 바라보며 이야기했기 때문이다. 어쨌든 두호가 이곳에 찾아온 목적은 유나였다. 그런데 이제 와 유나를 찾아서 도대체 무엇을 더 하고 싶었던 걸까? 생각이 거기까지 미쳤을 때 두호는 손님을 보내고 다시 테오 쪽으로 다가오고 있었다.

"근데 형님, 제가 무슨 실수라도 했나요?"

"아, 그게 아니라 아직은 너무 위험하지 않나 싶어서."

"그래요? 어쨌든 아쉽네요. 만약 외출이 가능해진다면 여기 편의점으로 모셔 왔으면 했거든요."

"왜요?"

"그냥 어떤 분인가 궁금하기도 하고. 아, 제가 개발한 두호 정식도 대접하고 싶기도 하고."

테오는 천진난만한 두호의 표정을 보면서 자신도 모르게 소름이 돋았다. 자신이 저지른 학대로 삶의 의미를 잃어버린 사람에게 일말의 죄책감이나 미안함은 전혀 보이지 않았다. 아니 오히려 다시 지배하고 싶은 욕망을 감추지 못하고 있는 것 같았다. 그렇다면 두호가 여기까지 찾아와 유나에게 바라는 건 무엇이었을까? 자신의 소유물을 되찾고 싶은 마음? 아니면 가질 수 없다면 차라리 없애버리겠다는 마음? 테오는 지금 당장이라도 두호의 멱살을 잡고 묻고 싶었다.

"유나 씨는 누군가로 인해 자신의 일상을 완전히 잃어버린 사람이에요."

"안타까운 일이죠. 그래서 저도 형님처럼 유나 씨를 돕고 싶어요."

“만약에 그 수상한 남자가 유나 씨를 괴롭히던 스토커라면, 어떻게 해야 할까요?”

테오는 처음으로 두호의 눈을 똑바로 바라보며 물었다. 두호는 조금 당황한 표정으로 시선을 피하더니 열심히 생각하는 척을 하며 시간을 벌었다. 테오는 두호의 대답을 기다렸다. 한참을 생각하던 두호는 미소를 지으며 대답했다.

“제 생각에는 죽여야 할 것 같은데요?”

“누구를?”

“그 스토커요.”

“왜요?”

“그런 사람들은 절대 포기하지 않거든요.”

“왜 그렇게까지 집착하는 걸까요?”

“참을 수 없는 거겠죠.”

“뭘요?”

“그 사람이 더 이상 자신을 필요로 하지 않는다는 사실을 인정할 수 없을 테니까.”

두호는 마치 남의 이야기를 하는 것처럼 담담하게 말했다. 테오는 그런 두호를 뜨악하게 쳐다볼 수밖에 없었다. 두호는 테오가 처음 보는 인간 유형이었다. 아니 누구든 다시는 마주치고 싶지 않은 인간 유형이었다. 어떻게 자신의 삐뚤어진 욕망을 부끄러워하지도 않고 저렇게 해맑게 이야기할 수 있을까? 어떻게 하면 내 것이 아닌 남의 목숨까지 자신이 소유할 수 있다고 믿는 걸까? 테오는 그런 두호에게 자신이 얼마나 하찮게 보였을지 짐작이 가서 더 쓸쓸해졌다.

"벌써 가시게요?"

"네, 할 일이 많네요."

"바쁘시겠지만, 제발 자주 좀 와주세요. 요즘 뜸하셔서 저 엄청 심심해요."

테오는 다리가 휘청거렸지만, 이를 악물고 편의점을 나섰다. 어떻게 해야 할까? 어떻게 해야 모두를 지켜낼 수 있을까? 테오는 답이 없는 질문을 머릿속에 계속 되뇌었다.

*

익선과 수복, 그리고 테오는 5층 식당에서 머리를 맞대고 앉아 서로 자책하느라 바빴다. 세 사람 모두 편의점 알바였던 두호가 유나에게 집착을 넘어선 학대를 가했던 스토커였다는 사실을 꿈에도 짐작하지 못했기 때문이다. 더구나 그들은 자주 편의점을 드나들었고, 아무런 의심 없이 두호와 시답지 않은 일상을 나눴다. 특히 테오는 두호에게 안락정원에 관한 이야기는 물론이고 유나에 관한 여러 가지 정보까지 제공했던 자기 자신에게 욕이라도 해주고 싶은 심정이었다.

“제가 좀 더 신경을 써야 했는데, 죄송합니다.”

“수복 경위님뿐만 아니라 저희 모두가 안일했어요. 이제라도 알게 되었으니 그나마 다행이라고 생각합시다.”

“문제는 저희가 할 수 있는 일이 별로 없다는 거예요. 아직 어떤 행동도 하고 있지 않으니 무조건 잡을 수도 없고.”

“접근금지 명령 같은 거 있던데 그거 발효시키면 안 되나요?”

“그게 아마 기간이 길어야 1년 정도밖에 안 될 겁니다. 그리고 접근금지 명령을 위반해도 잡아 가둘 수는 없어요. 대부분 벌금으로 처리되거든요.”

“아니, 그게 말이 되냐고요! 죽다 살아난 사람이 있는데 벌금밖에 받을 수 없다고요?”

“네. 안타깝지만 우리 현실이 그래요.”

“멀쩡한 가해자가 아직도 피해자를 위협하고 있는데 왜 피해자만 불안에 떨며 숨어 살아야 하는지 모르겠어요.”

“이러니 피해자들이 오히려 세상을 등지고 싶은 거죠.”

“정말 방법이 없을까요?”

“그냥 그 인간한테 사실을 밝히고 여기서 떠나라고 으름장을 놓으면 안 될까요?”

“지금으로선 그 방법밖엔 없는 것 같긴 한데, 그것도 별 소용이 없을 것 같아요. 절대 순순히 물러나지 않을 사람이라서.”

“맞아요. 순순하게 물러날 사람이라면 여기까지 오지도 않
았겠죠.”

“지난번에 유나 씨가 창문을 통해 봤다고 했던 남자도 그
사람이겠죠?”

“네, 그런 것 같아요. 저는 다른 사람이라고 생각했었는데,
막상 그 사람은 삶에 의욕이 전혀 없어 보였거든요.”

“사실 지금 제일 큰 걱정은 호전되고 있는 유나 씨가 이 사
실을 알게 되는 거예요.”

“뭘 알게 된다는 거죠?”

세 사람은 깜짝 놀라 식당 입구 쪽을 동시에 쳐다봤다. 박
검이 무표정한 얼굴로 석고상처럼 가만히 서 있었다. 익선은
벌떡 일어나 오늘 일어난 일을 간략하면서도 명료하게 설명
했다. 익선의 이야기를 다 듣고 난 박검의 얼굴은 검붉은색으
로 바뀌어 있었다. 평소 화장을 진하게 하는 편이라 큰 차이
가 없어 보였지만, 박검의 귀가 노기 어린 감정을 더 선명하
게 표현하고 있었다.

“그래서 우리가 당장 할 수 있는 일은 유나를 보호하는 일
밖에 없다는 건가요?”

“네, 안타깝게도 지금으로선 그렇습니다.”

박검은 짧은 한숨을 쉬더니, 아무런 말도 하지 않고 바로
식당을 나섰다. 테오는 냉정하고 살벌해 보이는 박검이 감정

에 휘둘리는 사람이 아니라고 생각했다. 그런데 요즘 박검의 모습을 보면 그 누구보다 감정적인 사람으로 보였다. 유나가 처음으로 식당에 들어서던 날 사실 테오는 유나보다 감격에 겨워 눈물 흘리는 박검을 보고 깜짝 놀랐다. 마치 평소의 얼굴과는 전혀 다른 가면을 쓴 것처럼 박검은 인자한 미소를 지으며 울고 있었다. 테오는, 박검이라면 우리가 생각지도 못한 해결 방법을 찾아낼 수 있을 거라는 기대감이 들었다. 수복도 그런 느낌이 들었는지 자리에서 벌떡 일어나 박검을 따라나 섰다.

*

　박검은 인천 나이트클럽 회계장부를 관리하던 경리 직원 이었다. 박검은 어린 시절부터 셈이 밝아 어머니가 운영하시던 동네 점방 장부를 관리하기도 했다. 대학에 가고 싶었지만, 갈 수 없는 형편이라 돈을 벌기 위해 박검은 상고에 진학했다. 상고를 우수한 성적으로 졸업하고 바로 은행에 취직하는 것이 인생의 목표였지만, 은행장 딸을 우선으로 은행에 취직시키고 싶었던 담임선생님의 농간으로 박검은 은행에 서류조차 낼 수 없었다. 결국 박검은 작은 공장들을 전전하다가 부평에 있는 나이트클럽에 취직해 장부를 관리하는 경리 직원이 되었다. 상냥하지는 못했지만, 누구보다 능력이 뛰어났던 박검은 금세 조폭 두목 출신 사장의 총애를 받는 직원이 되었다. 그러던 어느 날 박검은 나이트클럽을 관리해주던 행동대장과 사랑에 빠졌다. 동거까지 하게 된 두 사람은 결혼식도 하지 못한 채, 아들 현중을 낳았다. 현중이 태어나고 백일이 되던 어느 날 나이트클럽을 접수하러 온 다른 지역 조폭들과 큰 싸움이 일어났다. 전쟁과도 같았던 그 싸움으로 상대편 조폭들은 물론 박검의 남편과 나이트클럽 사장까지 사망했고, 관련자들 역시 모두 경찰에 체포되었다. 박검은 남편의 사망 소식을 뉴스로 접했지만, 마냥 슬퍼만 할 수도 없었다. 박검의 품 안에는 이제 겨우 백일이 지난 현중이 있었기 때문이다. 남편의 장례식이 끝나고 박검은 바로 폐허가 된 나이트클럽으로 출근했다. 아이를 낳고 돌보느라 나이트클럽을 잠시 쉬기는 했지만, 지금 상황에서 나이트클럽 현황을 제일 잘 아는 사람은 박검 자신밖에 없었다. 박검은 제일 먼저 뿔뿔이 흩어졌던 나이트클럽 직원들에게 연락해 엉망진창이 되어버린 나이트클럽을 정리하고 망가진 곳을 수리하기 시작했다. 수리를 끝낸 박검은 새로운 모습으로 실내장식까지 바꾸고 영업정지가 풀리기를 기다렸다. 기다렸던 영업정지가 풀리자마자, 박검은 나이트클럽을 다시 열었다. 구속되지 않았던 잔류 조폭들은 그 소식을 듣고 모두 나이트클럽으로 모여들

었다. 박검이 나이트클럽을 성공적으로 오픈시키고 제대로
된 영업을 시작하자 모여든 조폭들 역시 군말 없이 박검을 돕
기 시작했다. 나이트클럽이 정상적인 영업을 시작하자 나이
트클럽을 접수하려 했던 상대편 조폭 잔당들이 박검의 목숨
을 노리고 쳐들어오기도 했지만, 박검은 이를 예상하고 경찰
들을 미리 배치해두었다. 결국 박검은 경찰의 도움으로 상대
편 조폭 잔당들까지 모두 처리할 수 있었다. 박검은 나이트클
럽 사장은 물론 다시 모인 조폭들의 우두머리로 추대되었다.
하지만 박검은 조폭들의 우두머리 제안은 정중히 거절했다.
대신 나이트클럽 운영은 자신이 하겠다며 자신의 남편을 잘
따르던 부하를 사장으로 추천했다. 박검이 추천한 부하가 조
폭 우두머리가 되면서 자연스럽게 박검은 그들의 숨겨진 대
부가 되었다. 나이트클럽 운영으로 어느 정도 돈이 불어나자,
박검은 천부적인 감각으로 다른 사업에 눈을 돌렸는데 그것
이 바로 사채업이었다. 회계와 세법에 달인이었던 자신에게
사채업은 최적의 사업이었다. 더구나 조폭들의 노골적인 지
원을 받을 수 있었기에 박검은 자타공인 인천 사채시장의 큰
손이 될 수 있었다.

"저는 경찰대 들어갈 겁니다."
박검의 아들 현중은 고3이 되자마자 통보하듯 자신의 포부

를 밝혔다. 학창 시절 내내 공부를 잘했던 현중은 박검의 자랑이었다. 하지만 현중은 그렇게 생각하지 않았다. 현중은 자신의 어머니가 조폭과 결탁한 사채업자라는 사실을 누구보다 부끄러워했다. 사실 박검은 현중이 자신의 꿈이었던 경제학을 전공해서 자신의 사업을 물려받거나 회계사가 되기를 바랐다. 하지만 현중은 자신의 아버지가 조폭이었고, 어머니역시 사채업자라는 사실을 누구보다 힘들어하고 있었다. 결국 현중은 자신의 어머니가 사채업을 그만두었으면 하는 마음으로 경찰이 되겠다고 선언해버렸다. 평소 말이 없던 현중이 어느 날 갑자기 경찰대에 가겠다고 말하는 순간, 박검은세상이 무너지는 기분이 들었다. 살아남기 위해, 아들을 키우기 위해 이를 악물고 해왔던 자기 일이 현중에게 그토록 부끄러운 일이었는지 그제야 깨달았기 때문이다. 하지만, 이제 와서 자신이 일궈왔던 사업을 포기할 수는 없었다. 언젠가는 현중도 자신의 마음을 알아줄 거라 믿으며 박검은 침묵을 선택했다. 박검의 태도에 실망한 현중은 결국 자신의 의지대로 경찰대에 진학했고, 박검과 함께 살던 집을 나와버렸다

몇 년이 지난 후 박검은 사채를 쓰고 돈을 갚지 않은 고객의 고소로 경찰조사를 받게 되었는데, 고소인이 박검의 아들이 경찰대에 다닌다는 소문을 퍼뜨리며 경찰조사를 불신하

는 일이 발생했다. 결국 경찰 임용을 바로 앞둔 현중에게 갑작스러운 임용 유예가 결정되었다. 임용 유예는 대부분 임용되는 대상자가 개인적인 사유를 들어 신청하는 것이었지만, 현중은 임용 교육을 받는 상태에서 임용 유예를 일방적으로 통보받았다.

"결국 이렇게 될 줄 알았어요."

"미안하다는 말밖에는 내가 할 말이 없구나. 그런데 이번 일은 우리가 보복을 당한 거야. 그놈들이 너까지 이렇게 만들 줄은 정말 꿈에도 몰랐어."

"아뇨. 엄마는 모르지 않았어요. 내가 그렇게 말렸는데도 계속 그 일을 하셨잖아요."

"현중아! 이제 다시는 이런 일 없을 거야. 정말이야."

눈물을 보이는 박검을 앞에 두고 현중은 벌떡 일어나 면회실을 나가버렸다. 현중은 마치 영혼을 잃어버린 사람처럼 망연자실했다. 경찰이 되어보기도 전에 범죄자의 자식으로 낙인이 찍혀버린 상황을 현중은 도저히 받아들일 수 없었다. 무엇보다 현중은 이런 상황에서 어떻게 자신이 범죄자들을 수사할 수 있겠냐고 스스로 자책했다. 이미 시작부터 범죄로 물들어버린 자신의 인생에서 벗어나려고 그렇게 발버둥 쳐봤지만, 결국 현중의 이마에는 절대 지워지지 않는 주홍 글씨가 박혀버렸다. 절망의 구렁텅이에 빠져버린 인간에게 더 이상

나아질 희망이 없다는 사실만큼 고약한 상황은 없었다. 결국 헤어날 수 없는 절망감에 허우적거리던 현중은 스스로 목숨을 끊고 말았다.

　박검은 구치소에서 아들 현중의 사망 소식을 들었다. 구치소에 갇혀 있어 자식의 장례조차 참석하지 못한 박검은 변호사를 해임함으로써 자신의 재판을 포기해버렸다. 국선변호사도 거부한 박검은 결국 3년 실형을 받았고, 항소 역시 포기했다. 박검은 자식을 위해 어떤 추악한 일도 마다하지 않으며 살아왔지만, 그 추악한 일들이 부메랑처럼 돌아와 아들의 앞길을 막고 결국은 죽음으로 이끌었다는 사실이 도저히 믿어지지 않았다. 그 어떤 위협이 있어도 절대 굴하지 않았던 박검이었다. 남편은 조폭들에게 목숨을 잃었고, 본인 또한 죽을 고비를 수도 없이 넘겼지만, 박검은 두렵지 않았다. 현중을 위해서라면 그 어떤 일도 할 수 있을 거라 믿었기 때문이다. 현중이 화를 내며 박검이 하던 일을 그만두라고 말했을 때도, 박검은 현중을 원망하지 않았다 언젠가 어른이 되고 나면 열심히 살아온 자신의 진심을 알아주리라 굳게 믿었다. 그 착각이 이렇게 현중의 목숨까지 앗아갈 줄은 꿈에도 생각하지 못했다. 누군가를 원망할 수도, 슬퍼할 수도 없었다. 자식을 지키기 위해 막무가내로 쌓아 올렸던 철옹성이 결국은 자식을 죽게 했다는 사실을 박검은 도저히 인정할 수 없었다.

　구형을 받고 교도소로 이송된 박검은 죽고 싶었다. 죽고자 하는 사람에게 세상은 죽을 수밖에 없는 이유로 가득했다. 교도소에 모인 사람들만 지켜봐도 죽을 이유는 차고 넘쳤다. 하루 종일 박검은 죽을 방법을 찾아 헤맸지만, 교도소라는 공간은 스스로 목숨을 끊기에 생각보다 좋은 환경이 아니었다. 보는 눈도 많았고 죽고 싶을 때 필요한 환경도 만들어지지 않았다. 박검은 자식을 죽인 어미라는 이유로 차라리 사형선고라도 받기 원했지만, 박검의 죄는 고작 3년 형이었다. 죽을 수도 없는 상황에서 3년을 이곳에서 보내야 한다는 사실이 더 가혹한 형벌이었다. 결국 박검은 죽어야겠다는 간절한 마음으로 곡기를 끊어버렸다. 그렇게 해서라도 이 고약한 인생을 그만두고 싶었다. 그렇게 열흘이 지나고 나자, 급기야 병원으로 이송되어 강제로 목숨을 유지할 수밖에 없는 상황이 되었다. 박검은 매일 아침 눈을 뜰 때마다 다시 죽을 방법을 다시 고심했다. 그러던 어느 날 아들의 친구라는 청년 하나가 박검을 찾아왔다. 바로 수복이었다.

“어머니는 죽을 자격도 없으십니다.”
“누군데 감히 내게 그런 말을 하지?”

"저는 현중이 친구입니다. 부모님이 누군지도 모르는 고아였는데, 살아남아 현중이 같은 친구를 만날 수 있었던 운 좋은 사람이기도 하죠. 어찌어찌해서 고등학생이 되긴 했는데 졸업하자마자 바로 보육원을 나가야 한다는 말에 눈앞이 깜깜했어요. 그래서 그때부터 매일 죽을 생각만 하면서 살았습니다. 저처럼 관심과 보살핌을 받지 못하고 자란 사람들은 그냥 존재 자체만으로도 세상에 부정당하는 느낌이라서 작은 시련에도 죽고 싶은 생각이 먼저 드는 경우가 많거든요. 그런데 그렇게 모진 마음을 먹을 때마다 현중이가 저를 잡아줬어요. 마치 수호천사처럼. 현중이 덕분에 경찰대도 함께 진학할 수 있었던 건데, 어느 날 갑자기 현중이가 죽어버렸어요. 저한테는 한마디 상의도 하지 않고 혼자서만 끙끙 앓다가 그렇게 가버렸죠. 처음엔 그런 현중이가 너무 원망스럽기도 했고, 고심했던 현중이 혼자 내버려두었다는 죄책감 때문에 저도 따라 죽어야겠다는 생각뿐이었어요. 그러다 문득 현중이가 저한테 해줬던 말이 떠올랐어요. 죽어버린다고 모든 문제가 해결되는 건 아니라고. 그냥 이대로 죽으면 남아 있는 사람들에게 또 다른 고통을 떠넘기는 거라고."

"우리 현중이가 그런 말을 했어요?"

"네, 그런 말로 저를 살렸던 사람이 정작 본인은 허무하게 죽어버렸지만요."

"얼마나 어미가 미웠으면 그렇게 죽어버렸을까."

"설마 현중이가 어머니에게 분풀이하자고 죽었다고 생각하세요? 분명히 말씀드리지만 현중이는 절대 그럴 아이가 아니에요."

"자식 죽인 어미가 무슨 낯짝으로 살겠어."

"이대로 돌아가시면 뭐가 달라지나요? 그리고 현중이가 과연 어머니 돌아가시기를 바라고 죽어버렸을까요? 왜 그렇게 현중이 마음은 끝까지 몰라주세요? 정말 현중이에게 미안한 마음이 있으시다면 비겁하게 죽을 생각만 하지 마시고, 현중이가 그토록 바라던 걸 한번은 들어주셔야 하지 않을까요?"

"현중이가 바라던 거?"

"현중이는 항상 사람들을 돕고 싶어 했어요. 아니 적어도 사람들에게 해가 되는 일은 하지 말자고 입버릇처럼 말했었죠. 그래서 현중이는 경찰이 되고 싶었던 거고요."

"사람을 돕는다고?"

"네, 현중이는 사람들을 지키거나 돕는 일을 좋아했어요. 재능도 있었고요. 정작 본인은 지켜내지 못했지만, 그래서 저는 현중이가 바라던 일을 제가 해보기로 결심했어요."

"그게 뭔지 말해줄 수 있겠나?"

"처음엔 저도 그게 무엇인지 몰라서 막막했어요. 그런데 막상 경찰이 되어보니 다양한 이유로 사각지대에 몰린 사람들이 벗어날 방법도 찾지 못한 채 스스로 목숨을 끊는 경우가 많다는 사실을 알게 되었어요. 그래서 저는 지금 그런 사람들에게 다시 살 수 있는 힘과 기회를 줄 방법을 찾고 있어요."

　박검은 수복의 말에 정신이 번쩍 들었다. 그날 이후, 박검은 미음을 먹기 시작했다. 그리고 며칠 뒤에는 식사를 제대로 할 수 있을 정도로 건강을 회복했다. 그날 이후 수복은 일주일에 한 번씩 박검을 찾아왔다. 처음에는 박검의 안부를 묻기 위한 것이었지만, 어느 순간부터 죽어가는 사람들을 살릴 방법을 함께 논의하기 위해서였다. 수복은 경찰에 임용되고 나서 제일 많이 봤던 사건이 자살 사건이었다고 말하며, 자살을 시도하고 살아남은 사람들이라도 지킬 수 있는 방안을 마련하자고 제안했다. 박검은 이에 전적으로 동의했다. 자신이 할 일을 깨닫게 된 박검은 바로 자기 부하들을 불러 망설임 없이 사채업을 정리하기 시작했다. 물론 쉬운 일은 아니었다. 사실 박검이 몸을 담고 있었던 사채업은 조폭들 간에 첨예한 이권이 달린 문제였기 때문에, 박검 마음대로 그만둘 수도 없는 상황이었다. 하지만 박검은 그 어느 때보다 단호했다. 칼부림이 날 수도 있었고, 엄청난 손해를 볼 수 있는 상황이었음에도 박검은 이 사업에 마침표를 찍는 일에 주저하지 않았다. 그나마 다행이었던 것은 박검이 교도소에 있어서 무모한 칼

부림은 당하지 않았다는 것이다. 박검을 위해 충성했던 부하들의 희생도 큰 도움이 되었다. 우여곡절 끝에 자신의 사업을 모두 정리하던 그날, 박검은 처음이자 마지막으로 크게 통곡하며 울었다. 이렇게 마음만 먹으면 할 수 있는 일이었는데, 왜 그때는 하지 못했을까?

3년 형을 받았던 박검은 모범수라는 이유로 감형되어 2년 4개월 만에 출소했다. 수복은 그 소식을 먼저 알고 출소하는 박검을 맞아주었다. 수복이 준비한 두부를 한입 베어 물고 박검은 바로 수복의 차에 올라탔다. 목적지는 영종도였다. 박검은 사업을 정리하고 난 뒤 남은 재산으로 영종도 신도시에 땅을 사기로 마음먹었다. 아직 개발이 덜 되어 땅값이 싸기도 했지만, 수복이 그쪽에 발령을 받았기 때문이기도 했다. 아직 개발되지 않아 공터로 남아 있던 상가 지역을 돌아보며 박검은 언제 이곳을 온전하게 개발할 수 있는지 수복에게 물었다. 박검은 여러 가지 이유로 사회적 고립을 경험한 사람들이 겨우 살아남았을 때, 가장 필요한 것은 다시 일어설 수 있는 환경이라고 생각했다. 어떻게든 살아보려고 덜컥 사채를 썼다가 목숨을 끊는 사람들을 수도 없이 봐왔기 때문에 그들의 심정을 누구보다 잘 알았다. 자신이 사업이라는 명목으로 저질렀던 죄를 씻어내기 위해서라도 박검은 이 일을 반드시 해내야 한다고 생각했다. 박검의 뜻을 누구보다 잘 알고 있던 수복은 상가 주변에 지금 짓고 있는 아파트들이 하나둘 들어서기 시작하면 상가들도 바로 올라갈 수 있을 거라고 대답했다. 상가 주변을 다 둘러본 수복과 박검은 전소에 있는 국밥집에 들러 늦은 점심을 먹었다. 점심을 먹고 난 뒤 두 사람은 이제 안락정원이 들어설 자리를 보러 나섰다. 여러 후보지가 있었지만, 박검은 쏙 마음에 드는 곳이 없었다. 수복은 마지막 후보지를 보여주며, 다 좋은 조건이지만 저기 동산 아래 지어진 낡은 집 한 채 때문에 문제가 될 거라고 말했다. 그 집터를 보자마자 박검은 홀린 듯 그 집으로 찾아갔다. 다행히 문은 열려 있었고, 방안에는 깡마른 순이할매가 막걸리에 농약을 타고 있었다. 수복은 깜짝 놀랐지만, 박검은 아무 일도 없었다는 듯이 방안으로 성큼성큼 들어갔다. 깜짝 놀란 순이할매가 누구냐고 묻자, 박검은 자신이 지을 수 있는 가장 친절한 미소를 지으며 조심스럽게 물었다.

"혹시 집주인인가요? 이 집과 근처 땅을 좀 사고 싶어서요."

박검과 순이할매의 운명적인 첫 만남이었다. 눈치가 빠른 순이할매는 박검을 보자마자 범상치 않은 사람이라는 사실을 알아차렸다. 결국 순이할매는 자신의 땅 위에 안락정원을 지을 수 있게 허락했다.

14장
그런데

"동영상을 찍는다고요?"

"김두호의 가족들과 지인들한테 유포할 수 있는 동영상이라고 생각하면 될 것 같아요."

"그런다고 순순히 물러날까요?"

"회장님의 제안으로 수복 씨가 김두호 신상과 가족관계를 조사해봤어요. 아버지가 성형외과 병원장일 정도로 부유한 집안인데, 그 집에서 약간 내놓은 자식이더라고요. 부모님이 바라는 의대는 꿈도 못 꾸고 지방대에 겨우 들어갔다가 유나 씨를 만나게 된 거죠. 그런데 유나 씨한테 집착하며 온갖 나쁜 짓을 하다가 잡혔을 때, 부모님에게는 절대 그 사실을 모르게 해달라고 사정을 했대요. 왜 그랬는지 알아보니 부모님

에게 경제적인 지원을 받지 못하고 바로 호적에서 파일까 봐
서라고 했다네요."

"그래도 그런 방법이 통할까요? 자기를 죽이는 게 더 빠를
거라고 말하던 사람인데."

"회장님은 그러시던데요? 그놈은 사회적인 숨통을 끊어놔
야 아무것도 못 하는 놈이라고."

"그게 무슨 말이죠?"

"생각보다 사회적 관계를 중요하게 생각하는 사람이었다
는 얘기죠. 병원장 아들이었고, 주변 사람들도 모두 비슷한
수준의 사람들일 테니 어려서부터 그들의 울타리에서 벗어
나지 않으려는 강박관념 같은 게 있었을 거예요. 그래서 의사
는 못 되어도 병원 정도는 물려받을 수 있는 병원장 아들이라
는 자부심과 희망 같은 게 있었던 거죠. 물론 의대 들어간 첫
째 아들이 있어서 어림도 없는 얘기겠지만, 좋은 환경에서 자
신이 배제될지 모른다는 걸 두려워했나 봐요. 그리고 김두호
주변 평판을 물어봤는데, 하나같이 세상 친절하고 붙임성도
좋아서 사람을 기분 좋게 만드는 사람이었다고 말하더라고
요."

"맞아요. 저도 그런 줄 알았으니까요."

"전형적으로 강한 상대에게는 약하고, 약한 상대에게는 강
한 사람인 거죠. 어쩌면 그래서 더 자신의 소유물이라 생각

했던 사람에게는 절대적으로 군림하고 싶었는지도 모르겠어요. 그렇게 이중생활을 하던 사람이니 우리는 그걸 이용해서 협박을 해보자는 거죠. 마침, 집안에서는 이번에 또 사고를 쳐서 집안 먹칠을 하면 금치산자라도 만들어버릴 거라고 했다네요."

"그렇게라도 된다면 좋겠지만, 왠지 불안하네요."

"저도 그래요. 하지만 가만히 앉아서 기다릴 수도 없잖아요. 뭐라도 해봐야죠."

"정신과 의사 선생님도 이런 일은 처음이죠?"

"네. 그래서 저도 긴장이 되네요."

"그런데 본성을 드러내도록 하려면 어떻게 해야 할까요?"

"아마도 유나 씨 도움이 절대적으로 필요할 겁니다."

"네? 그게 무슨 말씀이죠?"

"유나 씨가 나서줘야 한다는 말이에요."

"유나 씨한테는 비밀이었잖아요."

"그랬었죠. 근데 박 회장님이 돌연 유나 씨를 설득해보라고 하셨어요. 저도 처음엔 반대했었는데, 유나 씨가 김두호라는 존재에게서 완전히 자유로워지려면 그 방법밖에 없을 것 같아요. 물론 저도 두렵기는 합니다. 저러다 다시 유나 씨가 주저앉아버릴까 봐."

테오는 자신도 모르게 주먹을 불끈 쥐었다. 말도 안 되는 소리라고 말하고 싶었지만, 익선의 말을 들어보니 어쩌면 이번 기회가 아니면 유나는 평생 김두호 굴레에서 벗어나지 못할지도 모른다는 생각도 들었다.

"그럼, 제가 한번 설득해볼까요?"

테오의 말에 익선은 조금 놀란 표정으로 잠시 안경을 들었다 놓았다. 테오 역시 결연한 의지로 입을 꾹 다물며 익선을 쳐다보았다. 테오의 모습이 무척 고무적이라고 생각하는 듯 익선이 고개를 끄덕이자, 테오는 바로 진료실을 나섰다. 유나를 만나기 위해서였다.

＊

테오는 아침 당번을 마치고 바로 1층으로 내려왔다. 현관에서 큰 숨을 내쉬고 나서는데 현빈이 카페 문을 열고 조심스럽게 나왔다. 마치 테오를 기다렸다는 것처럼.

"지금인가요?"

"네, 지금이요."

"혹시 손님들이 많이 올까 봐서 걱정이에요. 단골들한테는 미리 귀띔은 해두었지만."

"너무 걱정 안 하셔도 돼요. 사람이 많으면 오히려 덜 위험할 수도 있어요."

"사실 제가 제일 걱정이에요."

어색하게 카메라를 앞치마 주머니에 감추고 있는 현빈의 손이 미세하게 떨리고 있었다. 테오는 어깨를 토닥이며 현빈을 안심시키려고 노력했다. 하지만 지금 누구보다 긴장을 한 사람은 테오 자신이었다. 편의점으로 가기 위해 1차선 도로를 건너는데 시간이 엿가락처럼 길게 늘어지는 기분이 들었다. 저만치 편의점 창문 너머로 두호의 얼굴이 보였다. 순간 가슴이 철렁 내려앉았다. 두호 역시 테오를 발견했는지 방긋 웃으며 테오를 맞이했다. 테오는 침을 꼴딱 삼키고는 평소와 같은 모습으로 편의점에 들어섰다.

"무슨 좋은 일이 있어요?"

"왜요?"

"카페 사장님이랑 웃고 계셔서."

"아, 좋은 일이 있긴 하죠."

"무슨 일인데요?"

"오늘 402호 유나 씨가 드디어 1층 카페까지 나와볼 예정이에요."

순간 두 사람 모두 얼어붙었다. 테오는 슬쩍 두호의 눈빛을 살폈지만, 두호는 이내 아무렇지 않다는 듯 웃으며 말했다.

"아, 그래요? 그럼, 저도 구경을 가도 될까요?"

"무슨 구경이요?"

"아, 구경이 아니라 응원인가?"

"아, 유나 씨가 괜찮다고 하면요."

테오의 대답에 두호는 이를 악무는 표정을 지었다. 아무렇지 않은 척을 하고는 있었지만, 두호도 분명 동요하고 있었다. 사실 테오는 두호가 어떤 반응을 보일지가 제일 궁금했다. 안락정원 식구들과 여러 가지 상황에 대해 시뮬레이션을 해보았지만, 이상하게 두호의 반응은 상상이 되지 않았다. 그동안 자신이 알고 있던 두호와 유나가 알고 있던 두호는 완전히 다른 사람이었기 때문이다. 그때 테오의 휴대전화에 문자가 도착했다는 진동이 울렸다. 아마도 유나가 내려오고 있는 모양이었다.

"저기 형님, 가게 좀 잠깐 봐주시겠어요? 창고에 재고 정리할 게 좀 있어서."

"지금요?"

"금방 끝나요."

두호는 테오의 대답을 듣지도 않고 바로 창고로 숨어들었다. 테오 역시 그런 두호를 차마 잡지 못했다. 막상 유나가 자신의 앞에 나타난다고 하니 두호도 어찌할 바를 모르는 것 같았다. 테오가 난감해하고 있는 사이, 안락정원 식구들과 함께 유나가 1층으로 내려왔다. 유나는 잔뜩 긴장했는지 어깨가 귀까지 올라와 있었다. 테오는 유나에게 달려가야 할지 두호를 불러내야 할지 몰라 잠시 망설였다. 유나는 1층 현관에서 잠시 멈칫하더니 큰 숨을 내쉬었다. 뒤에 서 있던 익선과 유나의 손을 꼭 잡은 선희가 걱정스러운 얼굴로 유나를 바라보고 있었지만, 유나의 결심은 누구보다 확고해 보였다. 결국 유나는 마음을 가다듬고 1층 카페로 들어섰다. 현빈은 커피를 준비하다가 카페로 들어선 유나를 보고 어쩔 줄을 몰라 했다. 오히려 유나보다 현빈이 더 공황이 온 것처럼 보이기도 했다. 유나를 자리에 앉히고 현빈은 얼른 자신의 자리로 돌아가 음료를 준비했다. 유나는 창가 자리에 앉았지만, 차마 창밖을 내다보지 못했다. 테오는 두호가 유나를 보자마자 바로 본성을 드러낼까 봐 조마조마했었는데, 막상 도망쳐버리니 왠지 모르게 허탈했다. 어쩌면 두호는 유나가 아니라 안락정원 사람들을 두려워하고 있는 걸까? 테오는 안 되겠다 싶어서 두호를 창고에 남겨두고 편의점을 나서려는데, 편의점 왼쪽 귀퉁이 창가 쪽에서 꼿꼿하게 서 있는 누군가의 실루엣이 보였다. 누구의 실루엣인지 확인한 순간, 테오는 심장이 멎는 것 같았다. 창고에 있는 줄 알았던 두호가 먹이를 노리는 맹수처럼 카페에 앉아 있는 유나를 뚫어지게 쳐다보고 있었다. 아마도 두호는 편의점 창고 뒷문으로 나온 모양이었다. 큰일이다 싶었지만, 이상하게 테오의 두 발과 입은 어딘가에 달라붙은 것처럼 꿈쩍도 하지 않았다. 테오는 마치 악몽을 꾸고

있는 듯했다. 더구나 우두커니 서 있는 두호의 눈빛은 평소와
는 전혀 달라 보였다. 아마도 저 눈빛은 유나만 알고 있는 표
정일 것이다. 테오는 어떻게든 카페 안에 있는 안락정원 식구
들에게 이 상황을 알려야 했다. 하지만, 카페 안에 있는 안락
정원 사람들은 유나처럼 창밖을 전혀 내다보지 않았다. 덜덜
떨리는 손으로 테오는 익선에게 겨우 문자를 보냈다.

'창밖!'

테오가 겨우 문자를 보내고 고개를 들어보니 어느새 두호
는 유나가 앉아 있는 1층 카페로 성큼성큼 다가서고 있었다.
마음이 급해진 테오는 그제야 다리가 바닥에서 떨어졌다. 테
오가 편의점 밖으로 나왔을 때, 두호는 어느새 카페 유리문
앞에 서 있었다. 테오는 두호의 이름을 불러보려고 했지만 그
러지 못했다. 카페 유리창을 사이에 두고 이미 유나와 두호가
서로 마주 보고 있었기 때문이다. 덕분에 카페 안에 있던 안
락정원 식구들 역시 두호의 존재를 알아차렸다. 하지만 그 누
구도 먼저 움직이지 않았다. 아마도 그 순간 두호는 테오를
포함한 안락정원 식구들이 자신에 대해 모두 알고 있다는 사
실을 알아차렸을 것이다. 두호는 본능적으로 눈치가 빠른 사
람이었다. 마치 정지 버튼을 누른 것처럼 모두가 그렇게 멈춰
있었다. 놀랍게도 그 순간 팽팽했던 긴장감을 깨뜨린 사람은
유나였다. 두호와 눈이 마주친 유나는 그동안 뱉어내지 못했

던 깊은 한숨을 내쉬며 두호를 차갑게 외면했다. 그리고 아무 일도 없었던 것처럼 앞에 놓인 커피를 마셨다. 유나가 자신을 보고도 아무렇지도 않게 외면해버리자, 두호의 눈빛은 싸늘하게 식었다가 어느 순간 다시 이글이글 타오르기 시작했다. 익선의 충고대로 차갑게 외면하긴 했지만, 유나 역시 커피잔을 잡은 두 손이 미세하게 떨렸다. 익선은 그제야 자리에서 일어나 카페 문을 열고 밖으로 나왔다.

"무슨 일이신가요?"

"제가 아는 사람이에요."

"알고 있습니다. 하지만 유나 씨는 두호 씨를 만나고 싶어 하지 않습니다."

"할 말이 있습니다."

"역시나 유나 씨는 더 이상 듣고 싶어 하지 않습니다."

"제가 직접 이야기하고 싶습니다."

"계속 이러시면 저희는 경찰을 부를 수밖에 없습니다."

"5분이면 됩니다."

두호와 익선이 실랑이하는 사이, 어느새 나타난 수복이 체포하듯 두호의 양팔을 뒤로 꺾었다. 두호는 얼굴이 시뻘게져서 거칠게 반항했지만, 수복의 단단한 팔은 그보다 더 단호했다.

"이거 놔요!"

"같은 범죄로 다시 구속되면 어떻게 되는지 아시죠?"

"범죄라뇨. 나는 얘기를 하자는 것뿐인데!"

두호는 수복에게 거칠게 반항했지만, 결국 수복에게 결박당해 도로 쪽으로 질질 끌려 내려왔다. 순간 두호의 눈이 뒤집히면서 유나를 향해 거침없는 욕설을 퍼부었다. 이 모든 광경을 목격한 유나는 결국 카페 테이블에 엎드려 울기 시작했다. 유나만 알고 있던 두호의 본색이 적나라하게 드러나는 순간이었다. 테오에게 순간 머릿속 신경회로 하나가 펑하고 끊어지는 소리가 들렸다. 문득 익선이 해줬던 말이 떠올랐다.

'제가 제일 걱정인 것은 힘겹게 세상을 향해 한발씩 나서고 있는 유나 씨가 다시 똑같은 좌절을 겪게 되는 거예요. 이제 겨우 벗어났다고 생각했는데, 나는 저 사람한테서 절대로 벗어날 수 없겠다고 생각되는 순간, 더 깊은 수렁으로 빠질 수 있거든요.'

테오는 수복에게 잡혀 발버둥을 치는 두호가 유나를 더 극한의 상황으로 몰고 갈지도 모른다는 생각에 정신이 아찔해졌다. 계획했던 대로 지금의 상황을 현빈의 카메라로 녹화하고 있었지만, 테오는 그 사실을 잠시 잊어버린 채 난동 수준으로 발광하는 두호의 뺨을 검붉은 손바닥으로 사정없이 내리쳤다.

"싫다잖아! 이 추잡한 새끼야!"

테오는 태어나 처음으로 누군가의 뺨을 때리며 욕설을 내뱉었다. 누군가에게 자신의 감정을 드러내는 방법을 몰랐던 테오는 속이 곪아버려 그저 죽고 싶은 마음밖에 남아 있지 않던 사람이었다. 그런 테오가 극도로 분노해서 자신의 감정을 있는 그대로 드러내고 말았다. 예상치 못했던 테오의 싸대기와 욕을 맞고 나서야 두호는 지랄발광을 멈췄다. 테오는 그제야 자신이 지금 무슨 일을 저지른 것인지 깨달았다. 이제 어떻게 해야 할까? 머리만 굴리고 있는데, 저기 골목 끝에서 고급 세단과 승합차 한 대가 안락정원 골목 안쪽으로 들어서는 것이 보였다. 모두의 시선을 사로잡은 고급 세단이 정확히 안락정원 카페 앞에 멈춰 서자 승합차 역시 따라 멈췄다. 모두가 수상한 자동차들을 쳐다보는 와중에 본심을 드러냈던 두호만이 손을 벌벌 떨면서 자꾸만 뒷걸음질을 쳤다. 고급 세단에서 운전자가 먼저 내리더니 뒤쪽 차 문을 공손하게 열었다. 흰머리에 누가 봐도 근엄해 보이는 중년의 남자가 차에서 천천히 내렸다. 그러자 두호는 수복의 팔을 있는 힘껏 뿌리치며 달리기 시작했다. 이어 승합차 문이 열리면서 푸른색 옷을 입은 남자 세 명이 내렸다. 그들은 어느새 저만치 달아난 두호를 쫓아 필사적으로 뛰었다. 중년의 남자는 누군가는 도망치고 누군가는 따라잡는 소란함 속에서도 근엄함을 잃지 않은 채 박검과 인사를 나누었다.

"먼 길 오시게 해서 죄송합니다. 원장님!"

"아닙니다. 이렇게 먼저 연락을 주셔서 오히려 감사했습니다. 제 못난 자식은 제가 데려가겠습니다. 그리고 다시는 이곳에 발을 들이지 못하도록 하겠습니다."

박검과 두호 아버지가 인사를 나누는 사이, 두호는 세 명의 남자에게 잡혀 질질 끌려오고 있었다. 두호에겐 눈길도 주지 않은 채 두호 아버지는 박검과 아주 자연스러운 대화를 나눴다. 세 명의 건장한 남자들은 두호를 쪼그라든 우유 팩처럼 만들어 승합차 한쪽 구석에 쑤셔 박았다. 조금 전까지 지랄발광하던 모습은 어느새 사라지고, 물에 젖은 휴지처럼 축 늘어진 두호는 이제 저항할 생각조차 하지 못하는 듯했다. 두호 아버지는 차에 실린 두호가 한심하다는 듯 혀를 차더니 바로 세단에 올라탔다. 큰 유턴을 그리며 고급 세단이 먼저 골목을 돌아나가자, 승합차 역시 똑같이 그 뒤를 따랐다. 그제야 안락정원 사람들은 승합차 옆에 쓰인 문구를 확인할 수 있었다.

'○○○○ 정신병원'

두호 아버지의 세단이 골목을 벗어나고 나서야 테오는 한숨을 내쉬었다. 다른 사람들도 마찬가지였다. 카페 안에서 이 광경을 지켜보던 유나도 자동차가 사라진 골목에서 눈을 떼지 못했다. 테오는 두호의 마지막 모습을 보면서 그의 이중적인 정신세계가 어떻게 생성되었는지 알 것도 같았다. 그렇다고 해서 자신보다 약한 사람을 지배하고 통제하려 했던 두호를 용서할 수는 없었다. 모두가 멍하니 자동차가 사라진 골목을 응시하고 있는 사이 갑자기 편의점 사장이 나타나 무겁게 가라앉아 있던 분위기를 깨뜨렸다.

"아니, 이게 다 무슨 일이래요?"

익선은 호들갑 떠는 편의점 사장에게 지금까지의 일을 간략하게 설명해주었다. 편의점 사장은 자신이 두호를 뽑아서 이런 일이 일어난 것 같다며 연신 한숨을 내쉬었다. 그러는 사이 박검은 유나에게 다가가 평소와 다른 미소를 지으며 어깨를 토닥여주고 있었다. 테오는 그런 박검을 보며 여러 생각이 들었다. 두호를 어떻게 처리할 것인지 모두가 고민하고 있을 때, 박검은 누구보다 먼저 두호와 두호의 가족관계에 대해 조사를 시작했다. 조사 결과 두호를 꼼짝하지 못하게 만들 사람이 그의 아버지라는 사실을 간파한 박검은 망설임 없이 두호 아버지에게 연락을 취했다. 돈과 명예를 모두 가지고 있었던 두호 아버지는 두호 때문에 자신의 명성에 흠이 가는 것을 절대 보지 못하는 사람이었고, 박검은 그 점을 이용해 오늘과 같은 결과를 만들어냈다. 테오는 그렇게 모든 것을 알고 있는 것 같은 박검이 여전히 두려웠지만, 한편으로는 든든하고 안심이 되기도 했다.

모두가 제자리로 돌아간 뒤 테오는 어지러운 마음을 달래기 위해 동네 산책에 나섰다. 사실 안락정원 주변은 개발이 되지 않은 지역이라서 키가 작은 잡풀들로 우거진 황무지가 대부분이었다. 그렇게 정돈되지 못한 길을 꾸역꾸역 걷다 보니 어느새 너무 멀리 와버렸다는 생각에 테오는 뒤를 돌아보았다. 저 멀리 안락정원과 몇 개의 주상복합 빌라 건물이 성냥갑처럼 사이좋게 놓여 있는 것이 보였다. 박검은 왜 저런 곳에 안락정원을 만들었을까? 테오는 이제 그 이유를 좀 알 것도 같았다. 안락정원이 잔혹한 세상을 피해 도망친 사람들이 숨어들기에 딱 좋은 곳이란 생각이 들었기 때문이다. 터벅터벅 다시 안락정원으로 돌아오는 길, 마치 기다렸다는 듯이 편의점 사장이 편의점 밖으로 튀어나왔다.

"저기, 잠시만요."

"네?"

"혹시 여기 편의점에서 아르바이트해볼 생각 없어요?"

"제가요?"

"여기 안락정원에 묵고 있으니, 집도 가깝고 좋잖아요. 사실 여기는 좀 외진 곳이라 아르바이트 구하기도 쉽지가 않거든요."

"저도 여기서 일을 해야 하는데요."

"그건 걱정하지 말아요. 원하는 시간은 다 맞춰줄 수 있으니까. 내가 여기 2층에 살기는 하지만, 혼자서는 24시간 편의점 일 하기 힘들어요. 그래도 여기는 오는 사람도 별로 없어서 거의 무인 편의점이나 다름없으니 크게 힘들지는 않을 거예요."

"그럼, 생각해보고 말씀드릴게요."

"아이고, 생각만 해줘도 나는 고맙지. 근데 그것만 알아줘요. 나도 안락정원에서 살다가 나온 사람이라는 거."

편의점 사장은 윙크 비슷한 것을 날리더니 의미심장한 미소를 지었다. 테오는 고개인사로 편의점 사장을 겨우 편의점으로 들여보냈다. 지친 마음을 이끌고 안락정원으로 들어서는데 카페 안에 가만히 앉아 있는 현빈의 모습이 테오 눈에 들어왔다. 현빈은 마치 영혼을 잃어버린 사람처럼 멍하니 어딘가를 주시하고 있었다. 테오는 그런 현빈의 얼굴이 자꾸만 신경이 쓰여 무슨 일인지 묻기 위해 카페로 들어가려고 했다. 그때 카페 안에 있던 손님 하나가 현빈에게 말을 걸었다. 그러자 현빈은 지금 무슨 일이 있었냐는 듯이 반색하며 평소처럼 다정한 미소를 보였다. 급기야 카페 손님과 재미있는 이야기를 나눴는지 누구보다 환하게 웃었다. 테오는 그런 현빈이 여전히 걱정스러웠지만, 현빈의 그 웃음을 멈추게 하고 싶지는 않았다. 결국 테오는 카페로 들어가지 못하고 익선에게 문자를 보냈다. 현빈과의 상담이 어땠는지 궁금했기 때문이다.

*

테오는 자전거에서 내리자마자 무작정 뛰었다. 엘리베이터가 있었지만, 굳이 계단으로 뛰어 올라갔다. 숨도 차지 않았다. 그저 빨리 현빈의 집에 도착할 수 있으면 된다는 생각으로 단번에 4층 계단을 뛰어 올라갔다. 4층에 도착하자마자 테오는 벨을 누름과 동시에 문을 두드렸다. 역시나 아무런 반응이 없었다. 마음이 다급해진 테오는 현관문을 두드리며 현빈의 집을 방문했던 그날의 기억을 떠올렸다. 2873. 기억이 났다. 본의 아니게 현빈의 현관 비밀번호를 보게 된 그날, 그 번호를 테오는 기억하고 있었다. 비밀번호가 현빈의 자동차 번호와 똑같았기 때문이다. 단순한 비밀번호라는 생각에 현빈이 의외로 단순한 사람일지도 모르겠다고 생각했었다. 테오는 마음을 가라앉히고 비밀번호를 눌렀다. 또르륵. 문이 열리는 소리가 들리자마자 지체할 틈도 없이 테오는 문을 열고 집 안으로 뛰어 들어갔다.

"현빈 사장님!"

역시나 대답이 없었다. 집 안은 사람이 살고 있지 않은 견본주택처럼 너무도 깔끔했다. 혹시나 하는 마음에 현관문에서 제일 가까운 방문부터 활짝 열었다. 화장실이었지만 아무도 없었다. 테오는 방문이 있는 문은 모두 열어보았다. 마지막 문을 열었다고 생각했을 때 테오는 자신도 모르게 다리에 힘이 풀렸다. 마치 잠자는 숲속의 공주처럼 현빈이 눈을 감고 침대 위에 누워 있었다. 침대 옆에는 유리컵과 함께 테오 방에서 없어졌던 바로 그 껌 통이 얌전히 놓여 있었다. 테오가 안락정원에 들어오기 전에 죽을 생각으로 모았던 수면제가 들어 있던 껌 통이었다. 순이할매가 가져갔을 거라고 생각했는데, 왜 수면제 통을 현빈이 가지고 있는 걸까? 테오는 수면제 통을 집자마자 바로 흔들었다. 아무런 소리도 들리지 않았다. 현빈이 수면제를 모두 먹어버렸다는 생각에 다급해진 테오는 현빈을 마구 흔들었다.

"이러지 마요. 이렇게 죽으면 안 돼요!"

"으흠, 무, 무슨 일이에요?"

"괜찮아요? 정신이 들어요?"

"테오 씨?"

"얼른 일어나서 병원 가요. 바로 위세척해야 해요!"

"왜, 왜요?"

"수면제 먹은 거 아니었어요?"

"그냥 몸살 기운이 있어서 약을 먹고 잔 건데. 아, 오늘도 제가 또 늦잠을 잤나요?"

테오는 방바닥에 풀썩 주저앉았다. 현빈 역시 상황 파악이 되었는지 벌떡 일어나 테오를 부축했다. 테오는 그제야 껌 통

옆에 있던 감기약 봉지가 눈에 들어왔다.

"아, 이거 때문에 그러셨구나."

"이걸 근데 왜 가지고 계세요?"

"이거 순이할매가 테오 씨 집에서 가지고 나온 거죠? 수면제는 익선 원장님한테 가져다드리고 이 통에 진짜 껌을 가득 채워서 저한테 주셨어요."

"왜요?"

"죽고 싶을 때마다 '껌이나 씹어!'라고 말씀하셨죠."

"역시 할매답네요. 근데 이걸 언제 다 씹었어요?"

"그러게요. 순이할매 돌아가시고 사실 힘들었거든요. 근데 신기하게도 껌을 씹으니까, 기운이 좀 나더라고요."

"어쨌든 다행이에요. 근데 감기는 괜찮아요?"

"네, 잠을 푹 잤더니 많이 나아졌어요."

"그럼 됐어요."

"고마워요."

"뭐가요?"

"오늘 보니까 테오 씨는 이제 걱정 안 해도 될 것 같아서요."

테오도 같은 마음이었다. 사실 테오는 언제나 현빈이 제일 불안했다. 다정함과 과도한 친절로 포장은 하고 있었지만, 현빈은 생채기 나기 쉬운 고급 실크 같은 사람이었다. 타인에게는 보기도 좋고 대하기도 부드러운 사람이지만, 정작 본인은 타인들이 무심코 내뱉는 말과 시선에 저항감 없이 온갖 생채기를 다 받는 사람이었다. 어쩌면 테오 역시 그런 사람이었기에 자신과 비슷한 현빈을 더 걱정했는지도 모르겠다.

*

"혹시 유통기한에 민감하신가요?"

"네?"

"괜찮으시면 이거 한번 드셔보실래요? 오늘 안 드시면 그냥 버려야 되는 거라서."

테오는 방금 전자레인지에서 가져온 따끈한 도시락 하나를 내밀며 남자를 쳐다봤다. 유나의 스토커로 오해받았던 바로 그 수상한 남자였다. 남자는 오늘도 하염없이 안락정원을 바라보고 있었는데, 테오의 뜬금없는 제안에 놀란 모양이었다. 남자는 거절의 의미로 테오가 내민 도시락을 다시 테오 쪽으로 밀어냈다. 테오는 민망했지만, 이를 악물고 다시 물었다.

"혹시 안락사를 원하는 건가요?"

그제야 남자는 테오를 쳐다봤다. 남자의 눈은 분명 어떻게 알았냐고 묻고 있었다. 테오는 도시락 대신 커피 한 잔을 내밀며 무심하게 남자의 옆자리에 앉았다. 조금 뻔뻔해진 것 같은 자기 자신을 신기해하며 테오는 자신이 안락정원을 처음 찾아왔던 날을 떠올렸다. 그때와 너무도 달라진 자신이 테오는 여전히 믿기지 않았다.

"근데, 어디서 무슨 소문을 듣고 오신 거예요?"

"이런 걸 받았어요."

"아, 여기 병원 명함이네요?"

남자는 고개를 끄덕였다. 그제야 테오는 남자의 눈가와 입술이 하얗게 일어나 있는 것이 보였다. 테오는 남자가 죽고 싶은 사람이 아니라 죽음을 얼마 남겨두지 않은 사람이라는 사실을 알아차렸다.

"혹시 정말 죽고 싶어서 오신 건지 살고 싶어서 오신 건지 물어봐도 될까요?"

"글쎄요. 저도 그걸 잘 모르겠어요."

"사실 저기 2층 병원은 호스피스 병동을 운영하고 있어요."

"네, 알고는 있습니다."

"그럼, 일단 진료라도 한번 받아보시는 건 어떨까요?"

남자는 계속해서 망설이는 눈치였다. 테오의 끊임없는 설득에 겨우 마음을 먹고 일어선 남자의 몸이 휘청거렸다. 테오는 바로 남자를 부축해서 직접 병원으로 데리고 갔다. 테오가 남자와 함께 병원에 들어서자 심드렁한 표정으로 앉아 있던 민정이 자리에서 벌떡 일어나 남자를 부축했다. 진료실에 남자가 들어서자마자 익선은 바로 남자를 병실로 안내했다. 텅 빈 호스피스 병동에 들어선 남자는 그제야 안도의 한숨을 내쉬었다. 얼마 되지 않아 남자의 팔뚝에는 갖가지 링거와 장비들이 꽂혔다. 남자의 얼굴에는 죽음의 그림자가 성큼 다가와 있는 듯했지만, 이미 죽음의 강을 건너온 사람처럼 평온해 보였다. 테오는 남자의 신원을 확인하기 위해 허물처럼 벗어놓은 낡은 옷에서 지갑을 꺼냈다. 지갑 안에는 얼마 되지 않는 현금과 갱신 기간이 지난 운전면허증이 보였다. 남자의 이름은 장선우. 테오는 선우의 운전면허증 사진을 찍어 수복에게 보냈다. 얼마 남지 않은 선우의 삶이 조금이나마 안락할 수 있도록 도와주기 위해서였다. 환자 보호자 의자에 앉아 남자가 잠들기를 기다리고 있던 테오는 편의점 사장님의 문자를 받았다. 편의점으로 돌아가기 위해 조용히 일어서려는데, 잠든 줄 알았던 선우가 갑자기 테오의 팔을 덥석 잡았다.

"왜요? 어디 불편하세요?"

"잠시만요."

"네, 말씀하세요."

"혹시 그거 아세요? 진짜 사람을 죽여주는 안락정원이 따로 있다는 거."

선우는 온 힘을 다해서 마지막 말을 내뱉고는 바로 의식을 잃었다. 선우의 팔이 힘없이 침대 위로 떨어지자마자 빨간 불과 함께 경고음이 다급하게 울렸다. 민정과 익선이 경고음을 듣고 달려와 여러 가지 조치를 하는 동안, 테오는 한 발짝도 움직이지 못하고 그 자리에 서 있었다. 다 풀었다고 믿었던 퍼즐의 한 조각이 뒤늦게 나타나 모든 그림을 바꿔버린 것처럼, 테오는 안락정원에서 보낸 지난 몇 개월의 시간이 모두 무너져 내리는 것 같았다. 아득해지는 생각의 끝자락을 겨우 붙잡고 테오는 깨달았다. 어쩌면 선우는 그 말을 전하기 위해 여기까지 찾아왔는지도 모르겠다고.

'어떻게 살 것인가?'

살다 보면 스스로 이런 질문을 던지게 되는 순간들이 있습니다. 저 역시도 그랬습니다. 그런 생각조차 없이 살아갈 때도 많겠지만, 어떤 갈림길에 서거나 거부할 수 없는 현실에 맞닥뜨렸을 때 우리들은 간혹 그런 질문을 스스로 던지곤 합니다. 하지만 나이를 먹고 누군가의 결혼이나 생일을 축하하는 일보다 누군가의 부의금을 챙기는 일이 많아지면서 어떻게 살 것인가보다 어떻게 죽을 것인가에 대한 생각이 조금씩 늘어가는 것도 사실입니다. 저의 경우는 2년 전 아버지의 임종을 지켜보면서 죽음에 대한 여러 가지 상념들이 조금 더 선명하게 머릿속에 자리를 잡았는지도 모르겠습니다.

사실 우리는 다양한 매체를 통해 누군가의 안타까운 죽음을 무방비 상태로 접하게 됩니다. 여기서 정말 안타까운 것은, 적지 않은 사람들이 스스로 목숨을 끊는 선택을 하고 있다는 겁니다. 내 삶은 내가 선택한 것이 아니지만, 내 죽음은 내가 선택하게 해달라고 주장하는 사람들이 늘어가면서 어느 나라에서는 조력자살이 허용되기도 하고, 버튼만 누르면 죽을 수 있는 안락사 캡슐이 등장하기도 합니다. 또 어떤 이는 매 순간 자신이 살아 있음을 증명하기 위해 죽음을 선택하기도 합니다. 이러한 현실 속에서 저는 나름의 해결책을 찾고 싶었습니다. 그래서 죽음을 결심한 사람들의 마음을 돌이킬 수 있는 방법을 찾기 위해 관련된 서적들을 찾아보고 다양한 사례들을 수집해보곤 했습니다. 하지만 안타깝게도 저는 아무런 해답도 그 어떤 논리도 찾아내지 못했습니다. 황망했던 그 순간에 저는 문득 이런 말이 떠올랐습니다. 인명재천(人命在天). 사람의 목숨이 하늘에 달려 있다는 그 말이 그때는 왜 그렇게 허망하게 여겨졌는지 모르겠습니다.

그리고 얼마 뒤 저는 영종도에 있는 하늘도시라는 신도시로 이사를 오게 되었습니다. 개발이 다 이루어지지 않은 동네 외딴 공터에 정체를 알 수 없는 주상복합 주택이 홀로 서 있는 것을 보고 문득 그런 생각이 들었습니다. 죽고 싶은 사람들이 한 공간에 모여 살게 된다면 어떤 일이 벌어질까? 별들의 순간에 비하면 우리들의 순간은 낙하산을 타고 내리는 것처럼 아주 짧은 찰나의 순간일 겁니다. 그래서 더 붙들고 싶고 붙들어주고 싶은지도 모르겠습니다. 어쩔 수 없는 상황에 부닥치거나 고통을 동반하는 질병으로 나아질 희망조차 가지지 못하는 사람들의 마음을 헤아릴 수 없다는 뜻은 아닙니다. 그저 죽음 말고는 다른 선택지가 없다고 믿는 누군가의 손을 잡고 한 걸음만이라도 삶 쪽으로 이끌 수 있다면 좋겠습니다. 어쩌면 이 이야기가 누군가에게는 들추고 싶지 않은 어두운 그늘로 여겨질 수도 있습니다. 그럼에도 저는 그 어두운 구석을 기어이 파고드는 햇살처럼 이 이야기가 누군가의 마음에 햇살처럼 파고들어 잔잔한 희망이 되기를 바랍니다.

'어떻게 죽을 것인가?'

공자는 죽음에 관해 묻는 어느 제자에게 이렇게 답했다고 합니다. 아직 삶도 제대로 모르면서 왜 죽음을 논하려고 하느냐? 공자도 함부로 논하지 않았던 삶과 죽음을 어리석은 제가 감히 논하고 싶은 마음은 없습니다. 다만 삶과 죽음이라는 우리들의 절대적인 명제 앞에서 길을 잃고 방황하는 이들에게 '안락정원' 같은 곳이 어디엔가 등대처럼 서 있기를 바랄 뿐입니다.

조경아

안락정원

초판 1쇄 발행 2026년 2월 25일
초판 2쇄 발행 2026년 3월 20일

지은이 조경아
펴낸이 이수철
주　간 하지순
편　집 박은경
디자인 박예진
영업관리 최후신
콘텐츠개발 최진영
영상콘텐츠기획 김남규
제　작 서동관
관　리 진호, 황정빈, 전수연

펴낸곳 (주)픽셀앤플로우
출판등록 제2025-000171호
주소 (10449) 경기도 고양시 일산동구 호수로 358-39 동문타워1차 703호
전화 02) 790-6630 팩스 02) 718-5752
전자우편 namubench9@naver.com
인스타그램 @namu_bench

ISBN 979-11-24185-09-4 03810